W0206890

Le Livre de Poche Jeunesse

Maître Ninja

Qui est l'auteur ?

Mi-australien, mi-arménien, Benedict Jacka a grandi à Londres. Il est diplômé en philosophie de l'université de Cambridge (Grande-Bretagne), où il a pratiqué le *ninjutsu* et fait partie de l'équipe de danse de salon. Il a travaillé pour le ministère britannique de la Défense et le Northern Ireland Office (bureau gouvernemental en charge de la question de l'Irlande du Nord) ; mais aussi comme videur de boîte de nuit, dans les quartiers londoniens de Camden et Islington. Quand il n'écrit pas, il aime lire, pratiquer le *ninjutsu* et la boxe, jouer aux jeux vidéo, danser le street jazz et se balader dans Londres en rollers. Âgé de 25 ans seulement, il travaille actuellement d'arrache-pied à la suite de *Maître Ninja*.

BENEDICT JACKA

Maître Ninja

Traduit et adapté de l'anglais par Sabine Wyckaert-Fetick

Le Livre de Poche Jeunesse

L'essai dit « *Ninjutsu Hiketsu Bun* » pages 81-84 a été traduit
en anglais par Stephen et Rumiko Hayes.

Merci à Ben Jones pour ses traductions du japonais
et son précieux concours.

L'édition originale de cet ouvrage
a été publiée par Simon and Schuster, UK, Ltd.
sous le titre :

TO BE A NINJA

Prélude

Dans les bois

Dennis fit coulisser la baie vitrée et enjamba la fenêtre pour passer sur le toit plongé dans l'obscurité. Se déplaçant sans bruit sur les mains et les genoux, il descendit la pente goudronnée et scruta les environs.

Juste en dessous de lui, une silhouette était adossée au mur. Les ténèbres l'auraient parfaitement dissimulée si l'homme n'avait pas tenu entre ses doigts une cigarette au bout rougeoyant. Dennis fronça le nez. Il avait reconnu l'odeur de tabac : c'était Pete. Il avait forcément une arme, mais Dennis savait qu'il n'oserait pas l'utiliser – pas contre eux. En silence, Dennis recula, se retourna et leva le pouce en l'air.

Cassandra, sa sœur, était déjà sortie sur le toit, attendant son signal. Elle regarda Michael, son frère jumeau, qui observait la scène avec anxiété depuis la fenêtre, et hocha la tête de haut en bas.

— *Pas maintenant*, articula silencieusement Michael.

Cassandra lui fit signe à nouveau, de façon plus pressante. Michael hésitait. À contrecœur, il finit par prendre derrière lui un rouleau de ruban adhésif, qu'il plaça dans la main de Cassandra.

À l'est, les premières nuances de gris apparaissaient dans le ciel, mais l'aube était encore lointaine. La propriété de Tawelfan et les bois n'étaient rien de plus que des ombres dressées.

Le plan de Cassandra pouvait-il marcher ?

Dennis se tourna vers sa sœur et lui adressa un signe de tête affirmatif.

Cassandra fit volte-face et jeta le rouleau de scotch en l'air, par-dessus l'arête du toit. Il décrivit une parabole en tournant sur lui-même, encore et encore, avant de disparaître dans l'obscurité. Pendant un instant, le silence régna. Puis, de l'autre côté de la maison, il y eut un bruit sourd.

En bas, Pete poussa une exclamation étouffée. Il contourna la maison d'un pas à la fois silencieux et déterminé pour aller voir d'où venait le bruit. Rapide comme l'éclair, Dennis se laissa tomber à terre.

Il atterrit brutalement, à quatre pattes, mais l'herbe humide assourdit le bruit de sa chute. Il s'écarta rapidement et fut aussitôt rejoint par Michael et Cassandra. Ils coururent tous les trois vers l'allée, petites silhouettes sombres dans la pénombre. En passant devant la Land Rover noire, Dennis jeta un regard par-dessus son épaule. Des arbres masquaient la maison : impossible de savoir si Pete avait repris son poste.

Un instant plus tard, ils étaient au beau milieu de la route, tremblant dans le froid soudain. Dennis fut envahi par une bouffée d'exaltation lorsque Tawelfan s'évanouit derrière eux.

Ils étaient libres !

Rhosmaen méritait à peine le nom de village – quelques dizaines de maisons accrochées à d'abrupts versants de pierre, de part et d'autre de la route. La roche cédait ensuite la place à des pâturages puis à une forêt clairsemée. Au creux de cette vallée, entre les arbres massés sur ses berges, une rivière luisait faiblement dans la pénombre.

Dans le silence du petit matin, le seul bruit, à part le son étouffé de leurs baskets sur le goudron, était le paisible chuchotement de la rivière. Ils passèrent devant un chemin menant à une propriété, qu'un écriteau sur une barrière désignait comme « Le Vieux Presbytère ». Puis devant un panneau triangulaire rouge indiquant « Attention, chute de pierres ! » en anglais et en gallois. Dennis leva les yeux, curieux. À droite, la pente était bien couverte de rochers, mais aucun éboulis ne menaçait.

Michael lança un regard derrière lui et se manifesta pour la première fois. Bien que personne ne fût en vue, il chuchota :

— Vous croyez qu'ils sont déjà à nos trousses ?

Dennis eut un rire sonore qui résonna dans l'air frais :

— Pete est probablement retourné se coucher !

— Peut-être bien…, répondit Cassandra en s'étirant sans arrêter de marcher.

Elle rejeta ses cheveux en arrière avant de poursuivre :

— Mais on ferait mieux de mettre suffisamment de distance entre eux et nous avant de s'arrêter.

— Oh, allez ! fit Dennis en bâillant. Ils ne sont même pas encore debout.

— Pete pourrait avoir envie de vérifier qu'on est bien dans nos lits, répliqua Cassandra. Et Tav pourrait se lever tôt. Il faut qu'on assure !

Dennis haussa les épaules. Ni Pete, ni Tav, ni même Vargas n'étaient en vue. Quant à eux, ils étaient dehors. Libres. À quoi bon imaginer le pire ? Mais comme c'était le plan de Cassandra qui leur avait permis de s'échapper, il n'insista pas et continua d'un bon pas.

Le ciel s'éclaircit lentement, évoluant vers un bleu mat. Les nuages qui avaient plombé le ciel toute la nuit s'étaient effacés. Le motif compliqué des constellations luisait faiblement. À l'horizon, des collines et des montagnes fantomatiques se dessinaient, émergeant de l'obscurité. Là où la vallée se séparait en deux, les trois adolescents empruntèrent un pont jeté au-dessus de la rivière et prirent la direction du barrage, sur leur droite. La route s'élevait au milieu de bois denses. Ils laissèrent derrière eux les dernières maisons du village.

— Au fait Michael, qu'est-ce que tu as réussi à faucher ? demanda brusquement Cassandra.

Michael fouilla dans ses poches :

— Laisse-moi regarder… Une pomme, deux grappes de raisin un peu écrasées et quatre sandwichs. Non, trois ! Et un Mars.

— Quel genre de sandwichs ?

— Un au fromage, les autres au thon.

Cassandra fit la grimace :

— Je déteste le thon.

— Si tu crois que c'était facile, avec l'autre qui regardait !

— Je t'ai déjà dit que ce n'est pas toi qu'il surveillait, mais moi. C'est bien pour ça que je n'ai rien pu prendre !

— Eh bien, je n'avais pas remarqué, marmonna Michael.

— On va quitter la route ! décida Dennis.

Les trois adolescents dévalèrent le flanc de terre et de granite, jusqu'à la rivière. Ils traversèrent à un endroit où le lit était si étroit qu'on pouvait la franchir d'un bond. Le ciel était désormais bleu ardoise, et la vallée retrouvait ses couleurs avec le lever du soleil.

Maintenant qu'ils avaient atteint le fond de la vallée, ils s'apercevaient que deux rivières s'y rejoignaient. Une masse d'eau bouillonnante et couverte d'écume, large de quinze mètres, s'agitait juste en dessous d'un amas de blocs de granite qui les cacherait. Tout en se frayant un chemin à travers de hautes fougères, ils entendaient de petits animaux fuir autour d'eux.

— Regardez, des gens sont passés par ici ! remarqua Michael.

Dans l'herbe, au bord de l'eau, il y avait un cercle de terre noircie : les restes d'un ancien feu.

— Peut-être qu'ils se servent de cet endroit pour camper ! fit Cassandra, intéressée. On pourrait…

— Attention ! siffla Dennis.

Au-dessus d'eux, un éclat de lumière renvoyé par un pare-brise ! Ils se figèrent sur place, et une Land Rover noire apparut dans un ronflement de moteur.

Le bouillonnement de l'eau avait couvert le bruit de son approche. En se retournant, Dennis constata que Michael était à découvert. Debout au beau milieu de l'herbe, son frère fixait la route, complètement paniqué.

Dennis se précipita vers lui et le bouscula :

— Allez ! Bouge-toi !

Michael escalada maladroitement les rochers. Il manqua glisser et tomber à l'eau, puis disparut de l'autre côté des blocs de pierre. Dennis et Cassandra se précipitèrent à sa suite.

C'était la cachette idéale ! Une petite étendue d'herbe entourée de granite, juste au-dessus de l'eau agitée. À gauche comme à droite, un mur de roche les protégeait des regards, et l'arrondi de la paroi de gauche les cachait même de la route. Personne ne pouvait les voir, à moins de descendre la pente depuis la route, de traverser la rivière et de s'approcher des rochers à pied – comme ils venaient de le faire.

— Vous croyez qu'ils nous ont vus ? s'inquiéta Michael.

— S'ils nous ont vus, c'est parce que tu n'arrêtes pas de traîner ! lui reprocha Dennis, l'œil mauvais. Tu faisais quoi, là, tu attendais qu'ils te repèrent ?

— Tout va bien ! intervint aussitôt Cassandra.

Elle s'était approchée de la paroi rocheuse pour jeter des coups d'œil furtifs.

— S'ils nous avaient vus, ils seraient déjà descendus de voiture. Et je ne les vois nulle part.

— Ils finiront sûrement par décider de poursuivre les recherches à pied ! insista Michael d'un ton fataliste.

— Et après ? fit Cassandra en se calant gaiement contre la roche. On pourrait rester ici éternellement. Ils ne nous trouveront jamais.

— On peut manger un morceau, alors ? s'enquit Michael.

— On ferait mieux de se rationner ! le sermonna Cassandra. Il se pourrait qu'on reste ici pendant des jours. Peut-être même des semaines !

— Mais c'est maintenant que j'ai faim, moi !

— Oh, très bien ! Mais la moitié seulement, alors. Et laisse-moi celui au fromage ! ajouta Cassandra tandis que Michael sortait les sandwichs de ses poches.

Dennis faisait le guet. La voiture avait disparu en direction du nord. Quitter la route et descendre au fond de la vallée était impossible pour un véhicule, même s'il avait les quatre roues motrices d'une Land Rover. Rassuré, Dennis s'installa confortablement pour poursuivre sa surveillance.

Ils mangèrent et allèrent boire à la rivière, chacun son tour, pendant que les deux autres montaient la garde – au cas où leurs poursuivants se seraient montrés. La Land Rover ne tarda pas à réapparaître, repartant dans la direction opposée. Ils l'aperçurent encore à quatre reprises au cours de la matinée. Dans un sens, puis dans l'autre. Une fois, le véhicule s'arrêta et trois silhouettes en sortirent, mais Dennis les remarqua à temps et il se terra avec son frère et sa sœur dans la pénombre des rochers, jusqu'à leur départ. Le soleil montait toujours plus haut dans un ciel bleu turquoise, mais c'était un de ces jours d'automne clairs et piquants, où rien ne pouvait réchauffer l'atmosphère.

Un peu avant midi, la Land Rover n'avait pas réapparu depuis une bonne heure. Dennis se releva pour procéder à un nouveau tour d'inspection rapide.

— Ils ont laissé tomber ! lâcha-t-il finalement.

— Je te parie que non, réagit Michael d'un air lugubre.

— Ils pensent probablement qu'on est partis de l'autre côté, reprit Dennis sans se perturber. On va repasser au-dessus de la route et escalader les collines.

— S'ils reviennent pendant qu'on grimpe, ils nous verront forcément, objecta Cassandra. Attendons encore un peu.

Elle s'adossa à la paroi rocheuse et soupira :

— Si seulement on avait pu emporter mes livres...

— Et si on déjeunait ? suggéra Michael.

— Non ! répondit sévèrement Cassandra. On n'a plus beaucoup de provisions. Il faut les faire durer.

— Mais j'ai faim !

— Les fugitifs ont toujours faim. Les gens qui s'échappent d'une prison peuvent passer des jours et des jours sans manger.

— On ne s'est pas échappés d'une prison ! rétorqua Michael.

Dennis leva les yeux au ciel, mais Cassandra contre-attaqua son frère jumeau :

— Bien sûr que si. On voulait s'en aller, pas vrai ?

— Ouais.

— Et Vargas ne voulait pas nous laisser partir. Donc, c'est bien une prison, asséna Cassandra, achevant sa démonstration.

— Non, ce n'en est pas une, persista Michael. Et au moins, on aura à manger si on rentre !

— On ne rentrera pas, l'interrompit Dennis.

— Mais ils finiront par nous ramener. Alors, à quoi ça sert de mourir de faim ?

Dennis le toisa avec dureté :

— Qu'est-ce que tu veux dire ? Tu ne peux pas savoir s'ils nous retrouveront.

— Ils nous retrouvent toujours.

— Eh bien, pas cette fois-ci.

— C'est ce que tu dis tout le temps !

Dennis plissa les yeux :

— C'est quoi ton problème, tout d'un coup ? Tu as déjà oublié l'année dernière ? On a réussi à les semer trois jours entiers. Si on avait choisi un autre abri, on aurait pu être tranquilles une bonne fois pour toutes.

— Et toutes les autres fois où on a tenté notre chance à Londres ? répliqua Michael en se mettant à compter sur ses doigts. Le jour où Tav est entré dans la pièce alors qu'on essayait de s'enfuir par la fenêtre ? Celui où tu as réussi à sortir par le toit, que tu as atterri sur un râteau et que tu t'es foulé la cheville ? Oh, et si on parlait de la fois où tu nous as fait passer par la porte de la buanderie ? On n'était pas arrivés au bout de la rue qu'on est tombés sur Pete ! C'est toujours la même chose. L'un de nous se fait prendre, et tout est à recommencer. Et tu te rappelles, quand on était dans le Devon et que Cassandra et toi, vous avez pensé qu'il suffisait de sortir par la porte d'entrée et de traverser tranquillement le jardin ? Il ne leur a fallu que quelques heures pour nous retrouver, et quand on est rentrés, Vargas était tellement furieux qu'il…

— Ah ouais ? Eh ben, si ça te dérange tant que ça, tu sais quoi ? fit Dennis en montrant du doigt la vallée en contrebas. Rentre. Vas-y ! La maison n'est qu'à une heure d'ici en descendant la route. Comme ça, tu pourras manger autant que tu veux et on ne sera pas obligés d'écouter tes jérémiades !

— Ce n'est pas ce que je voulais dire ! protesta Michael.

— Ah non ? riposta Dennis avec un sourire mauvais. Moi, je crois que la simple idée de s'échapper te fiche la trouille. Si on n'était pas là, Cassandra et moi, tu n'aurais jamais le cran de le faire. Peut-être que tu *veux* qu'on se fasse prendre, pour retrouver ta cage dorée. Alors, pourquoi tu ne nous ferais pas gagner du temps en retournant à la maison vite fait, bien fait ? Comme ça, tu seras un gentil petit garçon, et Vargas pourra être fier de toi. Vas-y ! répéta Dennis en faisant mine de battre des ailes. Rentre à la maison, poule mouillée !

— Tu es juste jaloux ! cracha Michael. Tu sais bien que c'est Cassandra et moi qu'il veut le plus. S'il te pourchasse, c'est uniquement parce que tu fais partie de la famille – pas parce qu'il te veut vraiment près de lui. Il se soucie bien plus de nous que de toi !

Pris d'un accès de colère, Dennis bondit sur ses pieds et se jeta sur son frère. Michael se leva en toute hâte, affolé.

Cassandra s'interposait déjà, les yeux lançant des éclairs :

— Arrêtez ! Tu es devenu dingue, Dennis ?

Elle pointa du doigt la route, en hauteur :

— Ils sont peut-être tout près d'ici. Ils sont en train de nous traquer, et vous voulez vous battre ? Mais à quoi vous pensez ?

Dennis se détourna à contrecœur, toujours bouillant de colère. Tous trois restèrent silencieux quelques secondes.

— Il n'empêche que Michael a raison, poursuivit Cassandra.

Dennis se tourna vers elle, stupéfait.

Michael et Cassandra n'avaient pas l'air de jumeaux. Ils étaient minces tous les deux, mais Cassandra était un peu plus grande que Michael. Ses cheveux étaient d'un blond doré et lumineux, ceux de son frère châtains. Mais c'étaient bien des jumeaux, qui ne s'étaient jamais quittés depuis douze ans. Dennis avait un an de plus qu'eux – il était aussi plus grand, avec des traits plus accusés et une chevelure plus sombre. Leurs yeux bleu clair, étirés vers le haut, étaient leur seul véritable point commun. Dans le visage blême de Cassandra, ces yeux étaient maintenant assombris par l'inquiétude.

— Michael a raison. On se fait toujours prendre, c'est vrai ! Ça ne sert à rien de se voiler la face. Quoi qu'on invente, ils finissent toujours par nous retrouver.

— Cassandra..., intervint Michael d'une voix hésitante.

— Qu'est-ce que tu proposes, alors ? demanda Dennis. Je ne laisserai pas tomber !

— Ce n'est pas ça.

Cassandra s'éloigna de quelques pas et s'absorba

dans la contemplation de l'eau, à ses pieds. Lorsqu'elle reprit la parole, sa voix s'était radoucie :

— Je ne rentrerai pas, cette fois-ci. Pas question. Peu importe ce qu'il nous en coûtera. C'est juste que…

Elle se tourna vers eux, hésitante :

— … si l'un de nous se fait prendre, je pense qu'on ne devrait pas tout arrêter.

— Tu veux qu'on se sépare ? s'étrangla Michael.

Cassandra acquiesça et Michael secoua la tête :

— Non ! Cassandra, s'il te plaît…

Cassandra s'était remise à fixer les eaux tourbillonnantes, qui prenaient des reflets brun doré sous les rayons du soleil.

— Si on est séparés, on pourra toujours se retrouver plus tard. Tu as raison, Michael. Ils nous reprennent toujours, parce qu'il suffit qu'ils attrapent l'un de nous pour que les deux autres arrêtent tout.

— Non, pas ça ! cria Michael tout en continuant à secouer la tête, terrorisé. Je suis désolé pour ce que j'ai dit tout à l'heure. Je ne le pensais pas.

Il regardait Cassandra, désespéré. Celle-ci se pencha et ramassa un caillou tranchant :

— Attendez !

Dennis l'observait. Cassandra se dirigea vers Michael et traça un trait sur la paroi de granite :

— À toi ! Fais un trait en travers du mien.

Michael hésita, puis lui prit le caillou des mains et s'exécuta. Les deux traits formaient un X.

— Voilà, fit Cassandra en reculant d'un pas. C'est pour nous trois. Si jamais on était séparés, on se rejoindrait ici. Cette marque est la promesse qu'on se retrouvera un jour, tous ensemble.

Michael hocha la tête, mais sans quitter son air accablé. Cassandra fit signe à Dennis :

— À ton tour !

— Oh, j'en ai assez de vos trucs de bébé ! lâcha Dennis. Je vais jeter un coup d'œil là-haut, et après il faudra se remettre en route.

Il s'éloigna, se hissa en haut des rochers – et se retrouva nez à nez avec un homme.

De taille moyenne mais solidement bâti, il avait un visage buriné et mal rasé, et des cheveux noirs grisonnants. C'était Pete. Lorsqu'il vit Dennis, il ouvrit la bouche de stupeur. Se retournant, il cria :

— Hé ! Hé ! Ils sont de l'autre côté du...

Dans le même temps, il fit un geste pour agripper Dennis et perdit l'équilibre. Avec un hurlement, il glissa le long de la roche et atterrit en bas, dans un grand jaillissement d'eau.

Dennis sauta au pied des rochers.

— Courez !

Il n'y avait qu'une issue. Ils contournèrent tant bien que mal le point d'intersection des deux rivières : les buissons d'ajoncs dressés un peu partout s'accrochaient à leurs vêtements et les écorchaient. Dennis bondit sur une rangée de rochers et tira Cassandra par la main pour la hisser. Un grondement d'eau lui fit lever les yeux et, pour la première fois, il vit la seconde rivière.

Des flots blancs d'écume dévalaient les collines et venaient se briser sur plusieurs rangées de rochers déchiquetés. De l'autre côté se dressait une épaisse forêt où ils auraient pu se réfugier. Malheureusement, la rive était inaccessible : c'était un mur compact de blocs de granite, hérissés d'angles menaçants. Dennis et Cassandra échangèrent un sourire crispé avant de se mettre à grimper.

Dennis se servit des arbustes et des fougères comme autant de prises pour grimper et ramper d'un rocher au suivant. Cassandra, dont les jambes étaient plus courtes, avait davantage de difficultés mais s'accrochait courageusement. Michael, lui, était toujours à la traîne. Dennis fit une pause sur une corniche pour les attendre.

Une fois sur l'aplomb de roche, Cassandra tira Dennis par le bras et tendit le doigt. En dessous d'eux, Pete escaladait le premier rocher. Il était trempé et semblait vraiment furieux.

Ils reprirent lentement leur ascension, les rochers devenant plus imposants au fur et à mesure qu'ils montaient. Si Pete était plus vigoureux, il n'était sûrement pas aussi agile : sa silhouette trapue ne gagnait pas de terrain. Un moment, ils crurent vraiment qu'ils allaient pouvoir lui échapper.

Mais Dennis regarda droit devant lui, et il sentit le découragement l'envahir. Un autre homme se dressait au milieu des rochers, quinze mètres au-dessus d'eux : c'était Tav, le second de Vargas.

Les adolescents s'arrêtèrent près d'un roc haut de trois mètres dressé vers le ciel, tel un poignard. À gauche, un versant trop abrupt pour qu'ils puissent l'escalader. À droite, des flots rugissants. Ils étaient pris au piège !

— Dennis…, fit doucement Cassandra.
— Ouais, je sais. C'est la fin du voyage.
Dennis se mit brusquement à rire. Curieusement, les choses semblaient si simples, maintenant qu'on leur coupait toute retraite ! Le grondement de la rivière envahit ses oreilles, l'emplissant d'une énergie farouche. Il allait livrer son baroud d'honneur – se battre jusqu'à ce qu'on le terrasse.
— Je me charge de Tav, dit-il tout haut. Michael et toi, vous pourrez peut-être vous échapper si je fais diversion.
— Non. On peut tous traverser.
Cassandra pointait la rivière du doigt. À quelques mètres seulement, le torrent impétueux venait se briser sur deux ou trois rochers… et chaque rocher était à un bond du suivant.
Dennis émit un sifflement admiratif :
— Pas mal !
Michael écarquilla les yeux :
— Vous êtes malades !
— Je suis sérieuse, assura Cassandra qui examinait la rivière, étudiant le meilleur parcours. Deux rochers. Juste trois sauts. C'est tout ce qu'il y a de plus faisable.
— Vous avez perdu la tête ! s'écria Michael. On va mourir !
— On peut y arriver. C'est la seule solution.
— Non, protesta Michael en secouant la tête. Je ne ferai pas ça, Cassandra. On arrête !
Une voix glaciale retentit au-dessus d'eux :
— En effet. On arrête.
L'homme qui se tenait en surplomb se laissa tomber sur un rocher, saisit la branche d'un arbre et s'élança

pour atterrir avec souplesse sur le sol. En dépit de sa haute taille, il se déplaçait avec la grâce d'une panthère. Il avait les mêmes cheveux brun foncé que Dennis et des traits anguleux, mais ses yeux bleus étincelaient de rage. Dennis recula pour venir se placer à côté de Cassandra et de Michael, partagé entre la peur et la haine.

Cet homme était Vargas Havelock. Leur père.

— C'était censé être des vacances ! poursuivit-il d'une voix tendue par la colère. Quelques jours de pause bien mérités. Maintenant, nous allons devoir rentrer à Londres, et il va falloir que j'annule tout ce que j'avais prévu aujourd'hui. Avec vos stupides petites cascades, vous m'avez fait perdre une semaine entière de travail. Vous n'avez aucune idée des ennuis que vous venez de vous attirer, tous les trois !

Dennis tenta d'adopter un ton de défi :

— On ne rentrera pas.

Le regard froid de Vargas s'arrêta sur lui, et le courage de Dennis vacilla.

— Oh que si ! le rembarra Vargas. Tu vas rentrer à la maison, Dennis. De gré ou de force ; mais crois-moi, tu vas rentrer.

Les yeux de Vargas glissèrent sur Cassandra, et Dennis sentit sa sœur tressaillir près de lui.

— Ensuite, vous reviendrez tous les trois à Londres avec moi. J'ai assez subi vos enfantillages.

Pete et Tav, qui les avaient rejoints, vinrent se poster derrière Vargas, haletants. La fureur déformait les traits épais de Pete.

— Sales morveux ! grogna-t-il. Je m'en vais vous

filer une rouste dont vous vous souviendrez toute votre vie !

Mais Vargas leva la main, et Pete se tut aussitôt. Les trois enfants restèrent immobiles, comme des oiseaux fascinés par un serpent.

Alors que Pete et Tav s'avançaient vers eux, Cassandra, dans un bond désespéré, s'élança vers le premier rocher. Elle dérapa, mais réussit à se rétablir en s'aidant des mains. Elle tourna la tête vers ses frères et lança :

— Michael, Dennis ! Venez !

Michael hésita longuement, avant de se diriger vers leur père en secouant la tête. Tav l'empoigna aussitôt.

— Michael ! cria Cassandra, le visage éclaboussé d'écume.

Vargas fit quelques pas en avant, les yeux lançant des éclairs. Dennis lui barra le chemin, mais Vargas le repoussa brutalement, l'envoyant rouler au bord de l'eau.

— *Cassandra* ! vociféra-t-il. Reviens ici *tout de suite* !

Dennis se releva, plein de hargne. Au milieu de la rivière, Cassandra se redressa, chancelante, puis se tourna vers le second rocher. Il était petit et luisant d'humidité.

— Cassandra, ne fais pas ça ! s'écria Michael.

Cassandra sauta.

Elle atterrit en plein centre, à pieds joints. L'espace d'un instant, Dennis crut qu'elle avait réussi. Mais les jambes de Cassandra se dérobèrent et elle glissa, se retenant comme elle pouvait à la pierre au moment où elle basculait dans l'eau, le souffle coupé.

Michael criait et luttait pour échapper à Tav. Entraînée par le courant, Cassandra s'enfonçait chaque fois un peu plus dans l'eau agitée.

Dennis tenait enfin l'occasion de se sauver : tous les regards étaient fixés sur Cassandra qui se débattait au milieu de la rivière. Vargas lui tournait même le dos. Le garçon prit son élan, sauta et atterrit à pieds joints sur le premier rocher. Des tourbillons d'eau l'entouraient de toutes parts. De l'écume lui fouettait le visage, l'aveuglant presque. Cassandra n'était qu'à un mètre de lui. Dennis se prépara à sauter de nouveau.

— Je vais bien ! mentit sa sœur d'une voix à peine audible.

D'où il était, Dennis voyait les doigts de sa sœur se détacher du rocher, l'un après l'autre. Cassandra souleva la tête :

— Dennis ! Va chercher Michael et…

Elle lâcha prise et disparut dans le torrent. Dennis plongea sans réfléchir et lui saisit le bras, au moment même où le courant les précipitait vers un énorme rocher. Juste avant de le heurter de plein fouet, Dennis plaqua Cassandra contre lui. Transformés en bouclier, le dos et la tête du garçon percutèrent la masse de pierre. Derrière ses paupières, une explosion d'étoiles cédèrent la place à l'obscurité.

Dennis bascula tête la première. Cassandra aussi, et elle but la tasse dans un nuage de bulles. Un instant, sa tête perça la surface de l'eau et elle lutta pour reprendre sa respiration, mais le courant l'aspira de nouveau.

Elle se cramponnait convulsivement à Dennis, tout en essayant d'agripper de sa main libre les arêtes rocheuses contre lesquelles elle se cognait ; malheureusement, le torrent l'emportait trop rapidement pour qu'elle puisse affermir sa prise. Tout n'était que fracas et chaos. Chaque centimètre de son corps était meurtri. Ballottée et malmenée, elle n'apercevait que confusément arbres, ciel et terre.

Soudain, le courant perdit de sa force et elle se mit à dériver. Dennis flottait près d'elle, lourd et immobile, yeux fermés. Elle tenta encore de se retenir aux rochers, en vain, car le froid mordant l'avait vidée de ses forces. Les images qui se formaient devant ses yeux semblaient sombres et distantes, et la rive s'étirant près d'elle s'évanouissait peu à peu. Elle fit un ultime effort pour se hisser sur une hypothétique berge puis se laissa retomber, s'abandonnant à l'étreinte glacée.

Une main s'abattit sur elle. Crachant et suffoquant, Cassandra fut traînée hors de l'eau et allongée sur une herbe moelleuse. Elle se rendit vaguement compte qu'on s'occupait aussi de Dennis. Puis un visage se pencha sur elle.

— Ils seront là dans quelques minutes, dit une voix douce. Reste tranquille : ils vont te trouver.

— Non ! haleta Cassandra.

Prise d'une quinte de toux, elle attrapa le bras de la personne qui se tenait au-dessus d'elle, et lutta pour articuler quelques mots :

— Surtout, ne les laissez pas nous retrouver ! Il faut qu'on aille en lieu sûr. S'il vous plaît… Il faut nous aider…

La vision de Cassandra s'obscurcit rapidement et tout s'effaça. Avant de sombrer, elle vit d'étranges yeux bleu clair qui la fixaient.

Lorsque Pete et Vargas atteignirent le plan d'eau, Dennis et Cassandra avaient disparu.

I

Rokkaku

Crrrac.

Crrrac.

Dennis se retourna et tira la couverture jusqu'à ses oreilles. Il avait mal partout et il voulait encore dormir.

Crrrac.

Crrrac.

On aurait dit le craquement d'un plancher. Mais Dennis n'avait pas l'intention de se lever.

— La ferme, Michael ! marmonna-t-il du fond de son lit.

Crrrrrrrac.

Dennis ouvrit les yeux, prêt à maudire son frère, et ce qu'il vit le tira instantanément de sa torpeur.

Il se trouvait dans une petite pièce tout en bois, murs et plafond compris, et nue – à l'exception de quelques meubles. Il était couché sur un matelas à même le sol. La lumière du soleil inondait le lit.

Dennis se redressa et grimaça en sentant sa nuque et son dos l'élancer. Il les palpa avec précaution. Sa peau était comme à vif, et il devina un pansement sous ses doigts. Il en avait un autre sur le bras droit, et deux éraflures sur sa jambe gauche semblaient avoir été désinfectées. Dennis fronça les sourcils, songeur, puis il aperçut ses vêtements, pliés au bord du lit.

Pendant qu'il s'habillait, il y eut un autre craquement prolongé, juste sous ses pieds. Dennis se figea. Le craquement revint. Cette fois, Dennis eut l'impression que le sol bougeait. Complètement dérouté, il alla regarder dehors. À travers la fenêtre de chacun des murs, il voyait le ciel et des arbres. Le vent agitait les feuilles ; c'était le seul mouvement visible. Dennis allait tourner les talons, mais s'arrêta net en réalisant ce qui clochait…

… Comment se faisait-il qu'il y ait des branches derrière chaque fenêtre ?

Dennis marcha jusqu'à la porte, l'ouvrit, s'apprêta à faire un pas dehors – et se retint au chambranle pour ne pas tomber.

La porte donnait sur une grosse branche. En dessous, c'était le vide – une bonne dizaine de mètres. Dennis recula et se rassit lourdement au bord du lit, les yeux écarquillés de stupeur.

Crrrrrac…

Cette fois, il en était sûr : le sol avait bel et bien bougé sous ses pieds.

— La vache ! s'exclama Dennis, avant de ramper jusqu'à l'ouverture pour jeter un coup d'œil prudent dehors.

Un feuillage dense lui bouchait la vue, mais il aperçut tout de même, en dessous, un long bâtiment en bois au toit plat. Il n'y avait rien entre le toit et lui – juste quelques cordes pendant mollement entre les branches.

Le vent faisait bruisser les feuilles et l'arbre s'inclina légèrement avec un autre *crrrrac.* Dennis se cramponna au plancher le temps qu'il arrête de bouger. Puis il prit une profonde inspiration.

O.K. Tu dois juste descendre de cet arbre... Ça n'a rien de sorcier !

Et avant de se mettre à trop réfléchir, il sortit à quatre pattes et entama sa descente en s'aidant des branches. C'était plus facile qu'il ne l'avait pensé : des échelons cloués dans le tronc servaient de points d'appui. Une minute plus tard, Dennis sautait et atterrissait sur le toit plat avec un bruit sourd. Puis il se redressa et regarda autour de lui avec stupéfaction.

Devant et derrière lui s'étiraient plusieurs bâtiments comme celui sur lequel il se tenait. Étroitement alignés au fond d'une vallée en pente, ils se dressaient sur pilotis, de chaque côté d'un ruisseau encaissé, à demi dissimulés par des chênes, des bouleaux et des aulnes.

Plus haut, des chemins étroits couraient sur les flancs abrupts. Ils donnaient accès à de drôles d'habitations troglodytiques dont on apercevait juste une porte, deux petites fenêtres et une partie du toit. Les versants étaient si escarpés qu'elles donnaient l'impression d'être perchées l'une sur l'autre. Chaque sentier desservait un niveau d'habitations. Des marches creusées dans la terre, des escaliers en rondins et des pistes tout en courbes reliaient les chemins étroits entre eux. Les sentiers les plus bas communiquaient grâce à des passerelles jetées d'un flanc de la vallée à l'autre.

Mais c'était ce qui se trouvait *entre* ces deux flancs qui intriguait le plus Dennis. La petite pièce qu'il venait de quitter n'était pas la seule dans les airs. Presque tous les grands arbres supportaient des cabanes ou des plates-formes de taille réduite, reliées par un réseau de cordes et de sièges suspendus. Celles-ci n'étaient accessibles que par des cordes tendues entre les versants de la vallée et les arbres. Dennis nota plusieurs « étages » de cabanes et de plates-formes. Les plus élevées se trouvaient à la cime des arbres, treize mètres au-dessus du sol – au même niveau que les sentiers les plus hauts.

Le soleil filtrait à travers les feuillages, dessinant des motifs tachetés sur les petites constructions à moitié masquées par la végétation. On aurait dit que la vallée tout entière était conçue non pour des marcheurs, mais pour des créatures capables de voler – ou de grimper. En se tournant lentement de l'autre côté, Dennis put voir au loin, à travers les arbres, le scintillement d'une vaste étendue d'eau.

Un bruit sourd et des voix étouffées s'échappèrent du bâtiment sur lequel Dennis se tenait. Il sursauta. Quelqu'un criait ! Il trouva une échelle, descendit précipitamment du toit et sauta sur l'herbe. Les voix se firent plus distinctes :

— Ton équilibre, bon sang ! Arrête d'essayer de le déstabiliser et pense à ton équilibre ! Allez, on recommence !

Il y eut un court silence, puis une violente secousse ébranla les pieux de bois soutenant la construction.

— Non, non et non ! Mais qu'est-ce que j'ai fait pour mériter un tel ramassis d'incapables ? Au Japon, un enfant de trois ans arriverait à exécuter cette prise ! Arthur, Toshiro, venez par ici ! Voyons si vous pouvez être de bons *uke** [1].

Dennis se dirigea vers la partie inférieure du bâtiment en longeant le ruisseau. Une série de marches menaient à une porte entrebâillée. Curieux, il passa la tête par l'ouverture.

Il découvrit une vaste salle au sol muni d'un revêtement caoutchouteux. Vingt adolescents tout juste sortis de l'enfance se tenaient en cercle autour d'un adulte chétif au crâne lisse. C'était sa voix que Dennis avait entendue. Tous portaient une tenue étrange : une veste et un pantalon amples de couleur noire, serrés à la taille par une large ceinture verte, et de drôles de chaussons. Dennis vit un adolescent noir, deux fois plus large que l'adulte, empoigner celui-ci par derrière et lui plaquer les bras contre le corps. Un garçon frêle aux traits asiatiques s'avança vers eux.

— Bien, déclara l'homme chauve. Et maintenant, les attaques !

Le garçon qui lui faisait face inclina la tête et lui donna un coup de poing.

L'homme fit quelques mouvements, vif comme l'éclair. Un instant plus tard, son assaillant était étendu au sol et se tenait le ventre, tandis que celui qui l'immobilisait atterrissait en vol plané sur le dos, faisant trembler les murs.

---

1. Les astérisques renvoient au glossaire à la fin du roman.

Dennis était persuadé qu'il était grièvement blessé, mais à sa grande surprise, le garçon se redressa avec un large sourire. L'homme lui tendit la main pour l'aider à se remettre debout.

— C'est clair pour tout le monde ? demanda-t-il à son auditoire.

Tous hochèrent la tête.

— Alors on recommence, et appliquez-vous cette fois !

Dennis recula vivement, ébahi.

Mais où était-il tombé ?

Il dévala les marches, s'arrêtant net au moment de tourner à l'angle du bâtiment. Malgré le murmure du ruisseau, il avait entendu des pas approcher de l'autre côté.

— Christopher ! lança une voix de fille enjouée. Je t'ai cherché partout ! Est-ce que je t'ai déjà dit à quel point je t'appréciais ?

— Oh oui… Souvent. Chaque fois que tu t'apprêtes à nous attirer des ennuis.

— Des ennuis ? Ce n'est vraiment pas mon genre. Qu'est-ce qui te fait penser…

— Qu'est-ce que tu as encore fait, Jennifer ?

— Mais rien ! Je voulais seulement te poser une question théorique…

Depuis son poste d'observation, Dennis vit arriver deux adolescents. Ils avaient plus ou moins son âge, et portaient la même tenue noire que ceux rassemblés dans le bâtiment de bois. La fille, plus menue que Cassandra, brune avec des mèches blondes, avançait d'un pas sautillant ; le garçon, qui la dépassait en taille, avait des cheveux et des yeux sombres, un teint mat et une expression réfléchie. Il s'arrêta et croisa les bras :

— Quel genre de question ?

— Eh bien, supposons qu'un élève de notre classe, appelons-le Ichiro, ait dit une chose vraiment injuste. Comme, par exemple, qu'on a tous un *taïjutsu** merdique. Dans ce cas, toujours théoriquement, est-ce qu'on ne devrait pas mettre quelques limaces dans ses *tabi* * ?

— Non, Jennifer. Théoriquement, chercher la bagarre avec le dur à cuire de la classe serait une très, très mauvaise idée. Avec tout ce que tu lui as déjà fait subir, il est assez furieux contre toi comme ça.

— Tu crois ?

— Oh que oui !

— Bon. Alors, j'ai une autre question théorique… Et si c'était *déjà* fait ?

Derrière eux, un cri strident s'échappa d'un des bâtiments en bois. Christopher tressaillit et jeta un regard accusateur à Jennifer, qui savourait visiblement sa vengeance.

— Tu es devenue dingue ou quoi ?

Celle-ci se mit aussitôt à battre des cils, feignant l'innocence.

— Oh allez, Chris ! Quand on vit dans les bois, il faut bien s'attendre à ce que des petites bêtes visqueuses se glissent dans vos chaussures. C'est, comment dire… une des lois de la nature.

— Elles ne s'y glissent pas toujours toutes seules ! Si jamais Ichiro découvre qui a fait ça, on est tous les deux dans…

— Jennifer.

Un homme s'était approché d'eux sans faire de bruit. Il avait des traits asiatiques, un visage ridé et des cheveux grisonnants. L'usure avait fait virer au gris le noir de sa tenue et de sa ceinture. Malgré la simplicité de son apparence, une grande autorité se dégageait de lui. Christopher et Jennifer se retournèrent et s'inclinèrent précipitamment.

— Nishiyama *Senseï** ! Euh, on était juste…

— Le cours de *taïjutsu* d'Akamatsu *Senseï* vient d'être perturbé, annonça l'homme d'une voix égale. Il semblerait que quelqu'un ait joué une mauvaise farce à Ichiro. Mais je suppose que vous n'êtes au courant de rien ?

Jennifer fit un pas en arrière :

— Euh… N-non, *Senseï*.

— Votre père a joint quelques commentaires personnels dans la lettre accompagnant votre arrivée, Jennifer. Il affirme notamment que vous êtes incapable de tenir en place plus de quinze jours. Puisque cela fait trois semaines que vous êtes à Rokkaku, et que l'incident de la mousse à raser s'était également produit en votre présence, je serais curieux d'apprendre à quoi vous avez occupé la dernière heure.

Le ton de sa voix restait doux, mais ses yeux ne quittaient pas le visage de Jennifer, dont la gorge était si nouée qu'elle était incapable de parler.

— C'est vrai ! Elle n'a rien à voir avec…

Le regard de Nishiyama glissa de Jennifer à Christopher, et l'adolescent hésita :

— Euh… Je veux dire qu'elle n'y est forcément pour rien. Parce que… parce qu'elle faisait visiter Rokkaku à la nouvelle !

Dennis tendit le cou, curieux de voir qui Christopher montrait du doigt.

Cassandra !

— Je vois, répondit Nishiyama. Eh bien, je vous suggère de lui trouver un *gi* * au plus vite. Cassandra, vous a-t-on déjà attribué une chambre ?

Cassandra secoua la tête.

— Vous non plus, Dennis ?

Dennis se figea sur place. Rien dans l'attitude de Nishiyama n'avait indiqué qu'il avait remarqué sa présence !

— Qu'est-ce que… ? commença Dennis.

Il voulait comprendre ce qu'il faisait là. Mais quelque chose dans l'expression de Nishiyama lui fit ravaler sa question :

— Euh, non plus.

— Dans ce cas, vous partagerez avec Shiro Yoshimatsu la cinquième chambre en descendant la Rangée du Renard. Cassandra, vous logerez seule dans la troisième chambre en descendant la Rangée de l'Épilobe. Vos blessures semblent en voie de cicatrisation. Sauf avis contraire du docteur Furuta, je compte donc vous voir tous les deux en cours, demain matin. Vous avez beaucoup à rattraper.

Il se détourna et marqua une pause avant de reprendre :

— Au fait, Jennifer… Je vous conseille d'éviter les ennuis, à l'avenir.

Et il s'éloigna.

— *Comment* peut-il connaître mon nom ? s'étonna Dennis.

Jennifer haussa les épaules :

— C'est le directeur. Il connaît le nom de tous les élèves. Dis donc, on a eu chaud !

Christopher s'en prit aussitôt à elle :

— On a eu *plus* que chaud ! Pourquoi faut-il toujours que tu m'entraînes dans tes délires ?

— Oh, arrête de te plaindre ! Comme si tu avais mieux à faire...

— Cassandra ? fit Dennis en s'avançant.

Celle-ci lui adressa un sourire rayonnant et le serra contre elle :

— Ce que je suis contente que tu ailles mieux ! Je suis montée te voir tout à l'heure, mais tu dormais encore.

Dennis s'écarta pour la regarder droit dans les yeux :

— Tu veux bien m'expliquer ce qui se passe ici ?

— Chaque chose en son temps ! Voici Jennifer, et son ami Christopher. Ils ont commencé à me faire visiter les environs – enfin, sauf ces dix dernières minutes. Jennifer, Christopher, je vous présente mon frère aîné : Dennis.

Jennifer lui fit un petit signe de la main :

— Salut ! Vous vous êtes enrôlés en même temps ?

— On ne s'est pas..., commença Dennis.

Cassandra l'interrompit avec vivacité :

— Dis donc, Jennifer, ça vous dérangerait de nous laisser discuter un peu, Dennis et moi ? On a vraiment besoin de rattraper le temps perdu, tu vois ?

— D'ac, on jouera les guides plus tard ! conclut Jennifer en tirant Christopher par le bras. À plus !

Dès qu'ils eurent tourné au coin du bâtiment, Dennis assaillit sa sœur de questions :

— Tu vas me dire ce que c'est que cet endroit ?

— Rokkaku.

— Rokka-quoi ? Oh, laisse tomber ! Où sont passés Vargas et les autres ?

— Ils sont à des kilomètres d'ici ! s'exclama Cassandra en riant. Du calme, Dennis, on est en lieu sûr ! Vargas ne risque pas de nous retrouver de sitôt.

Effectivement, la vallée encaissée ne ressemblait en rien à celle où Vargas et ses hommes les avaient poursuivis.

— Où est-ce qu'on est, alors ?

— À quelques kilomètres de la Tawi, apparemment.

Dennis s'arrêta de marcher, interloqué :

— La Tawi ?

— La rivière dans laquelle on est tombés ! soupira Cassandra. Si tu arrêtais un peu de poser des questions, je pourrais t'expliquer. Tu as heurté un rocher et le courant nous a entraînés en aval. Quelqu'un nous a sortis de l'eau…

— Qui ?

— Je t'ai demandé d'arrêter de poser des questions ! Je ne sais pas qui c'est. Pendant qu'on était inconscients, cette mystérieuse personne nous a transportés jusqu'ici. Viens, on va faire le tour du propriétaire !

Elle prit Dennis par la main. Ils empruntèrent un sentier de terre, bordé d'herbe et de fleurs sauvages, qui s'élevait en pente raide. Ils passèrent devant les drôles de petites habitations, creusées dans les flancs escarpés. Cassandra l'emmena sur une étroite plateforme surplombant la vallée. Les versants étaient parsemés de ces carrés de bois, qui jalonnaient chaque sentier.

— Qu'est-ce qu'on vient… ? commença Dennis.

Une cloche s'était mise à sonner.

La vallée s'anima brusquement : des adolescents – garçons et filles, petits et grands, peaux claires et sombres – sortirent en masse des longs bâtiments de bois flanquant le ruisseau. Parmi eux se trouvaient quelques adultes. Tous portaient la même tenue noire que Christopher et Jennifer, et une ceinture tantôt blanche, verte, rouge ou noire.

De l'autre côté de la vallée, un garçon s'empara d'une corde, s'élança et survola avec aisance le toit d'un des bâtiments. Il arrivait droit sur eux. Dennis fit un bond en arrière et l'inconnu atterrit au centre de la plate-forme avec un bruit sourd.

— Hé ! lança-t-il. Les paliers doivent rester dégagés !

Puis il s'élança sans plus attendre vers un escalier creusé dans un flanc de terre.

Il n'était pas le seul à voyager par la voie des airs. Certains utilisaient les sièges suspendus pour circuler entre les plates-formes inférieures, tandis que d'autres grimpaient aux arbres pour rejoindre les cabanes des niveaux intermédiaires. Dennis ne put s'empêcher d'admirer la grâce de leurs mouvements. Aux niveaux supérieurs, des cordes servaient aussi aux déplacements. Dennis observa un adolescent, plus grand que lui, qui sortait d'une des cabanes les plus élevées. En équilibre sur une corde, ce dernier se dirigeait vers une autre cabane, distante de vingt pas. Dennis le vit s'arrêter à mi-chemin, exécuter un salto arrière, saisir la corde au passage et atterrir avec désinvolture sur le toit d'une troisième cabane, trois mètres plus bas. Dans les clairières au fond de la vallée, Dennis aperçut des adolescents armés de longs bâtons s'affrontant deux par deux, et plus près, tout un groupe d'enfants plus jeunes qui suivaient un homme d'âge mûr. Il avait du mal à en croire ses yeux.

— Tu vas me dire où on est, à la fin ?

— Bienvenue à Rokkaku, l'école des ninjas ! annonça Cassandra avec un grand sourire.

— Alors c'est *vraiment* une école ?

— Une école d'arts martiaux.

Dennis et Cassandra redescendirent le sentier de terre, en restant bien à gauche pour éviter la foule bruyante qui affluait.

— On y enseigne les matières classiques, mais aussi le *ninjutsu**, reprit Cassandra avec animation. C'est un art martial japonais – un sport de combat secret. Et on y apprend des tas d'autres choses ! Ça, par exemple.

Elle montra une corde sur laquelle marchait une adolescente, juste au-dessus de leurs têtes, et reprit :

— Les élèves s'enrôlent à onze ans et restent jusqu'à dix-huit ans. Jennifer m'a raconté tout ça en attendant que tu te réveilles. Les cours de l'après-midi viennent de se terminer, c'est pour ça que tout le monde sort.

— Les cours de l'après-midi ? Mais quelle heure est-il ?

— Seize heures. Tu as failli dormir toute la journée !

Dennis remarqua que certains adolescents leur

jetaient des regards de côté en les croisant. Il comprit rapidement ce qui les intriguait : il portait toujours le pull et le jean qu'il avait en tombant dans la rivière, alors que tous ceux qui évoluaient dans la vallée, même les adultes, arboraient la fameuse tenue noire.

— Et Vargas ?

— Tiens-toi bien, Dennis, c'est la meilleure : Rokkaku est une école secrète. À part les professeurs et les élèves, personne ne sait où elle se trouve : elle n'apparaît sur aucune carte. Aucun risque que Vargas nous trouve ! On est en sécurité.

Ils étaient arrivés dans la partie inférieure de la vallée. Les longs bâtiments de bois s'arrêtaient un peu plus loin, à l'endroit où le ruisseau s'élargissait et se chargeait de galets, avant de disparaître derrière un groupe d'arbres. Près d'eux, le versant de terre était recouvert d'herbe et de bruyère. Des portes en bois trouaient le tapis épais à intervalles réguliers. Cassandra indiqua une porte au-dessus d'eux, puis une autre à leur niveau.

— Voilà ta chambre, et la mienne est ici.

Les environs grouillaient de monde, mais plus personne ne semblait leur prêter attention. Dennis ouvrit la porte la plus proche, fit signe à Cassandra d'entrer et ferma derrière elle. Aussitôt, le brouhaha régnant dans la vallée leur parvint affaibli.

La pièce aux dimensions réduites était sommairement meublée, comme celle dans laquelle il s'était réveillé. Un lit bas était placé dans un coin, à côté d'une table et de chaises. Le soleil faiblissant traversait les deux petites fenêtres et dessinait des carrés de lumière sur les planches recouvrant les murs. Ceux-ci étaient totalement nus, à l'exception d'une affiche accrochée au-dessus du lit.

Dennis s'assit sur une chaise :

— Qu'est-ce qu'ils savent de nous, au juste ?

— L'important, ce n'est pas ce qu'ils savent mais ce qu'ils *pensent*, déclara Cassandra d'un air sérieux en s'installant sur le lit. Et ils pensent qu'on est nouveaux.

— Hein ?

— Qui que ce soit, la personne qui nous a amenés ici a laissé une lettre. Le temps que j'émerge, les professeurs l'avaient lue. Je ne sais pas ce qu'elle racontait exactement, mais c'est là qu'ils ont appris qu'on s'enrôlait à Rokkaku.

— Bizarre. Tu leur as dit qui on était ? s'inquiéta Dennis.

Cassandra prit un air outré :

— Bien sûr que non ! Je ne suis pas complètement stupide ! J'ai dit au médecin qu'on était tombés dans la rivière et que je ne me rappelais rien d'autre. Il ne m'a plus posé de questions. Quand j'ai demandé de tes nouvelles, il a chargé Jennifer et Christopher de me conduire à toi.

Dennis se détendit un peu :

— Tant mieux ! Ils ne se seraient pas montrés aussi secourables s'ils avaient su que notre père est trafiquant de drogue...

Vargas, trafiquant de drogue ? Autant qualifier un tueur à gages de simple malfaiteur ! Le mot était faible. Vargas Havelock était un *baron* de la drogue ; il régnait sur une bonne partie de Londres. Nul ne connaissait précisément l'étendue de son influence

– pas même Pete et Tav, ses deux plus proches lieutenants. Vargas voyageait dans toute la Grande-Bretagne, parfois à l'étranger. Depuis des années, Dennis, Michael et Cassandra saisissaient régulièrement des bribes de conversation donnant une idée de ses activités. Il n'était pas uniquement question de drogue, mais aussi d'armes à livrer en Angleterre ou en Irlande, et d'affaires si risquées que Vargas ne les évoquait que par leur nom de code. Mais la drogue restait le marché le plus juteux. C'était elle qui avait financé l'ascension sociale de Vargas ; elle qui lui avait permis d'acheter les six ou sept maisons disséminées en Grande-Bretagne ; elle qui motivait les réunions tardives avec des hommes louches, toujours tirés à quatre épingles. Vargas connaissait tout le monde, avait des contacts partout. Et pour autant que Dennis le sache, il n'avait jamais été arrêté.

Dennis bâilla. Apparemment, tout ne se présentait pas aussi mal qu'il le craignait. Il n'empêche qu'ils n'avaient pas de temps à perdre. Machinalement, il toucha le pansement qui ornait sa nuque et tressaillit :

— Ouïe ! Vivement que ça soit guéri ! Bon, quelle est la ville la plus proche ?

— Rhosmaen, je suppose.

— Pas bon, ça. Une autre !

— Je ne suis pas sûre qu'il y en ait une autre. On est vraiment au milieu de nulle part ! Mais j'imagine que si on contournait le lac en direction du barrage, on finirait par trouver une agglomération.

— Ça m'a l'air d'une bonne idée, acquiesça Dennis. On va attendre le coucher du soleil. Tu as repéré un endroit où on pourrait rassembler quelques provisions ?

— Pour quoi faire ?

— On ne va quand même pas partir les mains vides !

Cassandra hésita :

— Partir ?

Dennis regarda sa sœur d'un air surpris :

— Eh bien, on n'est pas forcés de partir tout de suite, mais ils comprendront tôt ou tard qu'on n'est pas de vrais élèves. Et je préférerais partir avant qu'ils s'en rendent compte.

— Comment pourraient-ils le savoir ?

— Si on traîne dans le coin sans suivre les cours, ils s'en apercevront vite, tu ne crois pas ? ironisa Dennis.

— Mais si on suivait les cours ?

— Qu'est-ce que tu veux dire ? fit Dennis en fronçant les sourcils.

— Ils pensent qu'on est nouveaux. Et si on le devenait vraiment ? On est inscrits et ils nous ont déjà attribué des chambres. J'ai pu observer un peu les professeurs… Je n'ai pas l'impression qu'ils posent beaucoup de questions, ici. On pourrait…

— Hé là, attends un peu ! l'interrompit Dennis en levant les mains. Si je me souviens bien, on essayait de s'enfuir, non ?

— Tu ne comprends pas, Dennis ? On a *enfin* une chance, expliqua Cassandra, les yeux brillants. C'est le seul endroit au monde où Vargas ne pourra jamais nous retrouver. Ici, pas de journaux, pas de téléphone, pas de commissariat. À l'extérieur, il a des contacts partout, il peut nous suivre à la trace où qu'on aille.

Écoute, on s'est toujours enfuis sans réfléchir à l'endroit où on allait se réfugier. Tu vois une meilleure cachette qu'ici ?

— Tu veux rire ? Tu crois que je me suis échappé en sortant par le toit et que j'ai fait le casse-cou dans cette rivière pour me retrouver à l'école ?

— Pourquoi pas ? répliqua Cassandra d'une voix calme. Il faut bien apprendre ! Jennifer et Christopher m'ont raconté que les maîtres ninjas étaient quasiment invincibles. On pourrait rester ici quelques mois.

Elle se redressa et ajouta d'un ton de défi :

— Comme ça, quand on sera plus forts que Vargas, on pourra retourner là-bas et délivrer Michael.

— Oh, s'il te plaît, Cassandra ! Tu as toujours aimé nous concocter des plans ambitieux, mais ça ne nous a jamais menés très loin. Tu sais bien que tu n'aurais aucune chance contre Vargas. Et puis, Michael ne voudra probablement jamais s'en aller pour de bon.

Cassandra fusilla Dennis du regard :

— Tu dis n'importe quoi !

— Peu importe. Je ne vais pas au collège à Londres, alors je ne vois pas pourquoi j'irais dans une école perchée au beau milieu d'une forêt – quoi qu'on y enseigne.

Cassandra laissa échapper un soupir, puis considéra Dennis d'un air pensif :

— Une semaine.

— Quoi ? s'étrangla Dennis.

— Essaie juste une semaine. Si ça ne te plaît pas, on s'en ira.

— Je te l'ai déjà dit, Cassandra ! Je n'ai pas l'intention de jouer les toutous. Ni pour Vargas, ni pour des profs débiles.

— Réfléchis, insista Cassandra d'une voix persuasive. On n'a rien à perdre. Si on reste, ne serait-ce qu'une semaine, ce sera toujours mieux que de prendre la fuite maintenant. D'ici là, Vargas aura abandonné les recherches dans le coin – il croira qu'on est partis ailleurs. Et si on peut vraiment apprendre des choses intéressantes ici, on sera mieux armés au moment de s'en aller. On sera gagnants sur tous les tableaux !

— Mais...

— Je t'en prie, Dennis ! implora Cassandra en lui touchant le bras.

Dennis resta silencieux. Vargas n'avait jamais caché les ambitions qu'il avait pour ses propres enfants. À terme, ils devaient reprendre les affaires familiales. Devenir comme lui. Il s'était mis en tête de les « former », pour reprendre son expression. Depuis un an, Vargas faisait pression sur eux pour qu'ils commencent à l'assister. Il s'était montré de plus en plus insistant, et de moins en moins patient face à leurs tentatives de fuite. Les sanctions étaient chaque fois plus sévères. Dennis savait qu'avec cette dernière évasion, ils avaient vraiment dépassé les bornes. Si Vargas les retrouvait, ils auraient droit à plus qu'une simple correction, plus qu'un petit « rendez-vous » avec Pete. La vengeance de Vargas serait extrêmement dure – pour lui comme pour sa sœur, qui le fixait d'un air suppliant.

— Ça pourrait marcher, Dennis. On fait juste un essai ! D'accord ?

Dennis s'avoua vaincu :

— Très bien ! Une semaine, mais c'est tout ! Après, on s'en va.

Le visage de Cassandra s'illumina. Elle allait ajouter quelque chose, lorsque des coups ébranlèrent la porte. Dennis et elle échangèrent un regard inquiet.

— Qui est là ? demanda Cassandra.

La porte s'entrouvrit et Jennifer passa la tête :

— Salut, Cassandra. On est là !

— Entrez ! Vous êtes venus nous montrer les environs ?

— Nan ! fit Jennifer avec un large sourire. On est venus vous tuer et vous manger. Tu comprends, on n'est pas assez nourris, et les professeurs n'ont pas très bon goût. Alors on s'est dit que les nouveaux élèves seraient sûrement meilleurs, parce que...

En soupirant, Christopher la poussa pour entrer.

— Ne faites pas attention à elle ! On est venus vous apporter vos *gi*, déclara-t-il en tendant un paquet de vêtements pliés.

— Et vous prévenir pour les serpents sous vos lits, ajouta Jennifer avec le plus grand sérieux.

— Et vous montrer les environs, en effet, conclut Christopher. Si vous pouvez supporter cette folle furieuse !

Cassandra eut un petit rire.

— Génial ! se moqua Dennis. Je vais vous laisser faire tranquillement ami-ami. À plus tard !

Il passa devant Christopher, ignorant les habits qu'il lui tendait, et gravit un sentier abrupt qui le conduisit à la porte indiquée par Cassandra. Deux étroites fenêtres la flanquaient, et un « 5 » y était gravé. Dennis ouvrit sans frapper et entra.

Un adolescent lisait assis sur son lit, dans une drôle de position : la jambe gauche repliée sous lui et le pied droit appuyé contre le genou gauche. Il portait la même tenue noire et les mêmes chaussons que tout le monde, ainsi qu'une ceinture blanche.

— Bonjour ? lança-t-il d'un ton interrogatif.

— Yo ! se contenta de répondre Dennis.

Il y avait deux portes au fond de la chambre. L'une donnait sur une salle d'eau. Dennis jeta un coup d'œil dans l'autre pièce. C'était une chambre similaire à la première. Le lit était fait. Une affiche identique à celle qu'il avait remarquée dans la chambre de Cassandra était épinglée au mur. Une inscription en langue étrangère s'étalait tout en haut, mais il put déchiffrer un mot qu'il connaissait, maintenant : « NINJUTSU ».

— Je peux t'aider ? s'enquit poliment l'adolescent.

— Non ! répliqua Dennis en s'adossant au mur.

Son interlocuteur le fixait du regard, sourcils froncés. Dennis croisa les bras et observa la pièce en détail. Il nota une bibliothèque remplie de dictionnaires et d'encyclopédies, et une petite table sur laquelle étaient posés une coupe garnie de fruits et un service à thé. Dans un coin s'entassaient toute une collection de bâtons et une sorte d'épée en bois. Il n'y avait aucun poster. À part une figurine posée sur le chevet, la pièce n'était absolument pas décorée. Elle était si ordonnée que Dennis se sentit mal à l'aise.

— Je ne voudrais surtout pas me montrer grossier, finit par intervenir l'adolescent, mais pourrais-tu me dire ce que tu viens faire dans ma chambre ?

— Oh, c'est vrai ! Je m'appelle Dennis. Je vais vivre ici un moment. Toi c'est Shiro, hein ?

Shiro plissa les yeux et toisa Dennis :

— Vivre ici ?

— Juste une semaine, commenta Dennis. Tu n'aurais pas un lecteur CD, qu'on mette un peu de musique ?

— Un lecteur CD ?

— Non ? Une chaîne hi-fi, alors ? C'est tellement calme ici que ça me fait flipper !

— Non plus.

— Une radio, alors ?

Shiro secoua la tête.

— O.K., où est la télé, dans ce cas ?

— Je n'ai pas de télé ! répondit Shiro d'un air narquois. Mais tu peux me dire où tu comptais la brancher ?

— Ben… ça alors ! s'exclama Dennis.

Il ne voyait aucune prise de courant. Il se pencha pour regarder sous le lit et la table. Rien ! Il se livra à la même gymnastique dans la seconde chambre. Toujours rien !

— Hé ! mais qu'est-ce que ça veut dire ? demanda-t-il en ressortant.

— Les éoliennes au bord du lac ne produisent pas énormément d'électricité, et l'éclairage de Rokkaku demande beaucoup de courant, expliqua Shiro en indiquant du menton l'abat-jour pendant au plafond et le spot fixé à la tête du lit. Il y a des groupes électrogènes au-dessus des cuisines, mais ils servent uniquement en cas d'urgence.

— Mais *comment* vous vous occupez, alors ?

— Pour commencer, on ne regarde pas la télé. Monsieur Oakley l'a assez répété le premier jour. Tu n'étais pas là ?

— Je viens d'arriver.

— Ça se voit ! ironisa Shiro. Tu es sûr de vouloir être élève ici ?

Le comportement de Shiro hérissait Dennis. Son ton laissait entendre qu'il ne le jugeait pas à la hauteur. Dennis n'avait pas choisi d'être à Rokkaku, mais dans ces conditions…

— Je te l'ai déjà dit, non ? Ça te pose un problème ?

Shiro haussa les épaules et se replongea dans son livre.

— Pourquoi ma chambre est-elle plus petite que la tienne ? reprit Dennis au bout d'un moment.

— Premier arrivé, premier servi ! répondit tranquillement Shiro. Mais rien ne t'interdit d'utiliser aussi l'espace commun.

Il n'y a rien à utiliser, ici ! fit remarquer Dennis. Alors comme ça, tu es Shiro… Yoshimatsu ?

Shiro tourna une page :

— Oui.

Dennis l'observa mieux. Shiro avait des yeux et des cheveux sombres, mais le teint pâle et la stature élancée d'un Européen.

— Comment se fait-il que tu aies un nom japonais alors que tu ne ressembles pas à un Japonais ?

Shiro tourna une autre page.

— Hé ! ho ! Tu as entendu ce que je viens de dire ?

— C'est impoli de poser ce genre de questions, répliqua Shiro en gardant toujours la tête baissée.

— Eh bien, je suis impoli.

— Ça, je l'avais remarqué !

Dennis foudroya Shiro du regard, mais celui-ci continua tranquillement à lire. On frappa un coup sec à la fenêtre, et Dennis vit sa sœur lui faire signe de la rejoindre.

— Alors, comment ça se passe ? voulut savoir Cassandra.

Dennis poussa un soupir exaspéré :

— Une heure dans cet endroit et j'en ai déjà ma claque ! Dis donc, on ne pourrait pas trouver à manger quelque part ?

— C'est pour ça que je suis venue. Suis-moi ! fit Cassandra en entraînant Dennis.

Dominant la vallée et fiché dans ses deux flancs, le réfectoire était le plus grand bâtiment de Rokkaku. Dennis et Cassandra se mirent à gravir le sentier. Devant eux, des élèves avançaient dans la même direction, par groupes de deux ou trois. D'autres empruntaient déjà les différentes passerelles disparaissant entre les arbres. La vallée n'allait pas tarder à baigner dans le crépuscule, et Dennis et Cassandra virent des lampes sphériques s'allumer en vacillant entre les bâtiments de bois, l'une après l'autre. Les globes n'émettaient qu'une faible lueur, mais ils étaient disséminés dans toute la vallée et finirent par l'éclairer comme une nuit de pleine lune. Chaque lampe était surmontée d'une sorte de capuchon métallique qui projetait la lumière vers le bas et sur les côtés. Vues du dessus, les sphères devaient être parfaitement invisibles.

— Jennifer et Christopher m'ont dit que c'était le

moment du dîner. Ils servent de dix-huit heures à dix-neuf heures trente, expliqua Cassandra.

— Et après ?

— Après, tout le monde retourne dans sa chambre, je suppose. Extinction des feux à vingt-deux heures.

— C'est débile ! grogna Dennis.

— C'est mieux que de retomber entre les mains de Vargas !

— S'il nous cherche toujours !

Le visage de Cassandra s'assombrit :

— Tu peux compter dessus.

*
**

Avec le crépuscule, le silence descendait sur le village de Rhosmaen. La Land Rover noire était garée dans l'allée menant à Tawelfan.

Pete s'arrêta devant la porte de la cuisine, la gorge nouée. Apporter de mauvaises nouvelles au patron le rendait toujours nerveux. Il ouvrit et entra.

Malgré le feu qui brûlait dans le poêle, la pièce était froide et sombre. Vargas était assis au bout de la table. Ses yeux d'un bleu glacial transpercèrent Pete, qui se figea. Comme Vargas attendait sans rien dire, Pete se lança :

— On a descendu tout le cours de la rivière. Je ne pense pas qu'ils soient allés aussi loin. Je veux dire, j'en suis sûr ! On s'est renseignés. Personne n'a rien vu de particulier. Alors… J'imagine qu'ils doivent se planquer quelque part dans les collines.

Vargas ne disait toujours rien.

— Il y a beaucoup de collines. Et il commence à faire nuit. Alors, pourquoi on ne…

— Continuez à chercher, dit Vargas d'une voix égale.

— Mais…, hésita Pete. Il fait vraiment sombre, là-haut ! On ne voit plus grand-chose. Pourquoi on ne…

Vargas plissa très légèrement les yeux et Pete se hâta de rectifier le tir :

— O.K. On continue à chercher. Vous avez raison, patron. On va les retrouver !

Pete sortit de la cuisine à reculons, emprunta le couloir en toute hâte et laissa échapper un soupir en arrivant dans la pièce du fond.

— Alors ? fit Tav d'un ton sec.

— Il veut qu'on continue à chercher.

— Et merde !

La colère déformait les traits réguliers de Tav. Il détestait les tâches qu'il jugeait dégradantes, surtout quand elles impliquaient de se salir.

— On va encore passer des heures dans ces foutues collines ! Alors qu'ils doivent être à des kilomètres d'ici, maintenant.

— T'en es sûr ? demanda Pete, dubitatif.

— Réfléchis ! Ils sont comme nous. Tu crois vraiment qu'ils resteraient dehors, au milieu de nulle part, s'ils avaient le choix ? grommela Tav en se levant. Très bien. Finissons-en ! De toute façon, il faudra bien que le patron lance de vraies recherches demain. La police du coin s'en chargera sûrement. Ensuite, on pourra quitter ce bled et retourner à Londres.

— Tav ?

Pete et Tav se retournèrent. Michael se tenait en haut de l'escalier, hésitant.

— Qu'est-ce que tu veux ? fit Tav.

Michael avala sa salive avec difficulté :

— Est-ce que… vous avez retrouvé Cassandra et…

— Dégage, parasite ! lança Pete d'un ton brusque. Quand j'aurai mis la main sur eux, tu le sauras bien assez tôt, crois-moi !

Michael s'enfuit sans demander son reste. Pete s'adressa à Tav, le regard mauvais :

— Je déteste ces sales gamins ! Pourquoi le patron ne me laisse pas lui donner une bonne leçon, à celui-là ?

— Va lui demander toi-même !

Pete eut un mouvement de recul :

— Hé ! Ce que j'en dis, moi… Je voudrais juste qu'il me laisse les bousculer un peu, histoire de leur apprendre à vivre.

— Écoute ! Il les veut *tous les trois*, c'est tout ce qu'on doit savoir, et tu ferais mieux de ne pas fourrer ton gros nez là-dedans !

Tav marcha jusqu'à la porte, puis se retourna vers Pete :

— D'ici, les gosses n'ont pas pu rejoindre plus d'une dizaine de villages, à pied. Le patron a déjà tendu ses filets : il a des contacts dans chacun. Et si, par hasard, ils sont toujours dans la nature et qu'ils continuent à suivre la rivière, la police ou les gardes forestiers les trouveront. Ils seront bientôt de retour, crois-moi.

— Et après ? le pressa Pete.

— Après, tu pourras probablement te défouler sur nos deux amis… à condition de ne pas trop les abîmer.

Pete eut un rictus qui fit remonter la vieille cicatrice zébrant sa joue gauche. Ses yeux étincelaient :

— Quand j'en aurai fini avec eux, ils n'auront plus envie de prendre la poudre d'escampette !

Tav poussa la porte et Pete le suivit dans l'obscurité.

— Tôt ou tard, il faudra bien qu'ils refassent surface, et ce jour-là, le patron ne les ratera pas ! ricana Tav en se dirigeant vers la voiture. C'est juste une question de temps.

2

Les nouveaux élèves

— Debout, Dennis !

Dennis ouvrit un œil et vit Shiro penché sur lui.

— Laisse-moi !

— C'est l'heure de se lever.

Dennis rapprocha son réveil, l'esprit encore embrouillé :

— Quelle heure il… Six heures du mat' !

— Oui, l'heure de se lever, répéta Shiro avec impatience. Dépêche-toi, on va être en retard !

Dennis remonta ses couvertures et se roula en boule. Il entendit vaguement des pas s'éloigner et se rapprocher. Brusquement, une eau glaciale se déversa sur sa tête et son oreiller. Dennis se redressa d'un bond, comme si on venait de l'électrocuter.

— Mais qu'est-ce qui te prend ? cria-t-il, les cheveux ruisselants.

Shiro se tenait près de lui, un bol vide à la main. Il haussa les sourcils, faussement étonné.

— Je te l'ai déjà dit. C'est l'heure de se lever.

— Oh, toi ! Je vais te tuer !

— Commence par t'habiller, répliqua Shiro en lui jetant une pile de vêtements. Tiens, voilà ton *gi* et tes *tabi*.

— Qu'est-ce que c'est que ça ?

— Ton uniforme, soupira Shiro. Je suppose que tu ne sais pas non plus comment on le porte ?

— Tu peux reprendre ton « gui » et le reste…

— Épargne-moi tes réflexions ! l'interrompit Shiro. Écoute, je vais te montrer comment le mettre si tu veux bien te taire cinq minutes.

Il y avait un pantalon noir, coupé dans une toile raide et épaisse, et une veste noire de la même matière, ornée sur la poitrine d'un écusson rouge portant des caractères japonais. Une ceinture, blanche comme celle de Shiro, se nouait autour de la taille avec un nœud spécial. Les *tabi* montaient jusqu'à mi-jambe mais semblaient nées d'un croisement entre une pantoufle et une botte. Ces drôles de tubes moulants, dotés d'une semelle en caoutchouc, étaient conçus de telle sorte que le gros orteil était séparé des autres doigts de pied. Sur le côté, le tissu était maintenu en place par une rangée d'agrafes métalliques qu'on passait dans des boucles. Les *tabi* étaient confortables, mais le *gi* encombrant.

— C'est super lourd ! se plaignit Dennis en enfilant la veste.

— Il faut qu'il soit assez résistant pour qu'on puisse te soulever en l'agrippant et te jeter au sol, expliqua

Shiro. Tu devrais plier le pan gauche sur le droit… On ne plie le droit sur le gauche que pour un cadavre !

Dennis obéit d'un air maussade :

— C'est bon comme ça ?

Shiro hocha la tête :

— C'est parti pour ta première journée !

Rokkaku était plongée dans la pénombre : à l'est, les collines dissimulaient encore le soleil levant. Une foule d'élèves s'étaient rassemblés au fond de la vallée. Shiro fit descendre à Dennis un escalier en rondins et ils empruntèrent un sentier contournant la foule. Christopher et Cassandra se tenaient un peu à l'écart. Cassandra agita la main en voyant Dennis s'approcher. Ses cheveux dorés et sa ceinture blanche tranchaient sur le *gi* noir ; le reste semblait se confondre avec l'obscurité. Shiro fit un signe de tête à Christopher :

— Salut, Chris ! Où est passée Jennifer ?

Christopher eut un large sourire :

— Elle se cache ! Après le coup tordu qu'elle a joué à Ichiro, elle préfère se faire toute petite… le temps qu'il oublie.

— Il n'oubliera pas de sitôt ! fit remarquer Shiro.

Soudain, la foule se mit à bouger. Dennis jeta un coup d'œil surpris à Shiro :

— Qu'est-ce qui se passe ?

— C'est l'heure de la course d'échauffement. On en fait une tous les matins. Tu penses être à la hauteur ?

Les premiers élèves s'élançaient déjà. Dennis haussa les épaules :

— Bien sûr !

Vingt minutes plus tard, Dennis s'arrêtait en titubant près d'un arbre pour s'y appuyer. Shiro revint sur ses pas en courant :

— Tu t'arrêtes là ?

— Laisse-moi… juste une seconde, haleta Dennis. Vous faites ça… tous les jours ?

— Oui. Je croyais que tu étais en forme !

— Tu ne m'avais pas dit… qu'on allait traverser toute la forêt !

La végétation poussait dru autour d'eux. Dennis était certain qu'ils n'avaient pas rencontré le moindre terrain plat depuis leur départ. Ils n'avaient fait que monter, descendre ou contourner des arbres, et les poumons lui brûlaient comme si on les avait plongés dans de l'acide. Il était forcé de suivre Shiro en espérant qu'ils allaient dans la bonne direction – les autres avaient disparu depuis longtemps.

— Si tu ne t'en sens pas capable, tu n'as qu'à rentrer ! lui asséna Shiro.

Et sans même attendre sa réponse, il tourna les talons et entreprit l'ascension d'une colline. Dennis rassembla ses forces et se remit à courir.

Les arbres cédèrent brusquement la place à des souches. Des branches mortes jonchaient le sol, entravant la progression de Dennis. Il finit par accéder au sommet en titubant. Cassandra, hors d'haleine, s'était assise sur un tronc d'arbre. Shiro se tenait debout près d'elle. Il n'avait même pas l'air essoufflé.

Shiro indiqua du doigt une vaste étendue d'eau devant eux :

— Le Llyn Garedig.

C'était un lac artificiel, contenu par un barrage dessinant un trait gris à l'autre bout de la vallée. Les flancs de celle-ci s'enfonçaient à pic dans les eaux sombres, donnant au paysage un aspect étrange et spectaculaire. Les dernières étoiles disparurent et les premiers rayons du soleil franchirent les collines, faisant miroiter le lac. L'air était frais, le ciel bleu et clair.

Le spectacle de la nature était si magnifique que Dennis oublia, l'espace d'un instant, ses jambes endolories et ses poumons en feu.

Cassandra se leva :

— Bon, quand est-ce qu'on commence à s'entraîner ?

Shiro contemplait tranquillement la vue. Il se tourna vers elle et lâcha d'un air détaché :

— Bientôt. Dès qu'on aura terminé l'échauffement.

Puis il descendit la colline à grandes foulées.

Dennis et Cassandra échangèrent un regard incrédule :

— Le QUOI ?

Dès leur retour, ils eurent droit à une demi-heure d'exercices d'étirement : un professeur leur indiqua toute une série de postures qu'ils durent tenir chaque fois une longue minute. Presque tous les élèves étaient plus souples que Dennis, et il eut beaucoup de mal à se montrer à la hauteur des moins doués. Puis tous allèrent prendre le petit déjeuner au réfectoire – du riz et des boulettes de poisson. Dennis trouva la nourriture bizarre, mais il avait trop faim pour faire le difficile.

La cloche se mit à sonner alors que Dennis sortait de la grande salle. Il se dirigea vers Shiro en bâillant :

— Et maintenant, on a quoi ?

— C'est l'heure des cours.

Cinq minutes plus tard, à l'autre bout de Rokkaku, Dennis se penchait derrière son bureau pour souffler à Shiro :

— Des *maths* ?

— Mmh.

— Je croyais qu'on était dans une école de ninjas ? À quoi ça sert qu'on…

— Dennis, pourrais-je avoir toute votre attention, s'il vous plaît ?

Dennis se redressa précipitamment. Le professeur de mathématiques le regardait d'un air sévère :

— Auriez-vous quelque chose à nous dire ?

— Euh, non.

— Bien ! Dans ce cas, vous pouvez sans doute vous charger de la démonstration suivante.

Dennis réprima un gémissement. Les équations griffonnées sur le tableau noir lui semblaient aussi obscures que des formules magiques. À la fin de l'heure, l'enseignant le fit venir à son bureau et lui donna une feuille de problèmes d'algèbre à résoudre pour le lendemain.

Après le cours de mathématiques, ils eurent histoire, puis littérature. Dans chaque discipline, Dennis se sentit à la traîne. On le chargea, toujours pour le lendemain, de lire un chapitre d'histoire et de préparer un commentaire oral sur un long poème.

— Quand est-ce qu'on est supposés faire tout ça ? demanda-t-il à Shiro lors d'une pause.

— Pendant le temps libre. Les cours se terminent à seize heures, il reste plein de temps pour les devoirs.

— Les devoirs ? Tu veux dire qu'on va en avoir souvent ?

— Tous les soirs… à moins de se débrouiller pour les faire dans la journée ! Si tu as du mal en maths, demande à Christopher : c'est notre petit génie. Mais on verra ça plus tard, le prochain cours va commencer.

Comme les trois premiers, il se tenait dans un des grands bâtiments flanquant le ruisseau, au fond de la vallée.

— On n'utilise jamais les cabanes tout en haut des arbres ? s'étonna Dennis en les montrant du doigt. C'est là que je me suis réveillé hier.

Shiro leva les yeux :

— Certaines sont habitées par des professeurs, et d'autres par les élèves de sixième année. On y donne aussi des cours, mais seulement en dernière année. Il y en a toujours qui sont libres ou en cours de rénovation, et c'est souvent là qu'ils logent provisoirement ceux qui arrivent après la rentrée, comme toi. Tu as de la chance de les avoir vues de l'intérieur ! Les élèves de première année ne sont pas autorisés à y monter, normalement.

— Qui a décidé ça ?

— Les professeurs, et tu ferais mieux de t'y tenir – sauf si tu veux être de corvée de cuisine, bien sûr !

Le professeur n'étant pas encore dans la salle de classe, Dennis en profita pour observer les élèves. Un petit groupe d'adolescents japonais discutaient à voix basse, adossés à un mur, tandis que l'un d'entre eux, plus âgé et d'allure guindée, s'appuyait contre sa chaise. Dès qu'il ouvrait la bouche, les autres se taisaient.

— Hé ! souffla Dennis à Shiro. C'est lui, le fameux Ichiro ?

Shiro se contenta de hocher la tête et se détourna. Surpris, Dennis se remit à regarder autour de lui. Ils étaient vingt-neuf, en comptant Cassandra et lui. Un tiers environ étaient japonais, et les autres, soit britanniques, soit d'autres nationalités. Il y avait très peu de filles. Si la plupart des élèves semblaient plus jeunes que lui d'un ou deux ans, deux ou trois pouvaient avoir le même âge. Mais tous, sans exception, portaient un *gi* noir ceinturé de blanc.

Jennifer entra, hors d'haleine, portant leur nombre à trente. Ichiro serra les mâchoires en la voyant passer. Leur professeur apparut enfin, l'air affairé, au moment même où Jennifer s'effondrait sur sa chaise.

Monsieur Oakley, la chevelure rebelle et grisonnante, avait une cinquantaine d'années. À travers les lunettes perchées sur son nez, ses yeux ronds observaient les élèves avec bienveillance. Sur lui, le *gi* ceinturé de noir ressemblait moins à un uniforme d'art martial qu'à la tenue d'un savant fou. C'était le plus curieux mélange de désordre et de bonhomie que Dennis ait jamais rencontré.

— Ah, vous voilà ! Pardonnez mon retard, j'étais plongé dans une dissertation et je n'ai pas vu l'heure tourner.

Même sa voix avait quelque chose de doctoral.

— Alors, comment vous sentez-vous ?

— Fatigués ! s'exclama une fille au fond de la classe.

— Oh, je vois. Vous apprenez les éléments du *sanshin** en cours de *taïjutsu*, c'est bien ça ?

— Apprendre, c'est un grand mot ! marmonna une voix.

— Ze'ev ne voulait plus nous laisser partir, se plaignit Christopher. On s'est entraînés jusqu'à la nuit tombée. Un samedi ! Et il n'est toujours pas satisfait : il dit qu'il reviendra nous voir quand on maîtrisera les techniques de base.

Monsieur Oakley eut un petit rire :

— Oui, Ze'ev n'est pas adepte de la manière douce. Je vous avais prévenus ! Comparé au type d'entraînement que Ze'ev a dû subir, son cours n'est qu'une promenade de santé.

— Mais à quoi ça peut bien nous servir ? insista Christopher. Le *sanshen*...

— Le *sanshin*, le reprit monsieur Oakley en levant l'index. Le *sanshin no kata* ou « les trois cœurs ».

— Le *sanshin*, répéta patiemment Christopher. Je croyais qu'on n'apprenait que des choses utiles ? Je veux dire, quand est-ce qu'on va s'approcher de moi pendant que je fends l'air d'une main, et en profiter pour me donner un coup dans les côtes ?

Monsieur Oakley secoua la tête en souriant :

— Jamais, bien sûr ! Mais ce n'est pas dans cette optique que vous exécutez les formes classiques. Après tout, il est rare d'avoir à résoudre une équation du second degré dans la vie de tous les jours, et pourtant, on l'apprend en mathématiques. Hmm... Vous n'étudiez pas encore les équations du second degré ?

Non, évidemment ! Pendant un instant, je vous ai pris pour la cinquième année. Un élève m'y a posé une question similaire sur les techniques *shime waza** dont nous avons vu la démonstration au *taï kaï**, l'année dernière. Aucun de vous n'y a assisté ? Il faut absolument que je vous organise le déplacement, la prochaine fois. Ce sont de grandes réunions d'arts martiaux, des manifestations tout à fait…

Un garçon toussa et monsieur Oakley cligna des yeux, comme s'il sortait d'un rêve :

— Oh, bien sûr ! Le *sanshin*. Ce que vous devez absolument garder à l'esprit, Christopher, c'est que vous êtes au début d'un long apprentissage. Vous étudiez des principes, non des techniques. Certes, je doute que vous utilisiez un jour pour de bon les cinq mouvements du *sanshin no kata*, mais les pratiquer régulièrement vous apprend à bouger et à vous tenir correctement. Tout cela servira de base à votre entraînement. Vous étudierez naturellement, le moment venu, des techniques spécifiques à mettre en pratique lors d'un combat, mais si votre formation se résumait à cela, vous seriez pris au dépourvu si votre adversaire optait pour une attaque que vous ne savez pas bloquer. D'autre part, vous pouvez adapter, comme bon vous semble, les principes sur lesquels reposent les techniques. J'établis souvent un parallèle entre le *ninjutsu* et le secteur du bâtiment. L'un de vous s'y connaît un peu ? Non ? Franchement, je me demande ce qu'on vous enseigne de nos jours ! Pour construire une maison, il faut d'abord asseoir de bonnes fondations – peu importe le matériau, pourvu qu'elles soient solides. On peut ensuite monter le reste de la structure sur cette base. Si vous construisez votre maison sans même poser de fondations, que se passera-t-il ? Non seulement votre construction sera de mauvaise qualité, mais vous aurez deux fois plus de travail, rien que pour l'empêcher de s'écrouler.

Christopher se pencha en avant, le regard brillant :

— Mais pourquoi faut-il qu'on nous enseigne ces choses par le biais de mouvements stupides ? Je suis sûr qu'il existe des techniques plus adaptées pour apprendre à se déplacer !

Avant que monsieur Oakley ne puisse répondre, Ichiro se leva et s'inclina :

— *Senseï* ?

— Oui, Ichiro ?

— *Senseï*, n'est-il pas vrai que *Kancho** Nishiyama a approuvé le programme d'entraînement de la première année ?

— Tout à fait, Ichiro.

Ichiro hocha la tête et se rassit. Un autre garçon aux traits asiatiques se leva et s'inclina :

— *Senseï* ?

— Oui, Hiroshi ?

— *Senseï*, allez-vous passer tout le cours à suggérer des changements à notre programme d'entraînement ?

— Non, Hiroshi. Loin de moi cette idée. Je vous livre des clés, non des instructions. Quoi qu'il en soit, *Kancho* Nishiyama m'a signalé hier que votre niveau de connaissance en arts martiaux avait nettement baissé par rapport à celui de vos illustres prédécesseurs.

Dennis fronça les sourcils et monsieur Oakley s'adressa à lui :

— Vous semblez perplexe, Dennis. Au fait, comment se déroule votre première journée ?

— Je ne sais pas encore, répondit Dennis.

— Eh bien, je suis impatient d'avoir vos impressions. Auriez-vous peine à suivre ?

— Oui.

Monsieur Oakley sourit. Ses yeux marron se plissèrent et son visage se mit à ressembler à une noix. Dennis dut réprimer un petit rire.

— Ah, je constate qu'on ne vous a pas encore enseigné la réserve japonaise. *Kancho* Nishiyama trouve que je passe trop de temps à vous laisser débattre de vos exercices au *dojo**, et pas assez à vous apprendre l'histoire du *ninjutsu* – qui est, du moins en théorie, l'objet de ce cours. À propos ! ajouta monsieur Oakley en regardant autour de lui, qui peut m'expliquer l'origine des deux groupes ayant favorisé l'émergence du *ninjutsu* ? Un sujet qui n'a plus aucun secret pour vous… si vous avez lu les chapitres que je vous ai donnés hier ?

Quatre ou cinq mains seulement se levèrent, dont celle de Christopher.

Monsieur Oakley poussa un soupir :

— C'est ce que je craignais. Bon, écoutez-moi bien. Le premier groupe fit son entrée dans l'histoire avec la chute de la dynastie des Tang, au dixième siècle. Fuyant la Chine, de petits groupes de guerriers, d'érudits et de moines atteignirent les lointaines provinces du sud du Japon. Ils apportaient avec eux des notions militaires, culturelles et religieuses venues de toute l'Asie – le Tibet, l'Inde – et même d'Europe de l'Est. Ils jouèrent un rôle essentiel dans la formation du second groupe : les Shugenjas, qui pratiquaient une religion appelée shugendo. Ces prêtres, qui vivaient dans les montagnes, étaient des animistes vénérant la nature et les animaux, à l'instar des Amérindiens. Vous en avez déjà entendu parler ? Bien. L'influence de ces deux groupes, associée aux traditions ancestrales des paysans japonais, donna naissance à ceux que nous appelons maintenant les ninjas. Mais rappelez-vous que ces derniers se considéraient simplement comme des hommes dont les opinions et les croyances différaient de la majorité. Les samouraïs constituaient alors la classe dirigeante au Japon, et le *ninjutsu* devint une contre-culture, tout à fait illégale. Avec le temps, les coutumes et les méthodes de survie des ninjas prirent le nom de *shinobi* *, puis de *ninpo** et enfin de *ninjutsu*, terme que nous utilisons aujourd'hui…

— Il est vraiment bizarre ! commenta Dennis à la fin du cours.

— Je le trouve plutôt sympathique, confia Cassandra d'un ton hésitant. Je ne le connais pas, mais…

— Mouais, fit Dennis en haussant les épaules.

— Ouf, la voie est libre ! fanfaronna Jennifer en bondissant à côté d'eux. Ichiro a anglais : on va pouvoir être tranquilles un moment.

— S'il a anglais, qu'est-ce qu'on a, nous ? s'enquit Cassandra.

— Japonais. Vous allez adorer !

Dennis, catastrophé, se prit la tête à deux mains.

— … alors il m'a demandé si je connaissais le nominateur et l'accusateur, et quand j'ai répondu que non, il m'a donné ça à lire ! s'indignait Dennis en brandissant un manuel de grammaire japonaise.

C'était la pause du déjeuner et Cassandra, Jennifer, Christopher, Shiro et lui étaient assis autour d'une même table. Le réfectoire bourdonnait d'activité ; les élèves se hélaient et se bousculaient pour trouver une place dans la salle bondée.

— *Nominatif* et *accusatif*, corrigea Christopher avec un regard amusé.

— De quoi tu te plains ? intervint Cassandra. J'ai assez de problèmes de maths pour m'occuper toute une semaine. Je trouve que tu t'en tires plutôt bien !

— Vous n'aviez jamais de devoirs, au collège ? s'étonna Christopher, qui empêchait machinalement Jennifer de s'approprier son riz.

Dennis jeta brutalement le livre sur la table :

— Non ! C'est tout juste si on allait à…

Il s'interrompit aussitôt. Expliquer pourquoi ils avaient connu une demi-douzaine de collèges et une longue série de professeurs particuliers, dont aucun n'avait tenu plus d'un mois, aurait soulevé des questions auxquelles il ne voulait pas répondre.

Jennifer éclata de rire :

— On dirait Neko-kun* quand tu t'énerves comme ça !

Sa fourchette tenta une nouvelle approche, mais Christopher l'intercepta à temps.

— Oh allez, sois sympa, Chris ! Je meurs de faim.

— Qui c'est, Nékokoun ? Un autre élève ? demanda Dennis.

— Tu as déjà fini ton assiette, alors laisse la mienne tranquille !

Christopher éloigna son plateau et s'adressa à Cassandra :

— Tu oublies qu'il te reste la soirée.

— La soirée ? fit Cassandra avec consternation. Je croyais qu'on avait temps libre à partir de seize heures ?

— Ah oui, le temps libre ! sourit Christopher. Moi aussi, j'en ai entendu parler. Je pense qu'on y a droit au bout d'une vingtaine d'années, une fois qu'on a réussi à tout ingérer. C'est déjà dur comme ça, mais vous, vous avez trois semaines de cours à rattraper ! Avec les devoirs, les entraînements supplémentaires et les Chasses, le seul vrai temps libre qu'on ait, c'est le week-end… Et encore ! une fois qu'on s'est débarrassés de tout ce qu'on n'a pas pu faire en semaine. Je crois qu'ils essaient de nous occuper pour que nos ordinateurs ne nous manquent pas trop.

— Nos ordinateurs ! Et nos téléphones portables, alors ? se lamenta Jennifer.

Sa fourchette visa l'assiette de Shiro, mais celui-ci la repoussa.

— Encore heureux qu'on n'ait pas d'entraînement le dimanche, reprit Christopher.

— Le samedi est là pour ça ! ironisa Shiro.

Il posa son couteau et sa fourchette, puis se leva en déclarant :

— Bon, j'y vais, j'ai une leçon particulière avec Ze'ev.

Jennifer le fixa avec de grands yeux :

— Ze'ev ? J'espère que tu as pensé à moi en rédigeant ton testament !

Shiro fit la moue.

— Bonne chance quand même ! lâcha Jennifer.

— Hé ! lança Dennis. C'est qui, Nékokoun ?

— Oh, c'est une vieille histoire ! répondit Shiro par-dessus son épaule.

— Il y a quelque chose dans cet endroit qui transforme les gens normaux en bourreaux de travail. C'est à peine s'il ouvre la bouche ! soupira Jennifer.

Christopher eut un petit rire :

— Je pense qu'il était comme ça avant d'arriver ici.

— Et moi je dis qu'ils droguent nos plats !

Avant que Christopher ne puisse réagir, Jennifer s'empara de son plateau :

— C'est un trop gros risque à prendre. Je vais devoir goûter ça, pour ta propre sécurité.

Elle mâcha d'un air songeur :

— Tout m'a l'air normal. Mais je préfère vérifier quand même.

Lorsque Christopher récupéra enfin son repas, il en manquait la moitié.

L'entraînement proprement dit avait lieu chaque après-midi. Au cours du déjeuner, Christopher avait expliqué à Dennis et Cassandra que les longs bâtiments enjambant le ruisseau étaient des *dojo* : des salles où l'on pratiquait les arts martiaux. Ils servaient toute l'année, mais lorsqu'il faisait beau, il arrivait que les cours se déroulent dans des clairières, au milieu de la forêt.

— Ça y est ! laissa échapper Cassandra en approchant du *dojo* avec le reste des élèves. On va enfin apprendre quelque chose d'utile !

— Je te signale que c'est toi qui as insisté pour qu'on reste ! fit remarquer Dennis.

— Eh bien, on va vérifier tout de suite si ça valait la peine d'attendre, répliqua Cassandra, les yeux brillants d'excitation.

Lorsque sa sœur lui avait exposé le plan ambitieux selon lequel ils devaient sauver Michael en affrontant leur père, Dennis avait supposé qu'elle aurait tout oublié le lendemain matin... Cassandra prenait les choses plus au sérieux qu'il ne s'y attendait.

Le *dojo* était un simple assemblage de planches dont le sol était recouvert d'un matériau caoutchouteux. Sans qu'on le leur ordonne, les élèves s'alignèrent sur trois rangs et s'agenouillèrent. Leur professeur s'agenouilla à son tour devant eux et joignit les deux mains. Toute la classe s'inclina et prononça quelques mots incompréhensibles en japonais. Dennis se contenta de marmonner pour imiter les autres. Après un bref échauffement et quelques étirements, le cours proprement dit débuta.

Le professeur de gymnastique, Yarnya, était une femme trapue à la peau claire, aux cheveux blond foncé et à l'accent d'Europe de l'Est. Elle se montrait cinglante dès qu'un élève commettait une erreur, ce qui arrivait souvent. L'objet du cours était d'apprendre à amortir une chute, et Dennis et Cassandra durent s'entraîner, encore et encore, à transformer leur chute en arc de cercle pour se recevoir en douceur. Chaque fois que Dennis se figeait ou qu'il oubliait un détail, il heurtait violemment le sol.

— Relâche-toi ! lui répéta Yarnya pour la énième fois.

— Mais à quoi ça va nous servir ? demanda finalement Dennis, excédé.

Son dos et ses jambes étaient couverts de bleus.

— Le roulé-boulé transforme un mouvement descendant en un mouvement latéral, lui expliqua Yarnya avec sévérité. Il adoucit la chute. On ne pourra vous enseigner les techniques de base que lorsque vous saurez parfaitement vous rouler en boule. Et maintenant, recommencez ! Abaissez votre centre de gravité, placez les deux mains au sol, rentrez la tête et pivotez sur l'épaule. J'ai dit *l'épaule* !

— Mais c'est ce qu'on m'a appris à faire ! protesta Cassandra, qui venait de réaliser une superbe roulade symétrique.

— C'est un roulé-boulé de gymnastique. Parfait si vous vous trouvez sur un tapis. Mais la majeure partie de votre poids repose sur votre nuque, et vous vous blesserez si vous l'exécutez sur du béton. Pivotez sur votre épaule, cette fois, et enroulez-vous sur vous-mêmes en visualisant bien une boule. Je reviendrai vous voir dans dix minutes.

Yarnya les quitta pour un autre groupe, les laissant s'exercer. Cassandra saisit rapidement le mouvement voulu, mais Dennis était toujours incapable de maîtriser la roulade de base lorsque la cloche sonna la fin du cours.

Ils eurent ensuite *taïjutsu* – combat à mains nues – avec un Japonais aux mouvements vifs du nom d'Akamatsu. On sortit des punching-balls, et ils commencèrent l'entraînement. Dennis, qui n'aurait jamais pensé que taper dans un sac de sable pouvait être difficile, découvrit qu'il existait des dizaines de techniques. Outre ses poings, on attendait de lui qu'il utilise la deuxième phalange et même le bout de ses doigts, ses orteils, la plante de ses pieds et le tranchant de ses mains. Au bout d'une heure, Dennis ne sentait plus ses doigts. À la fin du cours, le professeur le prit à part, lui donna une feuille de papier résumant les différentes frappes et leurs noms japonais, et lui demanda de les apprendre par cœur.

Vinrent ensuite les exercices d'esquive, et les élèves furent placés deux par deux. Le premier devait donner des coups de poing, le second les éviter sans reculer ni se servir de ses mains. Akamatsu commença par leur montrer une façon d'esquiver l'attaque et leur demanda de s'y exercer. Au bout de quelques minutes, il les fit s'arrêter et leur indiqua un autre mouvement. Dans l'intervalle, il circula dans la salle en corrigeant les uns et en encourageant les autres. Dennis étant nouveau, il fit l'objet d'une attention toute particulière. Son partenaire d'entraînement, un adolescent trapu, le frappait d'un air impassible chaque fois qu'il ne l'évitait pas à temps. Akamatsu, lui, ne quittait plus Dennis d'une semelle et lui donnait une dizaine de conseils à la fois :

— Non, Dennis ! Ne cillez pas lorsque le poing de votre adversaire se dirige vers votre visage. Abaissez votre centre de gravité mais gardez la tête au même niveau lorsque vous bougez. Il faut vous déplacer avec plus de fluidité. Glissez sur le côté, au lieu de descendre en fléchissant les genoux et de remonter.

Dennis en avait le tournis.

— C'est complètement ridicule ! lança-t-il d'un ton sec. Comment voulez-vous que j'arrive à faire tous ces trucs en même temps ?

— Grâce à la pratique ! rétorqua gaiement Akamatsu. Je vous attends au *dojo* après le dîner. Vous avez grand besoin d'approfondir les postures.

Dennis resta bouche bée, et Akamatsu partit corriger Cassandra sans attendre de réponse.

Lorsque la cloche sonna enfin seize heures, Dennis sortit du *dojo* en chancelant. Il était trop fatigué pour s'énerver du bavardage incessant de Jennifer. Celle-ci les conduisit aux douches, Cassandra et lui. Dennis se lava rapidement et regagna sa chambre dans un état second. Il s'endormit sur le résumé des différentes frappes, et ne se réveilla que lorsque Shiro vint le chercher pour le dîner.

Après le repas, il se rendit au *dojo* pour suivre le cours supplémentaire qui lui était imposé. Il apprit que le *ninjutsu* comptait quatorze postures ou *kamae** de base : du *shizen**, posture debout, les bras le long du corps, à l'*ichimonji* * défensif, en passant par le *jumonji* * plus agressif et par le *seiza**, qui consistait « simplement » à s'asseoir sur les chevilles, genoux serrés. Plus d'une fois, Dennis fut sur le point de sortir en trombe du *dojo*, mais il se retint en pensant à la promesse faite à Cassandra. Akamatsu, lui, ne se départit jamais de son calme, malgré les erreurs répétées de Dennis. Il finit par laisser partir l'adolescent lorsqu'il fut capable de réciter le nom des quatorze postures et de les exécuter plus ou moins bien. Tout en lui annonçant que s'il ne les apprenait pas correctement pour le lendemain, il faudrait à nouveau qu'il fasse des heures supplémentaires au *dojo*.

Lorsque Dennis retrouva la chaleur de sa chambre, il ne souhaitait qu'une chose : dormir. Il s'entêta pendant une demi-heure à essayer d'étudier la liste des différentes frappes, avant de la jeter à travers la pièce, par désespoir. Il retira son *gi*, se glissa dans son lit et sombra aussitôt dans le sommeil.

Lorsque son réveil sonna, Dennis poussa un long gémissement. Tous ses muscles étaient douloureusement contractés, sa nuque raide et endolorie, et son corps couvert de bleus. Sentant le regard de Shiro rivé sur lui durant toute la course d'échauffement, Dennis se força à monter et descendre colline après colline sans broncher, espérant que cette journée serait meilleure que la précédente.

Elle fut pire. Il avait oublié de faire ses devoirs de mathématiques et de littérature, et les professeurs l'obligèrent à ressasser algèbre et poésie pendant l'heure du déjeuner. L'après-midi fut épouvantable. Comme il se sentait ankylosé, il fit plus d'erreurs encore à l'entraînement, se froissa un muscle en gymnastique et exécuta les postures avec la même maladresse que la veille. Tant et si bien qu'Akamatsu ne le laissa partir que lorsque la cloche annonça l'heure du repas… en le priant de revenir après le dîner.

Dennis était épuisé, meurtri et à bout de patience. Il estimait en avoir assez supporté. Il se rua dans la chambre de Shiro :

— Bon, qui est responsable des élèves de première année ?

— Monsieur Oakley.

— Et où je peux le trouver ?

— Juste après le cinquième *dojo*, sur le flanc droit de la vallée ! fit Shiro en considérant Dennis avec attention. Tu as besoin de quelque chose ?

— Tout ce dont j'ai besoin, c'est de partir loin d'ici !

Shiro hocha la tête, comme s'il s'y attendait :

— Alors, salut.

Dennis sentit la colère l'envahir et tourna les talons. Tout cela n'en valait pas la peine ! Il se mit en route sur-le-champ.

La vallée baignait déjà dans le crépuscule, mais des élèves s'entraînaient encore dans les *dojo* : une lueur jaune s'échappait des portes entrouvertes. Dennis boitait légèrement en traversant le pont suspendu. Heureusement, les quartiers de monsieur Oakley se situaient au niveau inférieur – Dennis aurait été bien incapable de grimper quoi que ce soit. Il frappa à la porte et une voix étouffée l'invita à entrer.

Les quatre murs étaient couverts d'étagères où s'entassaient des livres, des bibelots et… encore des livres. Ces derniers avaient même entrepris de coloniser les sièges et se disputaient, avec des tas de copies, trois tables chargées à craquer. Monsieur Oakley, juché sur un tabouret, étudiait un document jauni à l'aide d'un verre grossissant.

— Oh ! Dennis, c'est bien ça ? Quel plaisir de vous voir ! Je viens de découvrir le plus fascinant des…

— Je vais partir, l'interrompit Dennis.

Monsieur Oakley cligna des yeux, semblant émerger d'un profond sommeil. Il s'empara de ses lunettes, les ajusta sur son nez et scruta Dennis. Celui-ci soutint son regard avec un air de défi.

— Vous souhaitez partir ?

— J'ai dit que *j'allais* partir, que ça vous plaise ou pas.

— Bien sûr, vous pouvez vous en aller si vous le souhaitez, mon garçon ! Rokkaku n'est pas une prison, précisa monsieur Oakley d'une voix douce. Puis-je néanmoins vous demander pourquoi ?

— Pourquoi ? Mais parce que c'est une école de fous ! explosa Dennis en se mettant à faire les cent pas. Je travaille comme un forçat du matin jusqu'au soir ! Je n'avais jamais entendu parler de la moitié des trucs qu'on étudie en cours, et je suis censé être un spécialiste ! On nous donne des devoirs dans toutes les matières, alors que c'est supposé être une école d'arts martiaux ! Je n'ai aucun temps libre, et de toute façon on n'a même pas la télé ! Et quand j'ose me plaindre, on me donne encore plus de devoirs !

Monsieur Oakley le fixait, narquois :

— Et ?

— Comment ça, « et » ? Pourquoi je m'embêterais à étudier tout ce bazar ? Au lieu d'apprendre à me battre, je suis forcé de plancher sur des maths et de la littérature ! C'est une perte de temps. Je ne veux pas de tous ces devoirs inutiles, je veux faire des choses amusantes ! Je veux…

— Vous voulez, vous voulez, vous voulez ! Ici, nous vous apportons quelque chose de différent, Dennis. Cela s'appelle la *discipline*. Le monde ne tournera pas toujours autour de vos moindres désirs, et votre emploi du temps est établi de telle sorte que vous en preniez conscience, asséna monsieur Oakley. Quant à votre envie d'apprendre à combattre, sachez qu'un véritable ninja est avant tout un philosophe, un modèle de bienveillance. Voilà l'essence de ce que l'on vous enseigne ici. Le but ultime n'est pas d'estropier ou d'éliminer son prochain. Un homme qui ne sait que se battre n'est pas même un guerrier : juste une brute. Ce que nous vous proposons ici, c'est une vraie éducation, pas un programme destiné à faire de vous un tueur professionnel !

Dennis se mit à rire :

— Une éducation ? Je sais ce que ça vaut, merci !

Les yeux noisette de monsieur Oakley se durcirent :

— En êtes-vous sûr, Dennis ? J'en doute. Une éducation vous donne les outils pour réfléchir, comprendre la culture qui est la vôtre et en tirer le meilleur parti. Les cours de mathématiques, de littérature et d'histoire, dont vous faites si peu de cas, sont une passerelle. Vous avez besoin de leurs enseignements – quelle que soit la direction que vous déciderez de donner à votre vie.

Dennis songea à son père et à la profession qu'il exerçait :

— Je sais déjà ce que j'ai besoin de savoir.

— Vraiment ? Treize ans et vous savez déjà tout ? Quel adolescent remarquablement cultivé vous devez être !

Dennis se renfrogna :

— Tout ça n'en vaut pas la peine ! Pourquoi je devrais obéir aux professeurs ? De toute façon, c'est trop dur.

— Bien sûr, que c'est dur !

Monsieur Oakley soupira et indiqua une chaise du doigt :

— Asseyez-vous. Vous pouvez mettre les livres par terre. Non, sauf celui-là ! Posez-le sur l'étagère. C'est ça, là !

Dennis s'exécuta, le regard chargé de ressentiment. Il s'assit au bord de la chaise, prêt à s'en aller à la moindre remarque. Monsieur Oakley ne sembla pas s'en apercevoir. Il réajusta ses lunettes et se pencha en avant :

— Écoutez-moi bien, Dennis. Contrairement à ce que vous avez l'air de croire, les professeurs de Rokkaku tentent de vous aider, pas de vous faire du mal. Ils vous poussent dans vos derniers retranchements parce qu'ils essaient de vous élever au plus haut. L'objectif que nous visons est de rivaliser avec la vigueur et l'adresse des ninjas du Japon féodal, ainsi que les critères scolaires d'une école d'élite. Vous devez travailler dur parce que le but à atteindre est dur. L'entraînement des anciens ninjas était si exigeant qu'il dépasse aujourd'hui l'entendement. Rien d'étonnant à ce que ces guerriers aient acquis une réputation d'invincibilité ! Nos attentes sont loin d'être aussi excessives, mais si vous restez, il vous faudra néanmoins travailler plus dur que jamais. La plupart des écoles donnent moins de devoirs en une semaine que vous n'en aurez ici en deux jours. Ce n'est pas à la portée de tout le monde. Le taux d'abandon, ne serait-ce qu'en première année, tourne autour de cinquante pour cent. Sur dix élèves, garçons et filles, qui reçoivent la ceinture blanche, cinq nous quittent avant l'été. Rester jusqu'à la toute fin du cursus demande un engagement dont bien peu sont capables.

— Et si je n'en ai pas envie ? demanda Dennis.

Monsieur Oakley inclina la tête :

— Dans ce cas, partez.

Il ôta ses lunettes, reprit son verre grossissant et le tint au-dessus du document qu'il était en train d'étudier.

— Si vous êtes tout à fait certain de vouloir vous en aller, revenez me voir demain matin. Je prendrai les dispositions nécessaires à votre retour chez vous.

Dennis se leva en le toisant, puis il tourna brusquement les talons et sortit sans rien dire.

Shiro ne leva même pas les yeux lorsque Dennis rentra d'un pas furieux et claqua la porte de sa chambre. Dennis s'allongea sur son lit et regarda le plafond. Tout son corps se ressentait de deux jours d'entraînement. La seule idée d'une semaine entière de ce traitement le faisait frémir. Et il en avait assez que les professeurs lui disent ce qu'il devait faire. Cassandra, Michael et lui n'avaient d'ordres à recevoir de personne. Il fallait qu'il trouve Cassandra ; ils allaient quitter Rokkaku et…

Et après ?

C'était le hic.

Cassandra et lui n'avaient nulle part où aller – si ce n'était retourner avec Vargas, bien sûr ! C'est bien pour cela que leurs évasions avaient toujours été vouées à l'échec. Fausser compagnie à leur père, à Pete et à Tav était une chose. Mais rester en cavale sans éveiller les soupçons, éviter la police et les hommes de main, trouver de quoi manger et où dormir… c'était mission impossible. Ces deux dernières années, ils avaient réussi à s'échapper une demi-douzaine de fois, et invariablement, Vargas les avait traqués sans relâche. Il les avait toujours dénichés, où qu'ils se cachent, parce qu'une fois en fuite, il ne leur restait plus qu'une issue : attendre qu'il les retrouve. Dennis se refusait à l'admettre, mais il n'avait jamais cru que leurs plans d'évasion marcheraient. Cassandra, en revanche, avait toujours cultivé beaucoup d'espoir ; elle était celle qui projetait leurs fuites et les préparait minutieusement, quand Dennis aurait été prêt à saisir sa chance en profitant d'une porte qu'on aurait oublié de fermer à clé. Pour Dennis, fuguer était plus une façon de jouer avec les nerfs de son père que de chercher à lui échapper réellement.

Il se leva et se mit à aller et venir dans sa chambre pour tenter d'y voir plus clair. L'affiche accrochée au-dessus de son lit attira son attention. Il s'approcha et lut :

Ninjutsu Hiketsu Bun

ESSAI SUR L'ESSENCE DU NINJUTSU
PAR TAKAMATSU TOSHITSUGU,
33e SOKE DE LA TOGAKURE RYU NINJUTSU

L'essence de tous les arts martiaux et de toutes les stratégies militaires repose sur l'autodéfense et la prévention du danger. Le ninjutsu incarne à la perfection le concept d'autodéfense par l'entraînement martial, en ce sens que l'art ninja a trait à la protection, non seule-

ment du corps physique, mais aussi du cœur et de l'esprit. Le mode de vie du ninja consiste à endurer, à l'emporter et à survivre à ce qui détruirait tout autre que lui. Plus qu'un art martial se résumant à asséner des coups et à distribuer des estafilades, et d'une portée plus profonde que le simple fait de se montrer plus rusé que son ennemi, le ninjutsu réside en la façon d'atteindre ce dont nous avons besoin, tout en faisant du monde un endroit meilleur.

Le talent du ninja est l'art de vaincre. Au début de l'apprentissage de tout art de combat, la motivation est cruciale. En l'absence d'état d'esprit propice, une exposition permanente aux techniques de combat peut entraîner la perte de ses repères plutôt que le développement de soi. Mais ce fait se vérifie, dans la vie de tous les jours, pour toute autre pratique bénéfique poussée à l'extrême.

La médecine a pour objet premier d'améliorer la santé et de soulager la douleur, mais l'abus de médicaments et la glorification de la science médicale peuvent avoir pour funeste conséquence sur l'individu que le contrôle de sa propre santé lui échappe. Une alimentation nourrissante et équilibrée contribue à assurer bonne santé et vitalité, mais les excès de table et de boisson, comme la prise abusive de substances chimiques, sont le plus sûr moyen d'empoisonner le corps.

Tout État naît de la nécessité de garantir l'harmonie des rapports entre les différentes classes de la société, mais lorsque son dirigeant se montre avide de pouvoir ou d'argent, ou qu'il manque de sagesse, le pays devient la proie de troubles ou de conflits inutiles, voire d'un chaos civil et économique.

Les religions, tant qu'elles reposent sur la foi, fruit de l'expérience et d'un esprit large et curieux, ainsi que sur la recherche inlassable d'une harmonie universelle, apportent à la fois inspiration et réconfort. Mais qu'une religion perde de vue son but premier, et elle deviendra un implacable instrument permettant de duper, de contrôler et de soumettre ses fidèles à toutes sortes de taxes, en les manipulant par leurs croyances et leurs peurs.

Il en va de même pour les arts martiaux. Il arrive que les techniques d'autodéfense, qui devraient procurer un sentiment de sécurité et de paix intérieure à qui les pratique en expert, poussent une personnalité déséquilibrée sur la fausse route du conflit permanent et de la compétition à outrance, lesquels finiront par la dévorer.

Si l'expert en arts martiaux respecte en toute sincérité l'essence du ninjutsu, sans subir l'influence de son amour-propre, ses élèves prendront progressivement conscience du secret ultime de l'invincibilité – l'élévation aux yeux et à l'esprit de Dieu. Pour remporter le combat, le guerrier doit se trouver en harmonie avec le Tout, et être guidé par une compréhension intuitive des hasards de la vie.

En accord avec la Providence céleste et la justice impartiale de la nature, et grâce à un esprit lucide et à un cœur pur, rempli de confiance en l'inévitable, le ninja est éclairé sur ce qui le mènera au succès dans la bataille : il sent quand il peut laisser libre cours à son hostilité pour terrasser l'ennemi, ou quand il doit la faire taire pour se protéger.

L'univers, beau dans sa froide et impersonnelle immensité, renferme tout ce que nous appelons le « bien » ou le « mal » ; les réponses à tous les paradoxes que nous observons autour de nous. En ouvrant ses yeux et son esprit, le ninja peut pleinement suivre le changement subtil des saisons et des raisons du ciel, changeant juste ce qui est nécessaire, s'adaptant sans cesse. De sorte que, en fin de compte, il n'est rien qui soit une surprise pour lui.

Après avoir lu l'essai de bout en bout, Dennis fronça les sourcils, perplexe. Il n'était pas habitué à ce genre de littérature, et une grande partie du message lui échappait. Il le lut une seconde fois, plus soigneusement, et eut la curieuse sensation qu'on cherchait à lui dire quelque chose. Il s'adossa au mur pour réfléchir.

Il songea à la froide demeure de Hampstead, à leur existence monotone, à leurs craintes permanentes face à la discipline de fer imposée par Vargas. Rentrer avait toujours semblé inévitable, mais…

Peut-être y avait-il, malgré tout, un espoir d'échapper à tout ça ?

Il ouvrit la porte et s'adressa à Shiro :

— Bon, je reste.

Shiro hocha la tête.

— Mais juste une semaine ! Après ça, je m'en irai, ajouta Dennis.

— Tu en es sûr ?

— Oui. Une semaine, c'est tout. Pas question que je reste plus longtemps... Je peux savoir ce qui te fait sourire ?

Shiro se mordit les lèvres :

— Oh, rien ! Bienvenue à Rokkaku.

3

La vie dans la vallée

Cette première semaine fut suivie d'une deuxième, puis d'une troisième. Cassandra ne fit jamais allusion à leur départ. Dennis faillit soulever la question plusieurs fois, mais le programme qu'ils suivaient à Rokkaku était si fatigant qu'il avait du mal à garder les yeux ouverts le soir, et il finit par en abandonner l'idée. Au moins provisoirement...

Partager sa chambre était une expérience nouvelle pour Dennis. Elle lui aurait paru moins pesante si Shiro s'était montré bavard ou d'un abord facile, comme Cassandra et Michael. Mais l'énigmatique adolescent ne parlait jamais de ses origines. Chaque fois que Dennis lui posait une question personnelle, Shiro se comportait comme s'il n'avait rien entendu. Par ailleurs, il n'interrogeait jamais Dennis sur sa propre famille, ni sur la façon dont Cassandra et lui avaient atterri à Rokkaku. Dennis savait bien qu'il aurait dû se féliciter du manque de curiosité de Shiro – moins on leur posait de questions, mieux ils se portaient… Pourtant, il ne pouvait s'empêcher de trouver sa réserve irritante. Shiro se croyait-il au-dessus des autres ?

Dès que Dennis eut l'occasion de le juger en cours, il le prit réellement en grippe. Shiro excellait dans chaque matière, réussissant avec désinvolture là où Dennis échouait. Les choses auraient été plus faciles à accepter si Shiro s'en était vanté, mais il semblait vouloir éviter à tout prix d'attirer l'attention. D'une certaine manière, c'était cette absence d'orgueil qui exaspérait le plus Dennis.

Pour autant qu'il puisse en juger, Cassandra s'entendait de mieux en mieux avec Jennifer et Christopher. Jennifer était une véritable boule d'énergie ; toujours prête à mijoter un mauvais coup, elle s'attirait régulièrement les foudres des professeurs. Christopher et elle étaient les meilleurs amis du monde depuis des années, et ils passaient presque tout leur temps ensemble.

Leurs après-midi se partageaient entre le *taïjutsu* et toutes sortes de disciplines sportives. Le cours de gymnastique les occupait trois heures par semaine. Yarnya avait décidé de centrer la première partie de son enseignement sur les différentes façons d'amortir une chute. Il n'existait pas moins de cinq roulades de base, et les élèves durent maîtriser parfaitement chaque technique avant d'être autorisés à pratiquer lancers et balayages. Ils avaient aussi régulièrement natation – qu'ils pratiquaient dans les eaux froides du

Llyn Garedig, dont une anse était invisible depuis la route. Quant aux leçons d'escalade, elles débutèrent dans les arbres avant de se dérouler au sein d'une carrière abandonnée, dans les bois situés au nord.

Dennis trouvait amusants les cours de *tongyo**. Le professeur, Morimoto, était un homme de petite taille qui ne parlait que très rarement et d'une voix douce. Les leçons se tenaient toujours à l'extérieur, même lorsque la pluie rendait l'herbe glissante et les empreintes de pas faciles à repérer dans la boue. Une moitié de la classe devait jouer le rôle de sentinelles autour d'une clairière, l'autre moitié celui d'agents infiltrés. Ces ennemis avaient pour mission de déjouer la surveillance des guetteurs. Chaque élève parvenant à se frayer un chemin jusqu'à Morimoto, qui se tenait bien droit au centre de la clairière, était félicité sans effusion inutile. Puis il avait droit à la liste des moindres branches, feuilles et brins d'herbe qu'il avait dérangés au cours de sa progression.

Le *taïjutsu* constituait toutefois l'essence du programme éducatif. Ces cours s'avérèrent très éprouvants. Aux quatorze *kamae* venaient s'ajouter les seize frappes, ainsi que les cinq éléments du *sanshin*. Ils devaient esquiver un coup de poing en se déplaçant latéralement, évaluer l'allonge d'un adversaire et rester juste en dehors de sa portée, mettre le poids de tout le corps, et pas seulement du bras, dans une attaque. Chaque geste était répété, encore et encore. Les professeurs se montraient très exigeants et continuaient à refuser de leur enseigner les techniques de combat proprement dites, tant qu'ils ne maîtriseraient pas à la perfection les mouvements de base.

En première année, à part Dennis et Cassandra, tous les élèves semblaient avoir reçu un certain entraînement en arts martiaux avant de venir à Rokkaku. Ichiro et ses amis étaient particulièrement doués. Face à leurs progrès rapides, Dennis se sentait lent et maladroit. Depuis le début, il avait eu du mal à accepter la rigueur de l'apprentissage, et cette supériorité finit par lui porter franchement sur les nerfs…

Un soir, après le dernier cours de *taïjutsu*, alors qu'il ne restait plus qu'une poignée d'élèves, Ichiro et son ami Hiroshi, un adolescent trapu, quittèrent le *dojo*. En passant devant Dennis, Hiroshi glissa quelques mots en japonais à Ichiro, qui éclata de rire.

C'en était déjà trop pour Dennis :

— Qu'est-ce que tu as dit ?

Ichiro et Hiroshi se retournèrent.

— Pardon ? fit Hiroshi.

— Qu'est-ce que tu viens de dire ?

Hiroshi et Ichiro échangèrent un regard rapide :

— C'est une conversation privée.

— Répète ce que tu viens de dire, sinon…

— Sinon quoi ? s'enquit Hiroshi d'un air de profond ennui.

Dennis s'approcha de lui, menaçant. L'espace d'un instant, la surprise cloua Hiroshi sur place, puis son expression changea. Il fit quelques pas en arrière et se mit en position défensive. Dennis se raidit, prêt à bondir sur lui.

— *Arrêtez ça tout de suite !*

Dennis et Hiroshi se figèrent. Monsieur Oakley s'approchait à grands pas, et il avait perdu son air bonhomme. Les autres élèves quittèrent précipitamment le *dojo.*

Monsieur Oakley s'arrêta juste devant Hiroshi et Dennis :

— Eh bien ? J'attends vos explications !

Dennis hésita. À sa grande surprise, Hiroshi prit la parole :

— On s'entraîne, *Senseï.*

— Comment ça ?

— Nous pratiquions le *Kihon Happo**, *Senseï.*

Les yeux de monsieur Oakley sautèrent sur Dennis :

— Vraiment ?

— Euh... oui. J'ai demandé à Hiroshi de me montrer une des techniques... Monsieur, ajouta Dennis après coup.

Monsieur Oakley les étudia tous les deux avec sévérité.

— Bien, annonça-t-il après un silence interminable. Pensez-vous maîtriser désormais cette... technique, Dennis ?

— Euh... oui, Monsieur.

— Dans ce cas, vous ne verrez pas d'inconvénient à quitter le *dojo* pour que d'autres puissent s'y entraîner.

Dennis et Hiroshi hochèrent la tête, avant de se diriger vers la sortie. Mais monsieur Oakley leva la main :

— Dennis ? Je ne veux plus vous voir « pratiquer » quelque technique que ce soit en dehors des cours. Compris ?

Dennis hocha de nouveau la tête, et monsieur Oakley tendit l'index d'un air impérieux :

— Sortez !

Une fois à l'extérieur, Dennis s'adressa à Hiroshi, intrigué :

— Je peux savoir pourquoi tu m'as couvert ?

Ichiro s'en allait déjà. Hiroshi observa Dennis un moment avant de répondre :

— Tu crois *vraiment* que j'ai besoin d'un professeur pour me protéger de toi ?

Puis il tourna les talons et rattrapa Ichiro.

Dennis regarda les deux adolescents s'éloigner, avant de hausser les épaules et de prendre le chemin de sa chambre.

À contrecœur, Dennis entreprit de se conformer au rythme de Rokkaku. Il était toujours loin de faire autant d'efforts que Cassandra, qui étudiait et s'entraînait comme si sa vie en dépendait, mais il observait la plupart des règles… en se limitant aux cours et aux devoirs obligatoires.

Si Dennis et Cassandra trouvaient le programme exigeant, d'autres le jugeaient impossible à suivre. Au fil des jours, des visages connus disparurent de la foule prenant le départ de la course matinale. En première année, le nombre des élèves passa de trente à vingt-cinq, puis de vingt-cinq à dix-neuf. La camarade de chambre de Jennifer compta au nombre des premiers départs. Jennifer et Cassandra devenaient ainsi les seules filles de la classe, et Cassandra emménagea avec son amie.

Tout comme les écoles classiques, Rokkaku comptait trois trimestres correspondant grosso modo à l'automne, à l'hiver et au printemps. Dennis et Cassandra étaient arrivés trois semaines après le début de l'année scolaire. Tandis que septembre cédait progressivement la place à octobre et que les feuilles roussissaient sur les arbres, Dennis avait toutes les peines du monde à rattraper son retard. Comble de malchance, de nouvelles matières ne cessaient de faire leur apparition.

Alors, où est-ce qu'on est censés aller ? demanda Dennis à Christopher, tandis qu'ils avançaient en file indienne à travers la forêt.

— Au cours d'équilibre. Cassandra ne t'en a pas parlé ? s'étonna Christopher.

Dennis haussa les épaules. Avec la quantité démente de devoirs qu'on leur donnait, il ne voyait Cassandra qu'aux cours et aux repas. Et encore : elle passait son temps à bavarder avec Jennifer, le laissant en tête à tête avec Christopher. Ce dernier était un des élèves les plus calés ; il lisait tout ce qui lui tombait sous la main et se retrouvait régulièrement premier en maths, en histoire et dans bien d'autres matières. Il était également sympathique et facile à vivre, et il s'intéressait à tout le monde, ce que Dennis trouvait étrange.

— Et qu'est-ce qu'on va devoir tenir en équilibre ? s'étonna-t-il.

— Charité bien ordonnée commence par soi-même ! Tu comptais vraiment passer toute l'année sur le plancher des vaches ?

— J'aurais préféré ça !

Ils avaient dépassé le lac et entamaient l'ascension du Dalarwen, un sommet secondaire au nord-ouest de Rokkaku. C'est Yarnya qui les guidait. Dennis jeta un regard en arrière, mais il ne vit que des arbres. La première semaine, Shiro lui avait déconseillé de s'aventurer seul en forêt s'il ne voulait pas s'égarer. Dennis s'était moqué de lui. À présent, il était secrètement heureux de ne pas avoir cherché à vérifier les dires de Shiro. Les bâtiments de Rokkaku avaient disparu depuis longtemps derrière eux, et le sentier que suivait Yarnya était tellement effacé que lui serait passé à côté sans même le remarquer.

Dennis observa la longue file d'élèves ceinturés de blanc qui gravissaient la pente devant eux :

— Eh, Chris, tu peux m'expliquer le truc des ceintures ?

— Elles indiquent le niveau en *ninjutsu*. On a vu ça en début d'année, mais c'est vrai que tu as raté la rentrée ! La ceinture blanche ou *mukyu** est portée par les sans-grade. En décrochant le premier grade, on accède au neuvième *kyu**, symbolisé par la ceinture verte. Du neuvième au premier *kyu*, la couleur reste la même. Ensuite, on a droit à la ceinture noire, et à partir de là, on compte en *dan**. Passer du premier au deuxième *dan* est réputé aussi difficile que passer de la ceinture blanche à la noire. Mais tout ça n'a aucune importance ici, de toute façon.

— Ah bon ?

— Eh non ! répondit Christopher en riant. Au sein de l'école, chaque grade correspond à une année. La première année, on reçoit une ceinture blanche. De la deuxième à la cinquième année, les élèves portent une ceinture verte pour les garçons, et rouge pour les filles. La sixième année, on a droit à la ceinture noire, à condition d'avoir réussi les épreuves, bien entendu.

Bref, quel que soit leur véritable niveau, tous les élèves de première année portent une ceinture blanche.

— C'est drôlement compliqué.

Christopher eut un sourire malicieux :

— Voilà comment tu devrais voir les choses : tous ceux qui ont une ceinture blanche sont *probablement* meilleurs que toi, tous ceux qui ont une ceinture rouge ou verte sont *forcément* meilleurs que toi, et tous ceux qui ont une ceinture noire sont *carrément* hors concours.

Agacé, Dennis donna un coup de coude à Christopher, qui l'esquiva. Brusquement, il réalisa que le garçon qui marchait juste devant eux s'était évaporé, comme par magie. Ils se trouvaient face à un pin de haute taille. Des échelons avaient été cloués dans son flanc, et tous les autres élèves les avaient déjà gravis. Comme Dennis hésitait, Christopher lui donna une bourrade d'encouragement :

— Tu peux y aller, y a pas d'embrouille !

Dubitatif, Dennis testa la solidité des barreaux, puis il entama son ascension, le cœur battant.

À dix mètres du sol, il trouva la végétation moins étouffante. Cinq mètres plus haut, il débouchait au milieu d'une large plate-forme en bois, baignée par la lumière du soleil. Elle faisait le tour du pin, et les arbres voisins la soutenaient sur trois côtés. Toute la classe y était rassemblée. Dennis fit quelques pas, émerveillé par la vue.

Il avait la sensation de se tenir sur le toit du monde. Le ciel bleu vif s'étendait à perte de vue, parsemé d'îles cotonneuses aussi étendues que des villes. Plus bas, à travers les cimes des arbres qui l'entouraient,

Dennis aperçut des collines et des montagnes. À l'est comme au nord, les chaînes de collines semblaient se succéder sans fin, jusqu'à se confondre avec le gris de nuages lointains. Au sud, Dennis distingua une chaîne de montagnes. À l'ouest, au loin, il crut discerner une ligne sombre. Il l'étudia un long moment, puis ses yeux s'écarquillèrent :

— Ce n'est quand même pas…

— Eh si ! confirma Christopher qui arrivait seulement en haut de l'échelle. C'est bien la mer d'Irlande. Si on pense à apporter des jumelles la prochaine fois, je te parie qu'on pourra voir les navires de marchandises faisant route vers Bristol.

Dennis baissa la tête et réalisa que leur plate-forme n'était pas isolée. Il en remarqua une autre au même niveau, construite autour d'un arbre qui se dressait sept mètres plus loin, et en compta deux plus bas. Seules de minces cordes les reliaient. Dennis poussa une exclamation incrédule :

— Attends un peu, on est censés marcher là-dessus ?

— Tout le monde en ligne ! lança Yarnya.

— Viens, il vaut mieux se mettre à l'avant, fit Christopher en entraînant Dennis près de Jennifer.

Dennis s'avança d'un pas hésitant au bord de la plate-forme. Le feuillage l'empêchait de voir le sol, mais d'après ses estimations, il était éloigné de quinze mètres au moins.

— Bon, c'est parti ! décida Yarnya. Je vous explique le parcours. Vous devez rejoindre la deuxième plate-forme en équilibre sur la corde raide, descendre sur la troisième en rappel, marcher jusqu'à la quatrième, toujours sur une corde, et remonter ici. Vous ne passez qu'un par un, surtout. Et rappelez-vous, interdiction de toucher le sol ! Si vous tombez, vous revenez à la plate-forme de départ et vous recommencez tout le parcours.

— Elle veut qu'on *recommence* ? souffla Dennis.

— Ne t'en fais pas ! le rassura Christopher, tu y arriveras après quelques essais.

— Pas si je me tue à la première tentative !

Jennifer eut un geste désinvolte :

— Détends-toi, Dennis ! Tu t'en sortiras mieux si tu n'es pas complètement contracté.

— C'est de la folie ! C'est Cassandra, l'as en gymnastique, pas moi !

Jennifer lui adressa un clin d'œil :

— Alors regarde bien, et prends-en de la graine.

Elle posa un pied sur la corde raide, consciente d'être le point de mire de tous ses camarades. Puis elle avança sans se tenir aux filins de sécurité, les mains le long du corps. À mi-parcours, Jennifer s'arrêta et leva les bras. Elle se pencha en avant et plaça ses mains sur la corde, avant d'élever ses jambes à la verticale. Dennis entendit quelqu'un s'étrangler d'émotion, derrière lui. Jennifer tint la pose plusieurs secondes, en équilibre au-dessus du vide, sous le regard fasciné des autres élèves. Puis elle redescendit les jambes en ciseaux, se releva en écartant les bras et lâcha un « Tadam ! » retentissant. Pour finir, elle s'inclina devant son public, sous un tonnerre d'applaudissements.

— Vraiment très joli, Jennifer ! commenta Yarnya d'une voix froide. Puisque vous vous offrez le luxe d'impressionner la galerie, vous ne verrez sans doute pas d'inconvénient à me donner un coup de main ? Rendez-vous à la quatrième plate-forme : vous y aiderez les élèves à remonter.

— Très bien, mademoiselle ! fit Jennifer avec un large sourire.

Elle pivota avec aisance et s'éloigna rapidement. Christopher poussa Dennis du coude :

— À ton tour.

Dennis jeta un nouveau coup d'œil dans le vide. Les branchages n'étaient pas assez imbriqués pour amortir une chute.

— C'est complètement dingue !

Christopher eut un petit rire :

— Tu as peur ? Un grand garçon comme toi !

— Chris, je te jure que s'il m'arrive quelque chose, je trouverai le moyen de sortir de ma tombe pour me venger !

— On vous attend, Dennis ! le pressa Yarnya.

Dennis déglutit avec difficulté. Il s'empara des filins de sécurité encadrant la corde tendue entre les deux plates-formes. Ils lui arrivaient à la taille. Très prudemment, il posa le pied sur la corde raide, qui se mit à osciller de façon alarmante. La sueur perlait à son front. Il progressait pas à pas, à petites enjambées, mais le balancement ne faisait que s'amplifier.

— Comment tu trouves la vue ? lui lança Christopher.

— Ta gueule !

— Tu pourrais au moins lâcher un des filins !

Dennis tourna la tête dans sa direction et cria :

— J'ai dit, ta...

Son pied droit glissa. La violence de la chute lui

arracha les cordages des mains et il tomba comme une pierre, laissant échapper un hurlement terrifié.

Dennis atterrit sur quelque chose d'élastique et rebondit doucement, deux ou trois fois. Il regarda autour de lui avec ahurissement. Il était étendu dans un large filet de protection, déployé entre les branches telle une immense toile d'araignée. Ses fines mailles sombres le rendaient invisible au milieu du feuillage.

— J'ignorais que tu avais des talents de cantatrice ! ironisa Christopher.

Dennis leva les yeux et vit son visage hilare. Il agita le poing dans sa direction :

— Espèce de… ! Tu vas me le payer !

Il tenta maladroitement de se relever, mais perdit l'équilibre sur la surface mouvante. Il finit par agripper une échelle de corde pendant de la plate-forme.

— Il faudra d'abord m'attraper ! le prévint Christopher avant de s'avancer à son tour sur la corde raide.

Deux heures et demie plus tard, Dennis et Christopher contemplaient le soleil couchant depuis leur poste en hauteur : on les avait autorisés à se reposer durant les vingt dernières minutes de cours. Yarnya aidait deux élèves en difficulté et quelques recrues zélées s'entraînaient encore. Les derniers rayons embrasaient leurs silhouettes et faisaient s'allonger les ombres.

Shiro venait de quitter la plate-forme voisine. Le dos bien droit, il avançait prudemment sur la corde raide, les bras le long du corps.

— Ce type sait faire autre chose que s'entraîner ? s'interrogea Dennis dans un bâillement.

— Qui ça, Shiro ? Il n'est pas très sociable, c'est tout ! répondit Christopher en haussant les épaules.

— *Pas très sociable* ? Tu veux dire « complètement asocial » ! marmonna Dennis. C'est un phénomène de foire. Il ne veut même pas dire d'où il vient ! C'est vraiment bizarre.

Christopher lui lança un regard en coin :

— Pas aussi bizarre que tu le crois.

— Qu'est-ce que tu veux dire ?

— Que sais-tu exactement du profil des élèves qui viennent dans cette école ?

Dennis fit la moue :

— Pas grand-chose.

— Beaucoup sont étrangers et ont fait du chemin pour arriver ici, poursuivit Christopher en s'adossant au tronc. Certains n'ont aucune envie de rester chez papa-maman. D'autres viennent de familles d'accueil, ou n'en ont aucune. D'autres encore ont bien des parents, mais… à problèmes. Pour tous ceux-là, Rokkaku représente un nouveau départ ; un endroit isolé où échapper à leurs démons. Dans ces conditions, tu comprendras que beaucoup d'élèves n'aient pas une envie folle de parler de leurs origines.

Dennis prit le temps de digérer ces informations, avant de demander :

— Comment se fait-il qu'autant viennent de l'étranger ?

— Rokkaku étant en partie britannique et en partie japonaise, c'est l'endroit idéal pour des adolescents issus du métissage. Moi, par exemple ! Mon père est allemand et ma mère thaïlandaise, mais j'ai grandi à Londres, comme Jennifer.

— Oh !

Voilà qui expliquait le physique particulier de Christopher. Dennis n'avait encore jamais vu une telle couleur de peau.

— La plupart des élèves japonais n'ont pas grandi en Angleterre, reprit Christopher. Le père ou la mère décroche un poste à l'étranger, toute la famille déménage et les enfants se retrouvent dans une nouvelle école ! Si Rokkaku te semble japonaise, à leurs yeux, elle est surtout britannique. C'est pour ça qu'ils ont tendance à faire bande à part.

Dennis haussa les épaules :

— Peut-être aussi qu'ils ne peuvent pas supporter les autres, tout simplement.

Christopher poussa un long soupir :

— Tu sais, si Jennifer et toi, vous vouliez bien arrêter de vous en prendre à Ichiro et Hiroshi, vous vous rendriez compte qu'ils sont plutôt sympa. Ce n'est pas pour rien que tous les Japonais de première année obéissent au doigt et à l'œil à Ichiro. Ils savent qu'ils peuvent compter sur lui. Kentaro et Yori sont peut-être des sales types, mais tous les autres sont différents.

Dennis resta silencieux un bon moment.

— Comment tu sais tout ça ? finit-il par demander.

— J'aime bien savoir des choses ! se contenta de répondre Christopher.

Dennis lui lança un regard dur :

— Si les élèves n'aiment pas parler de leurs origines, pourquoi viens-tu de le faire ?

Christopher eut un large sourire :

— Je suis l'exception qui confirme la règle ! J'ai

une famille très chouette. Un père et une mère, un frère et deux sœurs. Et je les aime tous !

— Qu'est-ce que tu fais ici, alors ?

— J'ai suivi Jennifer. De toute façon, je m'ennuyais à l'école, c'était trop facile. Je voulais une vie plus intéressante.

— Félicitations ! Tu dois t'amuser comme un fou à nous étudier comme des bêtes curieuses et à retrouver ta petite famille à la con quand ça te chante. T'en as, de la chance !

— Pourquoi tu te mets en colère comme ça ? J'essayais juste de..., commença Christopher, blessé.

— C'est pas tes affaires ! répliqua Dennis en se relevant d'un bond.

Hiroshi et Ichiro venaient de poser le pied sur leur plate-forme. Dennis se dirigea vers eux à grandes enjambées :

— Hé ! Hiroshi ! Je m'ennuie. Et si on finissait notre « séance d'entraînement » ?

Sur ses gardes, Hiroshi recula avant d'adopter une posture de combat, mais Ichiro fit un mouvement brusque de la main et Hiroshi se figea. Ichiro s'avança vers Dennis, le visage impassible.

Dennis se mit à rire :

— Tu veux quelque chose, « Itch » ?

— Tu n'es qu'un perturbateur, lâcha Ichiro. Si tu as un problème avec Hiroshi, tu en as un avec moi.

— Ça me convient tout à fait. Que la fête commence !

Ichiro se tenait devant lui, l'air détendu, les mains le long du corps. Il était grand et solidement charpenté.

Dennis fit un pas en avant. L'air était chargé d'une tension palpable.

Soudain, comme surgi de nulle part, Shiro s'interposa entre les deux adolescents :

— Stop !

— Dégage de là, Shiro, dit Dennis d'un ton sec.

Shiro répliqua aussitôt, les yeux rétrécis par la colère :

— Arrête de faire l'imbécile. Tu cherches à te tuer, ou quoi ? Ce n'est pas le bon endroit pour débuter une bagarre. Un seul faux pas et tu fais une chute de quatorze mètres !

Dennis grogna. Le temps qu'il réfléchisse à une réponse, Cassandra se trouvait près de lui, une main sur son bras.

— Dennis ! chuchota-t-elle. Il a raison. Laisse tomber !

Plusieurs élèves s'étaient attroupés sur la plateforme. Dennis repoussa la main de Cassandra et tendit l'index vers Ichiro :

— On se reverra !

— Je t'attendrai.

Ichiro tourna les talons et s'engagea sur la corde raide en effleurant simplement les filins de sécurité. Hiroshi lui emboîta le pas et les autres se dispersèrent, lançant à Dennis des regards qui lui firent serrer les poings.

— Qu'est-ce qui cloche ? lui demanda doucement Cassandra.

— Ces mecs se prennent pour des dieux vivants. Et Christopher m'a raconté des trucs sur sa famille qui m'ont rendu…

Dennis laissa échapper un soupir et secoua la tête :

— Peu importe ! On ne doit plus se soucier de Vargas. On ne vit plus avec lui, maintenant.

Le visage de Cassandra s'assombrit :

— Michael, si.

La colère de Dennis fondit comme neige au soleil. Michael avait beau lui taper sur les nerfs, il savait à quel point Cassandra aimait son frère jumeau. Elle l'avait toujours conseillé et soutenu, et c'était la première fois qu'ils étaient séparés aussi longtemps.

— Il se porte probablement comme un charme, assura Dennis. Ne t'inquiète pas.

Un sifflement retentit. C'était le signal marquant la fin du cours. Lentement, les élèves rejoignirent Yarnya. Cassandra se laissa distancer. Elle ne put s'empêcher de regarder à l'est, en direction de Londres. La nuit tombait et les premières étoiles faisaient leur apparition entre les nuages. Quelque part au milieu de ces ombres, se trouvait Michael – et leur père.

*
**

La demeure de Hampstead était silencieuse. Des bruits de pas s'élevaient de temps à autre du vestibule, mais ils semblaient précipités, presque furtifs. Le maître des lieux était de fort mauvaise humeur, et nul ne souhaitait attirer son attention.

Le grincement du portail d'entrée tira Michael d'un sommeil agité. Il glissa en bas du lit et traversa sa chambre sur la pointe des pieds. Par la fenêtre, il vit une voiture de police stationnant devant la grille. La portière se referma violemment et le moteur se mit à ronfler. Le véhicule déboîta et s'éloigna rapidement dans la rue en pente, son pare-brise jouant à cache-cache avec le halo orange des réverbères.

Michael le regarda disparaître dans la nuit. Il se détourna de la fenêtre et sursauta. Son père se tenait juste à côté de lui.

— Va t'asseoir, commanda Vargas d'une voix inexpressive.

Michael retourna dans son lit en toute hâte. Le cœur battant à tout rompre, il observa son père du coin de l'œil.

Mais Vargas ne s'occupait pas de lui. Il fixait le lit de Cassandra, qu'il dominait de sa haute stature. Une minute s'écoula. Puis cinq. Vargas n'avait toujours pas fait le moindre mouvement. Ce silence effrayait Michael. Leur père ne pénétrait jamais dans leur chambre sans raison.

— Quel était votre plan lorsque vous vous êtes enfuis ? demanda enfin Vargas.

— On… on n'avait pas vraiment l'intention de fuguer longtemps, répondit Michael, la gorge serrée. On allait revenir, de toute façon. Je pense que Cassandra a dû se perdre, ou…

Vargas répéta calmement, sans même élever la voix :

— J'ai dit : quel était votre plan ?

— Cassandra pensait qu'on devrait… qu'on devrait se séparer si l'un de nous était… Enfin, elle disait qu'on devrait se séparer. Ce n'était pas mon idée, je voulais qu'on reste ensemble ! Je n'aurais jamais cru qu'on en arriverait à…

Michael laissa sa phrase en suspens.

Rien n'indiquait que son père l'avait entendu. Le silence s'éternisa. Michael attendait, les nerfs à vif.

— Dis-moi, à quand remonte votre passage au collège d'Emery Road ?

Michael battit nerveusement des paupières :

— Ben… c'était l'année dernière.

— Combien de temps êtes-vous restés ? Deux semaines ?

— Trois. Après, il y a eu ces… problèmes avec Dennis, et on est partis.

— Tu vas y retourner. Dès la semaine prochaine ! annonça Vargas.

Michael ouvrit la bouche et la referma juste à temps.

— C'était une erreur de vous garder à l'écart, tous les trois.

Vargas se retourna pour faire face à son fils et s'adossa au mur :

— Tu fais ta rentrée lundi matin, et je compte sur toi pour t'appliquer. Une fois que tu seras bien intégré, il faudra que tu mettes les mains dans le cambouis. Oh, pas la peine de me regarder comme ça, Michael ! Je ne te demande pas de faire le trottoir, mais il est grand temps que tu comprennes comment tourne l'entreprise familiale. Tu nous aideras à l'entrepôt, Pete et moi, et Tav t'apprendra ce que tu as besoin de savoir. Au bout d'un moment, je te chargerai de petites affaires, mais au début, tu travailleras directement sous mes ordres.

— Mais…

Vargas plissa les yeux :

— J'espère que tu ne t'apprêtes pas à me dire que

tu n'en as pas envie, Michael. Ce que tu as envie de faire ou pas n'a absolument rien à voir là-dedans.

— Je suis vraiment obligé ? hésita Michael.

— Pas question que tu passes le reste de ta vie à te tourner les pouces comme un gosse gâté ! Tu as douze ans. Il est temps de grandir !

— Mais… et Cassandra ?

Sur l'instant, c'est la seule objection qui vint à l'esprit de Michael.

Les yeux de Vargas lancèrent des éclairs, toutefois il se ressaisit immédiatement :

— Dennis et Cassandra ne vont pas revenir avant un moment. Je les ai cherchés, et je continue à les chercher, mais dans l'immédiat, il va falloir que tu t'habitues à vivre sans eux.

— Pourquoi ? Tu n'espères plus les retrouver ?

— Oh que si, je vais finir par les dénicher, nos deux oiseaux ! affirma son père, le regard perdu dans le vague. Même si ça doit prendre un mois, un an ou même cinq ! Je les ramènerai ici, crois-moi.

— C'est promis ?

Vargas se redressa et, pour la première fois, il sourit à Michael :

— C'est promis. Et maintenant, rendors-toi. Demain, je te ferai acheter quelques livres scolaires pour que tu ne sois pas trop à la traîne.

Il sortit, laissant Michael complètement retourné.

Il devait aller au collège, et travailler avec Vargas ! La dernière fois qu'il avait suivi des cours, il s'était plutôt bien débrouillé, et il avait souvent vu son père, Pete et Tav s'affairer au sous sol…

... Mais à l'époque, Cassandra était là pour le soutenir.

Michael remonta maladroitement ses couvertures. Il ne savait pas quoi faire. Allongé dans l'obscurité, il sentit les larmes le gagner et chuchota, comme d'autres font leur prière :

— Cassandra, reviens, s'il te plaît !

Mais Cassandra ne répondit pas. Michael finit par se rouler en boule et tira les couvertures par-dessus sa tête. Le sommeil fut long à venir.

4

Kentaro

— *Ichi* * !

Vlam !

La main de Cassandra entra violemment en contact avec le sac de frappe. Elle recula et se remit en *doko**, posture de préparation au combat – le pied en retrait et le poing derrière la tête. Christopher, qui tenait le lourd coussin de mousse, leva le pouce en signe d'encouragement :

— Mais n'oublie pas d'avancer en même temps que tu portes ton coup.

Cassandra hocha la tête. À l'autre bout du *dojo*, Akamatsu compta « *Ni* * *!* » et elle frappa de nouveau le sac : *vlam !*

— *San** !

Vlam !

— *Shi* * !

Vlam !

— *Go* !*

Vlam !

La frappe qu'ils pratiquaient portait le nom de *shitanken** : on l'assénait en tendant les trois doigts du milieu, raidis pour se transformer en véritable poignard. La première fois qu'on leur avait montré le mouvement, Cassandra avait cru qu'on leur demandait grosso modo d'envoyer un direct. Depuis, elle avait réalisé que ça n'avait rien à voir avec la boxe : la puissance devait venir du bras, qu'il fallait projeter vers l'avant en décrivant une courbe. Ce coup pouvait être administré au niveau de l'estomac, des aisselles et de tout point faible.

— *Roku* !*

Vlam !

— *Shichi * !*

Cassandra s'aperçut qu'Akamatsu l'observait, et elle mit tout son poids dans le coup qu'elle porta. Cette fois, ses doigts heurtèrent le coussin avec un *vlan !* au lieu d'un *vlam !* Et la violence du choc fit reculer Christopher d'un pas.

— Hé ! c'était bien, ça ! s'exclama-t-il.

Les yeux d'Akamatsu glissèrent de Cassandra à l'élève suivant. Elle fronça les sourcils, contrariée.

— Qu'est-ce qu'il y a ? lui demanda Christopher.

— Je croyais m'en être bien tirée pour une fois, et il n'a fait aucun commentaire !

— Il ne dit plus que tu t'y prends comme un pied. Il y a comme une amélioration, tu ne trouves pas ?

La cloche retentit soudain, évitant à Cassandra de répondre. Les élèves se dispersèrent, certains allant parler au professeur, d'autres s'affalant sur les bancs alignés contre le mur. Christopher et Cassandra allèrent eux aussi s'asseoir pour souffler quelques minutes avant le cours suivant.

— Tu sais que tu ne te débrouilles pas trop mal, maintenant ?

— Merci, sourit Cassandra.

C'était vrai. Elle s'améliorait petit à petit. Pourtant, ses débuts à Rokkaku avaient été difficiles. Durant la première partie du trimestre, il avait fallu qu'elle s'accroche, tant le rythme était astreignant. Elle commençait tout juste à s'adapter à sa nouvelle vie – elle avait rattrapé son retard, et le programme, remanié, faisait plus de place aux exercices d'équilibre qu'elle appréciait tant. Il n'empêche qu'elle trouvait injuste qu'on exige qu'ils s'entraînent même le samedi…

Jennifer s'approcha d'eux en bondissant. Cassandra devait reconnaître que sans son bavardage incessant, ses boutades et ses jurons elle aurait été incapable d'aller au bout de sa première semaine à Rokkaku. Véritable pile électrique, jamais déprimée ni découragée, Jennifer lui avait rendu courage chaque fois qu'elle s'était sentie sur le point d'abandonner. Et Cassandra s'était bien gardée de parler de ses doutes à Dennis, ne désirant pas lui apporter sur un plateau un prétexte pour quitter l'école.

— Hé ! les mecs ! annonça Jennifer. Devinez quoi !

— Euh… le cours d'Akamatsu est fini ? plaisanta Cassandra.

— Nan ! Essayez encore.

— Demain, c'est dimanche ? insista Cassandra.

— Nan ! Essayez encore. C'est à propos de la semaine prochaine.

— On va te pendre à un arbre, la tête en bas, jusqu'à ce que tes batteries se déchargent ? suggéra Christopher.

— Nan ! Essayez encore.

Christopher soupira :

— Je donne ma langue au chat. Qu'est-ce qu'on fait la semaine prochaine ?

— On a notre première nocturne !

— C'est quoi, une nocturne ? demanda Dennis en arrivant à leur hauteur.

— Comme un cours de *tongyo*, mais la nuit. Une sorte de répétition générale avant la Chasse ! expliqua Jennifer.

— Comment veulent-ils qu'on voie en pleine nuit ? s'inquiéta Cassandra.

— Il suffit de se glisser dans la peau d'un chat ! Pas vrai, Neko-kun ? lança Jennifer en riant.

— *Arrête* de m'appeler comme ça ! fit Dennis d'un ton brusque. Et puis d'abord, qu'est-ce que ça veut dire ?

Cassandra les interrompit :

— Hé ! Qui est-ce, là-bas ?

Akamatsu s'entretenait à l'entrée de la salle avec un homme chauve. Dennis reconnut en lui le professeur qui occupait le *dojo*, le jour où il s'était réveillé à Rokkaku. Les quatre adolescents virent Akamatsu lui taper sur l'épaule avant de s'en aller. L'inconnu se tourna vers les élèves.

— Oh oh, fit doucement Christopher.

— C'est Ze'ev, hein ? murmura Cassandra à Jennifer.

— Ouaip ! On raconte qu'il faisait partie des SAS. Tu sais ? Le commando d'intervention spéciale de l'armée britannique !

— C'est un dur à cuire, alors ?

— Non… Pire que ça.

Christopher poussa un grognement :

— J'ai encore des bleus, depuis notre dernier cours avec lui. Et c'était il y a un mois !

Ze'ev tapa bruyamment dans ses mains :

— Tous en *seiza* sur trois rangs !

Cassandra se dirigea vers le centre du *dojo* avec le reste de la classe. Une fois qu'ils furent tous alignés, Ze'ev s'assit lui aussi en *seiza*, leur tournant le dos pour faire face au portrait de Masaaki Hatsumi, grand maître du *ninjutsu*. Il se frotta les mains paume contre paume et resta silencieux un instant, avant de lancer à voix haute et claire :

— *Shikin Haramitsu Daikomyo** !

— *Shikin Haramitsu Daikomyo !* répétèrent docilement les élèves.

Tous tapèrent deux fois dans leurs mains, saluèrent et tapèrent à nouveau dans leurs mains. Ze'ev se retourna vers eux et s'inclina une dernière fois.

Une fois achevé le rituel préalable à chaque séance d'entraînement, Ze'ev se redressa avec agilité. Il faisait tout au plus un mètre soixante, son crâne était aussi lisse et luisant qu'une boule de billard et ses yeux d'un bleu vif. Cassandra ne savait pas trop si elle devait être amusée ou effrayée.

— Très bien ! aboya Ze'ev. Akamatsu affirme que

vous commencez à maîtriser quelques notions de *taï-jutsu*. Nous allons vérifier ça tout de suite. Toi !

Effrayée ! décida aussitôt Cassandra.

Ze'ev pointait le doigt vers Kentaro, un des adolescents japonais. Celui-ci se releva avec lourdeur et s'approcha.

Sans plus attendre, Ze'ev reprit à la cantonade :

— Tout ce que j'attends de vous, c'est un blocage, puis un *shuto** au cou. Vous répétez les techniques du *Kihon Happo* depuis un mois, alors même à votre niveau, vous devriez y arriver.

Il se mit en *ichimonji*, puis s'adressa à Kentaro avec autorité :

— Et maintenant, frappe-moi !

L'adolescent regarda Ze'ev avec méfiance, avant de lui décocher un coup au menton.

Ze'ev l'esquiva, rapide comme l'éclair. Sa main gauche intercepta le poing de Kentaro, tandis que le tranchant de sa main droite frappait Kentaro au cou, le faisant basculer en arrière.

— Bon sang ! On ne vous a toujours pas appris à rouler correctement ? Debout ! Et applique-toi, cette fois.

Kentaro se redressa. Il respirait péniblement mais ne se plaignit pas. À la deuxième contre-attaque, il parvint à rester debout, bien que titubant, et à ne reculer que de quelques mètres. Les mouvements de Ze'ev étaient si vifs que Cassandra le vit à peine bouger, les deux premières fois. Elle ne put suivre que lorsqu'il décomposa ses actions en trois séquences bien distinctes. Au bout de six échanges, Ze'ev renvoya Kentaro à sa place et se tourna vers les autres élèves :

— À votre tour ! N'oubliez pas de vous écarter au moment de bloquer l'attaque, sans quoi vous risquez fort de prendre un coup de poing dans le nez. Vous devez viser les trois *kyusho** du cou. Choisissez-vous un partenaire. C'est parti !

Cassandra constata que Jennifer était déjà avec Christopher, et Dennis avec Shiro. Prudemment, elle s'approcha de Kentaro. Ils se trouvèrent un emplacement et commencèrent l'entraînement.

Ze'ev circulait sans cesse entre les élèves, s'attardant sur quiconque ne lui donnait pas satisfaction. Cassandra fit de son mieux pour éviter d'attirer son attention, mais au bout de quelques minutes seulement, elle entendit un grognement, juste derrière elle :

— Non ! Arrête tout de suite. Essaie sur moi !

Le cœur de Cassandra fit un bond dans sa poitrine. Lentement, elle se retourna.

— En position !

Ze'ev attendit avec impatience qu'elle trouve la bonne posture.

— *Ichimonji*, pas *doko* ! Le bras gauche tendu au niveau de l'œil, la main droite au-dessus du cœur. Et pèse davantage sur la jambe en retrait. Voilà qui est mieux. Et maintenant, j'attaque !

Ze'ev ne porta pas son coup aussi vite que Cassandra s'y attendait, mais son blocage fut plutôt maladroit et elle dut reculer d'un bond pour éviter d'être touchée. Tentant de retrouver l'équilibre, elle le frappa au cou. Rien ne se produisit.

— Tu essaies d'attraper quoi, un papillon ? On ne fait pas de karaté, ici ! Tu dois avancer en même temps que tu frappes. Comme si tu cherchais à traverser la cible. Encore !

Cassandra mit tout son poids dans le coup suivant. Cette fois, il toucha Ze'ev avec un bruit sourd, mais dévia aussitôt en rencontrant les muscles de son cou. Le professeur secoua la tête avec agacement :

— Non, non et non ! N'as-tu rien retenu ? En *taïjutsu*, c'est le corps tout entier qui frappe, pas seulement le bras. Continue à t'entraîner. Quand je reviendrai te voir, je veux que tu soies capable de me faire tomber à la renverse !

Et Ze'ev passa aux élèves suivants.

Consternée, Cassandra retourna près de Kentaro. Il lui fit un signe de la tête :

— Tu attaques.

— Je croyais que c'était mon tour de bloquer et de riposter ? s'étonna Cassandra.

— Eh bien, c'est le mien.

— J'ai besoin de m'entraîner !

— Tu feras ce que je te dis de faire ! répliqua Kentaro.

Cassandra le fixa, incrédule :

— Quoi ?

— *Attaque.*

Elle attaqua et fut touchée deux fois au cou, puis elle croisa les bras. Kentaro lui refit signe :

— Encore.

— C'est mon tour, maintenant !

Il sourit, narquois :

— À quoi bon ? Tu vas bientôt abandonner, comme tous les autres *gaijin**.

Cassandra lui adressa un regard noir :

— Je ne compte pas abandonner ! Et je *veux* apprendre cette technique ! Maintenant, laisse-moi m'entraîner !

Kentaro la fixa d'un air condescendant et s'exclama :

— Tu t'y crois vraiment !

Il lança quelques mots en japonais à son ami Yori, qui s'exerçait non loin. Yori considéra Cassandra de la tête aux pieds et s'esclaffa, avant de répondre à Kentaro. Ce dernier eut un sourire entendu et traduisit pour elle :

— Il trouve que tu devrais faire le trottoir à Tokyo, au lieu d'essayer d'apprendre les arts martiaux. Ils aiment les collégiennes, là-bas ! Surtout les blondinettes.

Cassandra ouvrit de grands yeux :

— Attends un peu…

Kentaro s'éloigna et dit encore quelques mots à Yori. Ils rirent plus fort, et Cassandra serra les poings :

— Reviens ici et attaque, ou tu vas le regretter !

— Je vais *quoi* ? Au secours, une gentille petite fille me menace ! se moqua Kentaro. Tu l'auras voulu : j'attaque !

Cette fois, au lieu des mouvements lents et maîtrisés qu'ils avaient répétés jusqu'alors, Kentaro projeta brusquement son poing en direction du front de Cassandra. Elle tenta de le bloquer, mais ne fut pas assez rapide. Le coup fit partir sa tête en arrière, si violemment qu'elle resta aveuglée quelques secondes. Lorsque son éblouissement cessa, elle vit Kentaro et Yori la montrer du doigt en ricanant.

Un sourire mauvais sur les lèvres, Kentaro se mit en *doko*, se préparant à attaquer :

— Prête ?

Oh que oui ! Cassandra était prête. Lorsqu'il frappa, elle esquiva à droite et son poing lui frôla le crâne. Kentaro levait déjà le bras pour parer la contre-attaque, mais Cassandra ne visait pas son cou. Elle se ramassa sur elle-même, balança le bras droit vers le haut et enfonça les trois doigts du milieu, tendus en *shitanken*, dans le point sensible situé juste sous la cage thoracique.

Kentaro tomba à genoux, le souffle coupé. Yori s'arrêta instantanément de rire.

— Oups ! fit Cassandra d'une voix suave. Encore raté.

Autour d'eux, les élèves s'étaient interrompus et les observaient avec stupéfaction.

— Hé ! On n'est pas ici pour prendre le thé ! cria Ze'ev depuis l'autre bout de la salle. Kentaro, qui t'a demandé d'inspecter le sol de si près ? Bon, tout le monde change de partenaire !

Cassandra s'éloigna, non sans remarquer le regard assassin que lui lançait Kentaro en se relevant. Cette fois, elle fit équipe avec Christopher et s'en tint strictement aux mouvements qu'on leur avait demandé de répéter.

Le cours durait deux heures… qui semblèrent en durer quatre. Ze'ev leur montra cinq techniques différentes. Il leur fit répéter chacune, encore et encore, jusqu'à être satisfait. Puis il annonça qu'ils apprendraient le samedi suivant les trois derniers enchaînements du *Kihon Happo*, et qu'il attendait d'eux qu'ils se rappellent parfaitement les cinq premiers.

Lorsque le cours s'acheva sur le « *Yame* !* » final de Ze'ev, Cassandra était épuisée et couverte de sueur. Elle s'acquitta machinalement des saluts rituels marquant la fin de l'entraînement, attrapa son sac et se rendit directement aux douches. Elle laissa l'eau chaude couler longuement sur son corps endolori, enfila des vêtements propres en grimaçant et sortit.

Deux mains puissantes la saisirent et la plaquèrent contre le mur.

Elle leva la tête et croisa les yeux froids de Kentaro :

— Salut, la collégienne !

Son comparse, Yori, bloquait le passage :

— Tu n'aurais pas dû frapper Ken comme ça.

Kentaro relâcha son étreinte et fit un pas en arrière. Cassandra réfléchissait à toute allure.

Manque de pot, les douches sont dans la partie inférieure de la vallée : à cette heure-ci, il n'y a que des bâtiments vides dans le coin. D'ailleurs, tout est terriblement silencieux. Aucun doute : je suis seule contre deux !

Elle déglutit, s'efforçant d'affermir sa voix :

— Quel courage ! Tu es venu accompagné ?

Kentaro lui adressa un large sourire :

— Oh, c'est juste pour m'assurer que tu ne me fausses pas compagnie. Je te veux toute à moi !

Il lui fit signe d'approcher :

— Allez, gentille petite fille ! C'est l'heure de jouer avec les grands garçons.

Cassandra tremblait, habitée par la peur mais aussi par une étrange tension. Kentaro tournait lentement autour d'elle, ses pieds faisant crisser le gravier. Il s'arrêta et avança le menton d'un air provocant :

— Qu'est-ce que tu attends pour frapper, la collégienne ? Montre ce que tu as dans le ventre !

Cassandra constata que Yori se tenait juste devant le sentier menant en haut de la vallée. Elle jaugea Kentaro ; il la dépassait d'une tête, au moins. Il continuait à sortir le menton en souriant bêtement.

Alors, elle frappa.

Jennifer se leva d'un bond lorsque Cassandra poussa la porte d'entrée :

— Tu tombes bien ! Chris ne va pas tarder à passer nous chercher pour…

Elle s'arrêta net.

Cassandra la bouscula pour entrer dans sa propre chambre et Jennifer s'inquiéta :

— Cassandra ? Qu'est-ce qui est arrivé à ton visage ?

— Rien.

— Mais tu es…

Cassandra se retourna brusquement :

— J'ai dit : rien ! Laisse-moi tranquille !

Elle claqua la porte derrière elle et alla constater l'étendue des dégâts dans le miroir : son œil droit était noir et sa mâchoire n'allait pas tarder à se couvrir de bleus. Cassandra s'allongea avec précaution sur son lit. Ses reins la faisaient horriblement souffrir : Kentaro l'avait bourrée de coups de pied quand elle s'était recroquevillée par terre.

Elle fixa longtemps le plafond, les yeux pleins de

larmes. Quand on frappa doucement à sa porte, elle ne répondit pas.

On frappa à nouveau, plus fort. Cassandra s'essuya fébrilement le visage :

— Va-t'en, Jennifer !

La porte s'ouvrit dans un craquement. Jennifer, puis Christopher passèrent la tête. Cassandra leur tourna le dos et répéta avec lassitude :

— Allez-vous-en.

— On t'a apporté à manger, expliqua Christopher d'un ton encourageant. C'est l'heure du dîner. Les cuistots ont dit qu'ils n'étaient pas censés préparer des repas à emporter, mais…

— Je n'ai pas faim.

— Dommage, c'est ton plat préféré !

Cassandra se retourna, intriguée :

— Je n'ai pas de plat préféré.

— Peut-être ! capitula Christopher. Mais ça sonne drôlement mieux que : « Je t'ai apporté des boulettes de viande et du riz », non ? Hé ! tu veux essayer de deviner l'ingrédient mystère de ce soir ? Jennifer est persuadée qu'ils y ont mélangé des restes humains, mais moi je penche pour de la pâtée pour chiens.

Jennifer prit la relève d'une voix douce :

— C'était Kentaro, hein ?

Lentement, Cassandra hocha la tête.

— Qu'est-ce qui s'est passé, exactement ?

— Il m'attendait avec Yori en dehors des douches, chuchota Cassandra.

— Ils te sont tombés dessus *tous les deux* ? s'indigna Christopher.

Cassandra secoua la tête :

— Juste Kentaro. Yori… s'est contenté de regarder.

— Je vais prévenir Dennis ! reprit Christopher. Tu sais où il peut être à cette…

— Surtout pas ! s'agita Cassandra. Il serait capable de faire n'importe quoi ! Autant attendre que les choses se tassent.

— D'accord, d'accord ! s'empressa de dire Jennifer en lui caressant les cheveux d'un geste apaisant. Repose-toi ! On sera juste à côté.

Cassandra se leva tard. C'était un dimanche, et elle remercia le hasard : elle n'aurait pas à affronter les autres élèves si elle ne le souhaitait pas. En sortant de sa chambre, elle aperçut Jennifer qui se brossait les cheveux… et Christopher, assis sur le canapé.

— Tu as passé toute la nuit ici ? s'étonna-t-elle.

Puis elle secoua la tête :

— Oh, laissez tomber ! Je sors.

— Tu es sûre que tout va bien ? s'enquit Christopher avec sollicitude.

— Très bien.

— Tu sais, si tu as besoin de nous…, commença Jennifer, le visage crispé par l'inquiétude.

Impossible d'en supporter davantage : Cassandra sortit en claquant la porte.

Une fois dehors, elle ralentit le pas et ouvrit l'œil pour éviter de croiser des camarades de classe. Une fois certaine que personne ne l'avait aperçue, elle grimpa rapidement un escalier en rondins. Elle suivit le sentier en surplomb, puis emprunta un pont suspendu menant à l'autre flanc de la vallée et s'enfonça dans les bois.

Dès que Cassandra fut sûre d'être hors de vue, son moral s'effondra et son pas devint plus hésitant. Sans véritable but, elle entreprit de faire le tour du lac, enjambant avec précaution les branches tombées sur ses pentes abruptes. La matinée était claire et fraîche ; des nuages épars flottaient dans le ciel et les rayons du soleil se faufilaient entre les branches. Les feuilles mortes craquaient sous les pieds de Cassandra, qui décida de descendre au bord du lac.

Le Llyn Garedig s'étendait devant elle, majestueux. Le vent du nord soufflait par rafales en direction du barrage, agitant sa surface. Le regard perdu au loin, Cassandra se laissa tomber sous un aulne, tout près des vagues qui venaient lécher la bande de terre.

Mais qu'est-ce que je fais ici ? songea-t-elle.

Ça fait un mois entier que je m'entraîne. J'ai appris par cœur les postures et les frappes. Je livre mon tout premier combat, et on me réduit en bouillie ! Bon, je ne devais pas espérer battre la brute de service du premier coup, mais quand même… Moi qui croyais qu'on m'apprendrait à devenir aussi invincible que les ninjas !

Je devrais laisser tomber et rentrer. Au moins, à Hampstead, les coups tombent uniquement quand on fait un truc de travers.

Perdue dans ses pensées, Cassandra entendit les pas au dernier moment. Elle se retourna, la peur au ventre.

Kentaro serait-il venu finir son sale travail ?

Mais c'était Shiro.

— Qu'est-ce que tu fais ici ? demanda Cassandra d'un ton agressif.

Shiro haussa les épaules. Mains dans les poches, il avait l'air dans son élément, au milieu des arbres.

— Je me promenais.

— Tu m'as suivie, c'est ça ?

Shiro haussa encore les épaules et s'installa un peu à l'écart. Cassandra soupira :

— Oh, et puis quelle importance !

Tous deux contemplèrent le lac un moment sans rien dire.

— C'est Kentaro ? s'enquit Shiro après quelques minutes.

— Est-ce que *tout le monde* est au courant ?

— Quelques-uns. Kentaro s'est surtout vanté auprès des autres Japonais.

Cassandra se prit la tête à deux mains.

— Tout va bien ! la consola Shiro.

Cassandra lui lança un regard noir :

— Est-ce que j'ai l'air d'aller *bien* ?

— Tu as juste perdu un combat. Ça arrive à tout le monde ! Et puis ça fait des années que Kentaro suit un entraînement. Tu ne comptais quand même pas t'attaquer à un garçon qui fait deux fois ta taille et l'envoyer au tapis dès la première tentative !

— Je ne l'ai pas attaqué ! C'est *lui* qui m'est tombé dessus !

— Pourtant, le contraire ne m'aurait pas étonné. Connaissant le tempérament de ton frère, je me disais que ça devait être un trait de famille… commenta Shiro avec un sourire amusé.

— Dennis ! s'exclama Cassandra. Tu ne lui as rien

dit, j'espère ? Je ne sais pas comment il réagirait en apprenant ce que Kentaro m'a fait. Ou plutôt si… Je le sais trop bien.

— Tranquillise-toi. Je commence à savoir comment il fonctionne, et je voulais te parler d'abord.

Cassandra examina attentivement Shiro. Il n'était pas asiatique à cent pour cent : son teint était trop pâle, et il était trop grand pour cela. Pourtant, il y avait bien quelque chose d'asiatique dans ses manières ; dans sa façon de détourner le regard quand il parlait… Il ne se mêlait pas aux élèves japonais, mais il n'aurait sûrement pas détonné en leur compagnie. Il s'asseyait même en *fudoza**, comme eux : jambe gauche repliée sous lui, pied droit appuyé contre le genou gauche.

— Tout ça n'a rien de personnel, reprit Shiro. Kentaro n'est qu'une grosse brute. En temps normal, il aurait harcelé l'élève le plus chétif de la classe. Comme Ichiro l'empêche de s'en prendre aux autres Japonais, il se défoule sur toi !

— Pourquoi moi ?

— Parce que tu es une fille, et que tu es plus petite que lui.

— Tu veux dire que je fais une cible facile ? grommela Cassandra.

— Plutôt, oui.

— Merci, vraiment. C'est fou ce que je me sens mieux ! Et d'où tires-tu ton savoir en la matière ?

— Disons que j'ai… côtoyé pas mal de garçons comme Kentaro quand je vivais au Japon, expliqua évasivement Shiro.

— Comment ça ?

Cassandra attendit une réponse pendant de longues secondes et finit par abandonner, excédée :

— Très bien ! Tu as dit que tu venais me parler. Qu'est-ce que tu me veux, exactement ?

Shiro se tourna vers elle :

— Peut-être que je veux t'aider.

— *M'aider ?* répliqua Cassandra d'une voix où perçait le sarcasme. Parfait ! Dans ce cas, explique-moi comment on s'y prend avec une grosse brute.

— Tu as l'embarras du choix ! Tu peux l'ignorer. Tu peux l'éviter. Tu peux le fuir. Tu peux t'en faire un ami. Tu peux lui jouer de sales tours. Tu peux t'entraîner dur et devenir si difficile à battre qu'il préférera s'en prendre à une proie plus facile. Tu peux demander à tes amis de le tabasser. Ou tu peux le tabasser toi-même.

Cassandra fixait Shiro avec de grands yeux :

— Tu plaisantes ?

Shiro soutint son regard sans répondre.

— Quelle est la bonne méthode ? voulut savoir Cassandra.

— Ça dépend. Le plus facile, c'est de garder ses distances.

— Impossible ! On est dans la même classe. Et je ne nous imagine pas amis non plus !

— Tu pourrais le dénoncer aux professeurs. Ils t'aideraient si tu…

— Pas question qu'on règle mes problèmes à ma place.

— Personne n'a dit que tu étais obligée de t'en sortir toute seule, objecta Shiro.

— *Si*, soupira Cassandra. Écoute Shiro, c'est très

gentil de vouloir m'aider, mais je suis venue chercher autre chose à Rokkaku. Mon père…

Elle hésita. Elle aurait aimé lui dire la vérité, mais elle savait que c'était trop tôt :

— Il y a… quelqu'un qui compte beaucoup. Il a besoin de moi. Un jour, je retournerai le chercher, et ce jour-là, il faudra que je sois forte. Si je suis incapable de battre Kentaro… je ne suis bonne à rien.

Shiro resta silencieux un moment, puis :

— Alors, il ne te reste plus qu'à battre Kentaro.

Cassandra se laissa aller contre l'arbre derrière elle :

— Facile à dire ! Tu es un mec et tu es grand. Moi pas. Et je n'ai jamais appris tous ces trucs de ma vie ! Tout le monde ici connaît déjà le *ninjutsu*, tandis que moi…

Elle s'arrêta net. Shiro secouait frénétiquement la tête :

— Personne ne « connaît » le *ninjutsu*. Ni aucun autre art martial. On peut juste le pratiquer, et on ne cesse jamais d'apprendre. Plus tu t'entraîneras, et meilleure tu deviendras. Le reste de la classe a simplement pris de l'avance sur toi.

— Ils sont tous *tellement* meilleurs ! Par où commencer ?

Après un temps de réflexion, Shiro lui confia, songeur :

— Je crois bien que j'ai ma petite idée.

Ses indications conduisirent Cassandra en un point surplombant la vallée de Rokkaku. Avant de sortir des bois, elle jeta des regards furtifs pour s'assurer qu'aucun élève de première année n'était dans les parages. La cabane qu'elle cherchait se trouvait en contrebas ; au nord des *dojo*, près du ruisseau. Une fois sûre d'être devant la bonne, elle rectifia sa tenue et frappa trois coups.

— Entrez ! lança une voix bourrue.

Cassandra poussa la porte.

— Qu'est-ce que tu veux ? fit Ze'ev en levant les yeux.

La pièce était sommairement meublée, mais des étagères bourrées de livres reliés encombraient deux murs entiers. Une photographie encadrée avec soin était accrochée à celui du fond : on y voyait un groupe d'hommes au milieu du désert, en treillis blanc et gris. Agenouillés dans le sable, ils souriaient largement à l'objectif.

Cassandra prit une profonde inspiration :

— J'ai besoin de votre aide. Il faut que vous m'appreniez à combattre.

Ze'ev eut un petit rire :

— On dirait que ta prise de bec au *dojo* avec Kentaro a eu de fâcheuses conséquences ? Oh, n'aie pas l'air surprise, ma belle, je ne suis pas aveugle ! Si j'étais toi, j'irais tout de même montrer mes blessures de guerre au docteur Furuta. Quant à « combattre », c'est ce qu'on vous enseigne chaque jour. Tu n'as qu'à suivre davantage de cours, si tu es avide d'apprendre à ce point.

— C'est… avec vous que je veux m'entraîner, Monsieur.

— Pourquoi moi ?

— Par… parce que…, balbutia Cassandra. Les autres disent que vous étiez dans les SAS, et…

Ze'ev explosa de rire :

— Alors ça, c'est la meilleure ! Non, ma grande, pas les SAS ! Un autre corps d'armée. Mais ça ne te sera d'aucune utilité, de toute façon.

Cassandra cligna nerveusement des paupières :

— Mais je croyais…

— Que j'allais te dévoiler ma technique secrète et qu'en sortant d'ici tu irais briser la nuque à Kentaro ? Je pourrais, mais je ne le ferai pas. Rokkaku est une école de *ninjutsu*, ma belle, pas un camp d'entraînement militaire. Tu es ici pour apprendre à te défendre, pas à tuer.

Cassandra fronça les sourcils.

— On ne t'a jamais expliqué la différence, pas vrai ? soupira Ze'ev. Je passe mon temps à leur dire qu'ils devraient vous éclairer un peu plus sur la théorie avant d'aborder la pratique. Les adultes cherchent peut-être à atteindre l'illumination spirituelle, mais vous, les gosses, vous voulez juste ressembler à Neo dans *Matrix* ! Bon, écoute-moi attentivement. Les arts martiaux enseignés en Occident poursuivent non pas un, mais quatre buts. Combat, discipline, spiritualité et sport. Combattre consiste effectivement à briser des nuques et à survivre. La plupart des gens pensent que c'est l'essence des arts martiaux, mais ils se trompent. Il faut aussi une certaine discipline – mentale et physique –, qui s'assimile à une forme d'art traditionnelle. L'objectif spirituel, lui, est autant affaire de condition physique que de développement personnel, mais c'est un aspect qu'on n'entrevoit qu'avec le temps. Relis l'essai punaisé dans ta chambre si tu veux en avoir un aperçu. Quant au sport, c'est un « plus » ludique qui n'intervient qu'en compétition. Mais tu dois savoir que chaque art martial et chaque instructeur se concentrent sur un but différent. La plupart des formes du taï-chi-chuan insistent sur la spiritualité. Le karaté et le taekwondo sont perçus en revanche comme des sports en Grande-Bretagne, et ainsi de suite…

Ze'ev s'interrompit pour boire une gorgée d'eau, avant de poursuivre :

— Le *ninjutsu* est un mélange des trois premiers objectifs. C'est un art de combat, une discipline et une voie spirituelle. Il n'inclut pas du tout le sport, car combat et sport n'ont rien à faire ensemble… sauf si on tient à ce que le perdant d'un match reparte sur une civière. Le *ninjutsu* insiste davantage sur l'aspect du combat que la plupart des arts martiaux, mais son principal intérêt n'est certainement pas de tuer…

Ze'ev s'absorba dans la contemplation de la photographie accrochée au mur du fond, puis il reprit :

— Là-bas, on a eu droit à du combat pur. On nous a entraînés à tuer sans fioritures. Et ce n'est pas le genre de choses que j'ai envie d'apprendre à une fille de douze ans. Non, ma grande ! Tiens-t'en aux cours du programme. Akamatsu est un bon professeur. Donne-lui un an ou deux, et tu seras en mesure de tenir tête à Kentaro… si tu y mets du tien.

Mais Cassandra ne lâcha pas prise :

— Je suis déjà tous les cours du programme. Mais j'ai besoin de leçons supplémentaires. Si vous ne voulez pas m'enseigner des coups spéciaux, apprenez-moi au moins à mieux maîtriser les techniques du *ninjutsu* !

— Tu parles sérieusement, hein ?

Cassandra hocha la tête avec gravité.

— Pourquoi ne demanderais-tu pas de l'aide ? Je pense que ton frère serait prêt à s'attaquer à Kentaro pour te défendre.

— Je ne veux pas qu'on livre bataille à ma place. Je dois être capable de prendre soin de moi toute seule.

— Je vois, grogna Ze'ev.

Il se leva et repoussa sa chaise dans un coin :

— Voyons un peu ton *sanshin*. Allez, je n'ai pas toute la journée !

Cassandra recula de quelques pas pour exécuter l'élément terre, ou *chi* *. Elle était passée à l'élément eau, lorsque Ze'ev intervint :

— Stop ! Les frappes, maintenant.

Cassandra passa les seize en revue, l'une après l'autre. Frappant puis esquivant un adversaire imaginaire, avant de frapper à nouveau, elle se concentra pour donner le meilleur d'elle-même. Pendant ce temps, Ze'ev ne cessait de tourner autour d'elle. Finalement, il leva la main :

— Ça suffit ! Combien de temps as-tu pratiqué la gymnastique ?

— Quelques années, répondit Cassandra, interdite. Mais *comment* savez-vous que…

— C'est à cause de la façon dont tu bouges. Bon équilibre, mais aucune puissance. Tu es aussi bâtie comme une gymnaste. Vive et légère.

Ze'ev poussa un gros soupir :

— Je suppose que je n'ai aucune chance de te convaincre d'abandonner les arts martiaux pour le patinage artistique ? Ça nous rendrait la vie plus facile !

Les yeux de Cassandra lancèrent des éclairs :

— Ce n'est pas drôle !

— Ce n'était pas supposé l'être. Très bien, petite ! Tu es engagée. Reste à trouver un *dojo* libre. Ta première leçon particulière commence !

Lorsqu'elle rentra, cet après-midi-là, Cassandra était affamée et littéralement épuisée – mais satisfaite. Jennifer se précipita vers elle dès qu'elle ouvrit la porte :

— Où étais-tu passée ? Je t'ai cherchée partout !

— Je me suis baladée par-ci par-là, bâilla Cassandra. Et maintenant, je suis morte de fatigue.

— Cassandra, on peut discuter ? Christopher et moi, on a parlé de Kentaro, et ça m'a donné une super-idée. Tu sais sûrement qu'il loge avec Yori ? En général, ils ne sont pas dans leur chambre l'après-midi, alors j'ai pensé qu'on…

— Non ! l'interrompit violemment Cassandra. Surtout, ne faites *rien* !

— Pourquoi pas ? Tu as vu la façon dont il t'a arrangée ! Écoute, j'ai même réussi à convaincre Chris, et tu sais qu'il n'est jamais chaud pour les mauvaises blagues !

— Ça m'est égal. Ne vous approchez pas de Kentaro ou de Yori. C'est *mon* combat !

Jennifer prit un air buté. Cassandra soupira et baissa la voix pour la rendre plus persuasive :

— Tu vois, Jennifer, si vous lancez une sorte de raid punitif, ça ne fera qu'empirer. J'ai l'intention de régler les choses à ma façon. Laissez-moi mener mes propres batailles, d'accord ?

— Mais on veut t'aider ! Oh, et si on allait parler aux professeurs ? Je suis sûre qu'Oakley…

— Vous voulez vraiment m'aider ? intervint Cassandra. Alors, restez en dehors de tout ça ! Je suis sérieuse, Jen. Ne vous en mêlez pas.

Jennifer finit par hocher la tête, de mauvaise grâce :

— J'espère au moins que tu sais ce que tu fais.

Moi aussi, je l'espère ! songea Cassandra.

Elle ouvrit la porte pour ressortir :

— Je reviens dans une petite minute.

Elle grimpa la pente menant à la chambre de Dennis et de Shiro. Elle frappa doucement et Shiro vint lui ouvrir.

— Salut, fit-elle en se glissant à l'intérieur. Par pitié, dis-moi que Dennis n'est pas dans les parages !

— Non, il n'est pas encore rentré. Est-ce que Ze'ev…

Cassandra hocha gravement la tête :

— Il a accepté. Ça ne sera pas rose tous les jours, mais je tiendrai bon. Dis, Shiro, je peux te demander une faveur ? Assure-toi que Dennis n'en sache rien… pour l'instant, en tout cas.

— Je t'ai donné ma parole dans les bois, tu te souviens ? Tu peux compter sur moi. Mais il va forcément remarquer tes bleus !

Cassandra soupira :

— Je vais tout faire pour l'éviter avant les cours de demain, en espérant avoir meilleure mine d'ici là. Au besoin, je les camouflerai avec du…

Cassandra s'interrompit : Shiro regardait fixement par-dessus son épaule.

— Quoi ?

— Trop tard, dit doucement Shiro.

L'adolescente se retourna lentement et se trouva nez à nez avec son frère, qui entrait d'un pas décidé. Il s'arrêta net, stupéfait.

— Dennis ! s'exclama Cassandra. Je vais bien. C'est juste...

Dennis lui prit le menton pour examiner son visage de plus près :

— Qui t'a fait ça ?

Cassandra réfléchissait à toute vitesse pour essayer de trouver une explication crédible :

— Personne ! Je me suis cognée au...

— C'est un de ces enfoirés, hein ? Je vais les tuer ! rugit Dennis en faisant demi-tour.

La porte se referma violemment derrière lui. Cassandra s'assit pesamment sur le lit de Shiro :

— Et merde !

Qui avait osé faire ça ?

Dennis traversa Rokkaku tel un ouragan, le cœur rempli de rage, à la recherche d'une victime sur qui passer sa colère. Tous ceux qu'il croisa portaient une ceinture verte ou noire et se déplaçaient par deux ou trois. C'est alors qu'il remarqua le cinquième *dojo*, en contrebas : il était généralement mis à la disposition des élèves de première année. Dennis s'y engouffra...

... et tomba sur Ichiro. L'adolescent était en train d'exécuter des enchaînements complexes, inconnus de lui.

— Toi ! explosa Dennis.
— Quoi ? demanda tranquillement Ichiro.
Il glissa une jambe en arrière et leva l'autre pour envoyer un coup de pied en l'air.
Dennis avança vivement la main pour l'agripper par la cheville. Ichiro lui échappa d'un bond :
— Mais qu'est-ce qui te…
— Je viens de voir Cassandra ! Soit tu t'es occupé d'elle personnellement, soit tu as chargé quelqu'un de ta sale besogne.
— Je ne vois pas de quoi tu parles, répondit froidement Ichiro.
La fureur étranglait Dennis :
— Tu vas tout avouer, sinon…
Les yeux d'Ichiro étincelèrent :
— Si tu cherches une brute épaisse, tu t'es trompé d'adresse. Tu ne sais pas à qui tu as affaire !
Dennis chargea. Ichiro l'esquiva par la gauche et se mit en posture de combat, une main en avant et l'autre au-dessus du cœur, doigts joints. Dennis pivota aussitôt pour lui faire face.
Aussi grand que Dennis et un peu plus lourd, Ichiro le fixait sans ciller.
Dennis était bien trop énervé pour faire dans la dentelle. Il lui décocha un coup de poing, visant le nez, mais l'adolescent se pencha à droite et le frappa dans les côtes. Alors que Dennis baissait sa garde dans un grognement, le poignet d'Ichiro s'abattit sur le côté gauche de son cou, à la manière d'un marteau. Dennis tomba à terre, groggy.
La violence du choc obscurcit son cerveau. À genoux sur le sol, il s'ébroua. Puis sa vision s'éclaircit

et il vit qu'Ichiro se tenait devant lui. Toujours dans la même posture, il attendait. Dennis se releva et chargea de nouveau en poussant un rugissement de fureur.

Il reçut un coup sur la pommette et un autre dans l'épaule. Cependant, cette fois, il parvint à empoigner le bras gauche d'Ichiro. Il tira dessus d'un coup sec et se prépara à lui envoyer un direct. Son poing partit mais Ichiro avait fait un pas de côté, disparaissant de sa vue. Brusquement, Dennis eut le bras droit tordu en arrière et le pied d'Ichiro accrocha sa jambe d'appui. Il s'étala sur le dos, si brutalement qu'il en eut la respiration coupée. Sans lui laisser le temps de se redresser, Ichiro se laissa tomber sur un genou et son poing s'abattit juste entre thorax et abdomen.

Dennis suffoquait : il avait la sensation que le coup venait de lui bloquer les poumons. Il roula sur le ventre, cherchant à reprendre son souffle. Des étincelles grises dansaient devant ses yeux.

Ichiro se releva et s'éloigna tranquillement. Arrivé à la porte du *dojo*, il se retourna une dernière fois :

— Pour ta gouverne, je n'ai pas croisé ta sœur depuis les cours d'hier, précisa-t-il d'une voix calme. Mais je ne laisserai jamais personne m'insulter comme tu viens de le faire.

Dennis resta un long moment à quatre pattes, respirant par à-coups. Il avait l'impression que le sol oscillait et tournoyait sous lui. Petit à petit, il se remit à respirer normalement, au fur et à mesure que s'estompait l'effet paralysant du coup porté à son diaphragme.

Le sol redevint stable et Dennis se releva en vacillant. Il savait ce qu'il lui restait à faire.

Les locaux où l'on entreposait le matériel se trouvaient en haut de la vallée, après le réfectoire. Leur accès était strictement interdit aux élèves de première année, mais grâce à la langue bien pendue de Jennifer, Dennis savait que le dernier n'était jamais fermé à clé. Il en poussa la porte. Des armes d'entraînement s'alignaient contre les murs : des bâtons aux sabres, en passant par les poignards, les faucilles et les massues. Toutes étaient en bois – celles en métal, pointues et tranchantes étaient soigneusement rangées sous clé.

Dennis ramassa un *hanbo** et le soupesa. Ce bâton en chêne rouge du Japon était long d'un mètre et large de quatre centimètres. Dennis l'empoigna comme une batte de base-ball et le testa en fendant l'air à gauche, puis à droite. Il l'imagina percutant un corps, et un sourire satisfait se dessina sur ses lèvres.

— On peut savoir ce que tu fabriques ?

Dennis se retourna comme si une mouche venait de le piquer. C'était Shiro.

— Ce ne sont pas tes affaires ! rétorqua-t-il.

Shiro se tenait dans l'embrasure de la porte, comme auréolé par la lumière du soleil inondant la pièce. Il jaugeait Dennis :

— Quand on attaque quelqu'un à mains nues, c'est qu'on est tellement guidé par la colère qu'on ne réfléchit plus. Ou qu'on veut prouver qu'on est le plus fort. Mais attaquer quelqu'un avec une arme… c'est différent. Ça signifie qu'on cherche à l'estropier. Voire à le tuer.

Dennis sourit froidement :

— Tu es trop calé en devinettes !

— Fais une bêtise de ce genre et tu devras dire

adieu à Rokkaku, Dennis. Les professeurs pourraient à la rigueur fermer les yeux sur une rixe, mais si tu crois qu'ils permettront à un élève d'en agresser un autre avec une arme de combat, tu te trompes grossièrement ! Sans compter que je doute que tu survives à l'emploi du *hanbo*...

— C'est mignon de te faire du souci pour moi !

— Essaie de l'utiliser contre Ichiro et il fera bien pire que t'envoyer simplement mordre la poussière, lâcha Shiro à voix basse.

— Qu'il aille se faire voir ! gronda Dennis. Tu n'as pas l'air d'avoir compris ce qu'il m'a fait subir !

Shiro l'observa attentivement avant de répondre :

— Parce que c'est lui qui t'a attaqué le premier, peut-être ?

Dennis le poussa pour sortir.

Shiro s'effaça et le *hanbo* quitta comme par magie les mains de Dennis. Ce dernier pivota, furieux, pour découvrir Shiro deux mètres plus loin. Il tenait le *hanbo* devant lui, une main placée à chaque extrémité.

— Restons-en là, Dennis, fit calmement Shiro.

Dennis s'élança en grondant entre ses dents. Le *hanbo* le percuta de plein fouet, à la tête puis dans la poitrine. Projeté en arrière, Dennis alla s'écraser dans un tas de *bokken** qui dégringolèrent.

Sa vision s'obscurcissant, Dennis lutta pour se remettre debout. Il sentait un liquide chaud couler sur son crâne. Une douleur lancinante traversait son corps tout entier.

Shiro se dressait toujours dans la même posture, comme s'il n'avait absolument pas bougé. Une goutte de sang perlait au bout du *hanbo*. Imperturbable, Shiro regarda Dennis se redresser en titubant.

— Je ne te laisserai pas partir avec une arme, insista-t-il.

Dennis tourna les talons et se mit à courir. À courir sans fin. Les bâtiments de l'école défilèrent comme l'éclair tandis qu'il remontait le cours du ruisseau, des larmes de rage et de douleur lui brouillant la vue. Les sentiers s'effacèrent mais Dennis poursuivait sa course folle. Toujours plus haut, toujours plus loin de Rokkaku. Il prit la direction du nord-ouest et entama l'ascension du Dalarwen. Il s'arrêta enfin devant un pin au port élancé et se mit à grimper à toute allure l'échelle clouée dans son tronc.

Dennis déboucha sur la plate-forme en bois, point de départ des exercices d'équilibre qu'il détestait tant. Seul au milieu des arbres, il rejeta la tête en arrière et poussa un hurlement inarticulé, une plainte sauvage que les cimes se renvoyèrent longtemps.

Le silence s'installa. Les oiseaux s'étaient tus. Avec un sanglot, Dennis s'assit lourdement et s'adossa au tronc du pin. Le soleil couchant embrasa le ciel et l'obscurité envahit lentement la forêt. Dennis ne bougeait toujours pas.

5

Le temps des choix

Cassandra avait redouté un affrontement violent entre son frère et Kentaro. Le dimanche soir, n'ayant ni revu Dennis, ni entendu parler d'une quelconque bagarre, elle supposa que Shiro était parvenu à lui faire entendre raison. Elle lui fut reconnaissante de lui faciliter la tâche, et commença enfin à se détendre.

Mais le lundi apporta son lot de soucis. Shiro apprit à Cassandra que Dennis avait découché, et elle sentit à nouveau l'angoisse monter en elle. Quant à Kentaro et ses amis, impossible de les éviter : ils la poursuivirent toute la matinée de leurs railleries. Au repas de midi, ne supportant plus leurs messes basses, Cassandra finit par aller s'expliquer avec Kentaro. Lors du combat qui s'ensuivit, elle employa une ruse que lui avait enseignée Ze'ev, et Kentaro se retrouva le nez en sang.

Il se vengea en la frappant avec tant de brutalité qu'elle ne put se présenter aux cours de l'après-midi. Mais Cassandra s'inquiétait surtout pour Dennis.

Comment allait-il ? Et où se cachait-il ?

Le soir même, monsieur Oakley convoquait Cassandra dans son bureau.

— Eh bien ? lui demanda-t-il sévèrement. Peut-on connaître le motif de votre absence aux cours ?

Cassandra avait les joues tellement enflées qu'elle eut de la peine à articuler :

— Je suis tombée d'un pont, Monsieur.

— Vraiment ? Et vous avez heurté le sol des deux côtés du visage à la fois ? Dites plutôt que vous vous êtes battue !

Cassandra se tut.

— Avec qui était-ce ? On m'a rapporté que Kentaro avait fait des siennes toute la journée. Serait-ce lui ?

Cassandra resta muette.

— Nous vous apprenons à combattre, mais Rokkaku n'est pas pour autant un lieu sans loi, Cassandra. Il y existe des règles, comme dans n'importe quelle autre école, et passer un élève à tabac est contraire à ces règles. Tout comme le bizuter. Racontez-moi ce qui s'est passé !

Silence.

Monsieur Oakley tambourina sur son bureau :

— Vous ne m'aidez pas, Cassandra.

— Je n'y peux rien, Monsieur.

Il poussa un soupir désolé :

— Recommencez et je me verrai contraint de vous

mettre de corvée de cuisine pendant un mois. Même traitement pour celui ou ceux avec qui vous vous battez. Et je vous assure que je les trouverai ! Vous pouvez disposer.

Cassandra tourna les talons.

— Oh ! Cassandra ? Quoi que vous prévoyiez de faire… veillez à ne pas vous blesser trop grièvement. Vous, et qui que ce soit d'autre…

Cassandra ne put s'empêcher de sourire :

— Oui, Monsieur.

— Bien. Une dernière chose. Sauriez-vous par hasard où se trouve votre frère ?

Le sourire de Cassandra s'évanouit aussitôt :

— Non. D'ailleurs, ça m'inquiète.

— Bon… Espérons pour lui qu'il réapparaîtra bientôt. Et maintenant, allez confier votre visage aux bons soins du docteur Furuta !

Dennis contemplait la forêt, assis en tailleur sur la plate-forme. Il y avait passé toute la nuit et la journée, ne descendant que pour boire au ruisseau. La corde raide le narguait, juste sous son nez – il n'avait jamais été capable de l'emprunter sans tomber. Impossible de rejoindre les autres plates-formes ! Il n'y avait rien d'autre à faire que rester assis… et réfléchir.

La veille, une petite heure avait suffi pour que s'estompent sa rage et son sentiment d'humiliation. Ses explosions de colère l'avaient toujours laissé épuisé, mais, cette fois, Dennis ressentait également une puissante frustration. Il ne voulait à aucun prix retourner à Rokkaku… mais il ne pouvait pas non plus aller ailleurs !

Le temps s'écoulait lentement. Tout là-haut, les seuls bruits étaient le souffle du vent, le chant des oiseaux et, de temps à autre, le ronflement d'un moteur de voiture, par-delà les collines. Dennis n'avait pas de montre, mais à en juger par le ciel, il devait être autour de dix-sept heures. La journée de cours était probablement terminée.

Des pas résonnèrent sur la plate-forme. Le regard de Dennis s'assombrit : c'était Shiro.

Il se détourna mais Shiro s'assit à côté de lui en *fudoza*, comme si de rien n'était.

— Tu m'en as donné, du mal ! annonça-t-il. J'ai cru que je ne te trouverais jamais !

— Tu viens pour le match retour ? grogna Dennis.

— Si je ne t'avais pas arrêté, tu aurais été expulsé de Rokkaku. Et tu le sais.

— Ça en valait le coup, répliqua Dennis.

— Tu n'as pas le droit de dire ça !

Le visage de Shiro était empreint d'une grande colère. C'était la première fois que Dennis le voyait exprimer ouvertement une émotion.

— Ne joue pas les je-m'en-foutistes avec moi ! s'emporta Shiro. Ça n'en valait *certainement pas* le coup. Si tu avais attaqué Ichiro avec ce *hanbo*… Soit il te l'aurait pris des mains et tu aurais été renvoyé ; soit il te l'aurait pris des mains, t'aurait brisé deux ou trois os, et vous auriez été renvoyés tous les deux. Tout ça pour quoi ? Ichiro n'a pas touché à un cheveu de Cassandra !

— Comment peux-tu en être aussi sûr ?

— Je lui ai posé la question… franchement. Et je

peux t'assurer que ça n'a été agréable ni pour lui, ni pour moi.

Shiro marqua un temps d'arrêt. Puis il reprit, fixant Dennis avec insistance :

— C'est Kentaro qui a tabassé ta sœur, et il n'a pas agi sur les ordres d'Ichiro. Ichiro ne t'a jamais rien fait. Tu l'as donc attaqué sans raison. Et lorsqu'il s'est défendu, tu en as profité pour chercher à l'attaquer de nouveau. Ce n'est pas un comportement dont tu devrais être fier !

— Il agit toujours comme s'il était meilleur que moi ! marmonna Dennis, énervé par la morale de Shiro.

— C'est sans doute parce qu'il *est* meilleur que toi.

Dennis s'en prit à Shiro, furieux :

— Comment oses-tu…

— Qu'est-ce que tu croyais ? l'interrompit Shiro d'un ton sec. Que tu pouvais débarquer et devenir un caïd sans faire le moindre effort ? Ichiro pratique les arts martiaux depuis des années, et il affronte régulièrement des adversaires deux fois plus forts que toi. C'était *évident* qu'il allait te réduire en bouillie. Tous les élèves travaillent dur à Rokkaku, Dennis. Si tu veux suivre le rythme, il va falloir que tu travailles dur, toi aussi. Sans prendre de raccourci. Avoir recours à une arme : voilà un bon exemple de raccourci. Ça revient à admettre que tu n'es pas de taille à rivaliser avec ton adversaire en combat loyal, mais que tu veux quand même le battre… par tous les moyens. Si ta vie avait été en jeu, ç'aurait été autre chose ! Mais tu étais uniquement motivé par ton amour-propre.

— C'est peut-être tout ce qu'il me reste !

— Alors, il faut peut-être que tu te trouves autre chose.

Dennis plissa les yeux :

— Tu as réponse à tout, on dirait ?

— Quand quelqu'un te prouve sa supériorité, tu n'as qu'une alternative : l'abaisser à ton niveau ou te hisser au sien, répondit Shiro sans sourciller.

— C'est toute l'histoire de ma vie ! ricana Dennis. Au collège, les autres racontaient des choses sur moi. Alors je me bagarrais, et après ça ils me détestaient. Les professeurs ne m'appréciaient pas non plus... Mais le pire, c'est mon père ! Toujours en train de me bousculer et de me donner des ordres. Quand je n'obéis pas, il se met dans une colère noire. Et quand je cède, c'est *moi* que ça met en colère. Il ne voulait pas me laisser partir, mais seulement parce qu'il pense que je suis sa propriété. Même pas son bien le plus précieux ! Juste sa propriété.

Shiro poussa un soupir exaspéré :

— Alors comme ça, tu as passé tout ce temps à te lamenter sur ton propre sort ? À te répéter que la vie est dure et que personne ne t'aime ?

Dennis bondit et le foudroya du regard :

— Qui te donne le droit de me juger comme ça ? Tu n'as aucune idée de ce que j'ai traversé. Tout est facile pour toi, alors retourne à ta petite vie parfaite et laisse-moi tranquille !

— Tu crois que ma vie est *facile* ? fit Shiro, impassible.

— Je l'imagine, en tout cas. Comment le savoir ? Tu n'en parles jamais. Tu n'exprimes aucun sentiment, comme si tu te foutais de tout et que tu n'avais besoin de personne.

Shiro se détourna pour s'intéresser à l'arbre le plus proche :

— C'est une vieille habitude. Ne crois pas que je ne tienne pas à vous… C'est juste que j'ai appris à ne pas montrer mes faiblesses.

Shiro se tut. Au bout d'un moment, Dennis s'assit et son camarade se remit à parler, en s'interrompant régulièrement :

— Je ne me rappelle pas bien mes parents… J'ai été placé en famille d'accueil et j'ai déménagé au Japon à l'âge de cinq ans. La famille n'était pas trop mal. Je ne peux pas en dire autant du quartier, et l'école craignait carrément. Comme je surpassais tout le monde en classe, je suis devenu une cible : les autres garçons se sont mis à me tabasser… J'avais le choix entre deux possibilités, comme toi. Mais je n'avais personne à qui demander de l'aide. Finalement, je me suis inscrit au *dojo* de Tokyo, et je m'y suis entraîné dès que j'avais une heure de libre… Mais ce n'était toujours pas suffisant. Au bout d'un moment, j'étais capable d'en battre un, à la rigueur deux à la fois, mais je n'avais toujours aucune chance contre tous. Alors, j'ai appris à me protéger. Je n'ai plus rien montré qu'on puisse utiliser contre moi. Je n'ai plus fait confiance qu'à moi-même. J'essayais de m'endurcir pour qu'ils se cherchent une proie plus facile… Et ça a fini par marcher. Je ne me suis pas relâché pour autant – je me disais qu'ils pouvaient encore s'en prendre à moi. Et lorsque j'ai réalisé qu'ils me laisseraient tranquille, que je n'avais plus rien à craindre, j'avais définitivement pris l'habitude de ne rien afficher du tout...

Dennis observa Shiro en silence durant plusieurs secondes, puis il se lança :

— Tu ne m'avais jamais dit que tu avais vécu au Japon.

— Les habitudes ont la peau dure ! De toute façon, tu étais très arrogant à ton arrivée. Ton attitude n'incitait pas vraiment à la conversation... Quoi qu'il en soit, je suis allé voir Ze'ev pour plaider en ta faveur. Il m'a dit que si tu comptais rester, il fallait te présenter au dernier *dojo* ce soir, à vingt heures précises. Si tu te montres, ton inscription à Rokkaku sera maintenue.

Dennis fronça les sourcils :

— Pourquoi te donnes-tu autant de mal pour moi ?

— Tu auras peut-être du mal à le croire, mais je n'aime pas voir les autres souffrir, soupira Shiro. Et je sais ce que ça fait de se sentir seul, dans un endroit qui vous est étranger.

Il se leva :

— Bon, je rentre. J'ai des devoirs, moi !

— Supposons que je rentre à Rokkaku, intervint Dennis. Et Ichiro, alors ?

— Ichiro ne t'a pas dénoncé aux professeurs.

— Je croyais qu'il était contraire au règlement de se battre !

— J'ai évoqué ce point avec lui. Il a répondu qu'il y avait une grande différence entre un combat... et une exécution.

Dennis éclata d'un rire amer. Shiro eut un bref sourire, puis s'en alla sans un bruit.

Resté seul sur sa plate-forme, Dennis contempla les

montagnes distantes en tapotant la corde raide d'un air absent.

Devait-il s'en aller, ou rester ?

Il se releva et se mit à marcher de long en large. Le simple fait de repenser à sa bagarre avec Ichiro fit resurgir sa colère, et il repoussa violemment ce triste souvenir. Perdu dans ses pensées, Dennis posa un pied sur la corde et se mit à avancer machinalement.

Shiro pouvait-il avoir raison ? Se battait-il uniquement par amour-propre ?

Un craquement l'arracha à ses réflexions. Dennis s'arrêta net et baissa les yeux. Il était de nouveau sur la plate-forme. Il se retourna, perplexe, et c'est seulement en voyant les filins de sécurité *derrière* lui qu'il réalisa qu'il venait de réussir sa première traversée.

Il contempla la corde raide avec incrédulité, avant de lâcher :

— Ouah !

Dennis resta en hauteur suffisamment longtemps pour voir le soleil rougeoyant s'enfoncer lentement à l'horizon. Finalement, lorsque les nuages se noircirent avec la nuit tombante, il redescendit en rappel.

D'une manière ou d'une autre, il allait mettre de l'ordre dans tout ça.

Les globes enveloppaient les bâtiments d'une lumière diffuse quand Dennis retrouva Rokkaku. Le *dojo* du fond était éclairé de l'intérieur. Il entra.

— Tu es en retard, lança Ze'ev sans même ouvrir les yeux.

Il était assis au centre du *dojo*, jambes croisées.

— Vous n'avez qu'à me poursuivre en justice ! ironisa Dennis.

— Tu comptes m'expliquer pourquoi tu as quitté Rokkaku et manqué une journée entière de cours, au beau milieu du trimestre ?

Dennis croisa les bras :

— Ça ne vous regarde pas !

Le visage de Ze'ev se fendit d'un large sourire :

— Tout à fait la réponse à laquelle je m'attendais.

Puis il se leva d'un bond. Bien qu'il ne fût pas beaucoup plus grand que Dennis, sa carrure était impressionnante.

— Très bien ! Peux-tu me dire pourquoi tu es ici ?

Dennis ne répondit pas.

Ze'ev lui tourna le dos et se mit à arpenter le *dojo* en déclamant d'une voix forte :

— *Monsieur* Dennis… Arrivé à Rokkaku en début de trimestre. Depuis, a cherché la bagarre, tiré au flanc en cours et fui les devoirs comme la peste. D'une manière générale, s'est montré parfaitement imbuvable ! Tout donne à penser qu'il cherche à se faire remarquer du corps professoral.

Ze'ev écarta les bras d'un geste théâtral :

— Eh bien ! me voilà. Maintenant que tu as réussi à attirer mon attention, qu'as-tu à dire pour ta défense ?

— J'ai toujours fait le travail qu'on me donnait, objecta Dennis d'un ton maussade.

— Le strict minimum ! Aucune heure supplémentaire, et tu expédies tes devoirs avec un lance-pierre. En cours, ton attitude indique clairement ce que tu penses : personne ne peut t'obliger à travailler. Ton loisir préféré, c'est de provoquer les autres élèves. Au fond, mon garçon, tu cherches à vivre à Rokkaku sans t'adapter le moins du monde.

— Et après ? Je fais tout ce qu'on me dit de faire, répéta Dennis.

Ze'ev poussa un soupir exaspéré :

— Tout, sauf le principal. Cesse d'agir comme si on t'avait forcé à signer un contrat ! Tous les professeurs s'efforcent de t'enseigner une partie de leur savoir. L'essence du *ninjutsu* repose sur la lutte pour survivre, sur la persévérance : c'est le sens du *ninpo*. Comprends-tu seulement le concept de « discipline » ?

— Cogner quelqu'un, c'est ça ? ricana Dennis.

— Je pensais plutôt à l'autodiscipline.

— Ah, je vois... Se cogner *soi-même* !

La tête de Dennis pivota brusquement à droite. Interdit, l'adolescent fixa Ze'ev en se tenant la mâchoire. Le mouvement avait été si rapide qu'il n'avait pas vu partir la gifle. Une douleur cuisante envahit sa joue. L'incrédulité céda aussitôt la place à la fureur, et Dennis se rua sur Ze'ev.

Celui-ci s'écarta et lui fit un croc-en-jambe, le projetant par terre. Instinctivement, Dennis se roula en boule, posant les mains sur le sol et rentrant la tête dans les épaules – un mouvement qu'on l'avait forcé à répéter, encore et encore, en cours de gymnastique. Puis il se releva.

Ze'ev se tenait quelques mètres plus loin, les mains dans le dos.

— L'autodiscipline est la capacité de chacun à maîtriser et canaliser ses sentiments, expliqua-t-il d'une voix amicale. Comme tu en manques cruellement, tout ce feu en toi ne peut te mener nulle part. La puissance naît d'un sentiment fort associé à une grande discipline. Tu pourras taper pendant des jours avec un marteau sur un caillou sans le casser, mais un seul coup sec donné avec la pointe d'un burin le fendra en deux. De la force sans aucune discipline, c'est comme un marteau sans burin : beaucoup de bruit pour rien.

— Vous croyez vraiment que vous pouvez me téléguider ? fit Dennis avec hargne. Je ne suis pas un caniche !

Ze'ev ferma à demi les yeux :

— Un caniche, non, mais une perte de temps, ça oui ! Je commence à en avoir par-dessus la tête de ta stupide rébellion. Rentre dans le rang ou fiche le camp !

Dennis se raidit, prêt à bondir. Ze'ev, en posture de repos, le regardait tranquillement.

Brusquement, Dennis remarqua que Ze'ev lui faisait face de la même façon qu'Ichiro et Shiro, juste avant qu'il ne les attaque. Chaque fois, il avait pris cette attitude pour du mépris. À présent, Dennis réalisait son erreur : Ze'ev, comme les deux adolescents, savait qu'il ne représentait absolument pas une menace.

À cet instant, Dennis comprit que Shiro avait raison : tout le monde, à Rokkaku, était bel et bien *meilleur* que lui. Il fit un pas en arrière.

Ze'ev attendit encore quelques secondes, puis voyant que Dennis ne passait pas à l'action, il reprit :

— Tu te rappelles encore les cinq éléments du *sanshin* ?

— La terre, l'eau, le feu, l'air et le vide, récita Dennis d'une voix monocorde.

— Ta sœur est air, avec une touche de feu. Mais toi, tu n'es que feu ! Un intense brasier de passion et d'agressivité. Pour la plupart des gens, la vie peut prendre une quantité de chemins différents. Ils doivent sans cesse relever de petits défis, prendre décision sur décision, et chacune rend les choses un poil meilleures, ou un poil pires. Mais pour toi, mon garçon, c'est une autre paire de manches ! Ta vie ne peut suivre que deux directions. Tu peux apprendre à contrôler le feu qui brûle en toi, en te disciplinant. Si tu es capable de le canaliser, de t'en servir pour les autres et pas uniquement pour toi-même, tu arriveras peut-être à quelque chose...

— Sinon ? demanda Dennis.

— Sinon... tu peux continuer sur ta lancée. Te battre contre tous ceux qui croiseront ta route. Gaspiller ton énergie à ne rien accomplir. Et finalement, te détruire. J'ai vu ce scénario se produire assez souvent. Il y avait un tas de gars de ton genre, dans mon unité. Des têtes brûlées, des casse cou. Ceux qui réussissaient à se contrôler faisaient les meilleurs soldats du régiment. Les autres partaient en vrille, devenaient même dangereux pour leurs camarades. On les renvoyait dans leurs foyers, et à partir de là, le chemin qu'ils empruntaient pouvait varier. Rixes. Drogues. Délits multiples... Mais l'issue était toujours la même : la mort. Et généralement, ils entraînaient une ou deux personnes avec eux. Des amis, ou des voisins. Des frères.

Ze'ev pencha la tête et ajouta, après un silence :

— Ou des sœurs.

Dennis eut un sursaut.

Ze'ev poursuivit d'une voix calme :

— C'est le moment de te décider, mon garçon. Apprends, adapte-toi, et grandis ! Ou meurs.

Il s'éloigna en direction de la sortie et jeta par-dessus son épaule :

— Le cours est terminé. Tu peux t'en aller, mais tu dois prendre une décision. Je t'attendrai ici demain, à la même heure. Soit tu te montres, et je t'apprendrai ce que tu dois savoir. Soit tu ne te montres pas…

Ze'ev haussa les épaules sans finir sa phrase.

— Et n'oublie pas de refermer la porte en sortant !

Longtemps après le départ de Ze'ev, Dennis resta seul dans le *dojo*, le regard perdu dans le vide. Finalement, il prit à pas lents le chemin du retour.

Shiro hocha simplement la tête lorsque Dennis entra, puis il retourna à sa lecture.

Dennis ouvrit la porte de sa chambre. Cassandra était allongée sur son lit. Elle se redressa et son visage s'éclaira :

— Dennis !

— Eh ouais, le frère prodigue est de retour ! lança Dennis.

Exceptionnellement, il laissa Cassandra l'embrasser. Puis sa sœur s'écarta, les mains toujours autour de son cou.

— Où étais-tu passé ?

En voyant son expression anxieuse, Dennis se rappela les mots de Ze'ev et l'imagina blessée, ou pire. Il secoua la tête pour chasser ces images affreuses.

— J'étais juste parti… méditer. Aïe ! Doucement !

— Oh, désolée !

Cassandra défit son étreinte, sans cesser d'observer son frère, dont le visage portait toujours les marques de ses pitoyables combats contre Ichiro et Shiro.

— Qu'est-ce qui t'est arrivé ? insista-t-elle.

Le regard de Dennis s'attarda sur son œil noir et sa mâchoire couverte de bleus :

— Je pourrais te renvoyer la question !

— C'est Kentaro. Mais il faut me promettre de ne rien tenter, cette fois. Je compte bien régler ça toute seule ! répondit Cassandra avec détermination.

— De toute façon, j'ai des raisons de croire que tu t'en tirerais mieux sans moi, soupira Dennis.

— Ne dis pas ça. Comment veux-tu que je sois mieux sans toi ? Tu es mon frère !

Dennis se mit brusquement à rire :

— Dis donc, on fait la paire, tu ne trouves pas ? On dirait qu'on revient d'un champ de bataille !

Cassandra rit avec lui, mais redevint aussitôt sérieuse :

— Peut-être. Mais si c'est la guerre, nous allons la gagner. Je n'ai pas l'intention de baisser les bras !

Dennis étudia le visage grave de sa sœur, puis il hocha la tête :

— Moi non plus.

*
* *

Le lendemain matin, à Hampstead, Vargas entrait d'un pas décidé dans la salle de séjour.

Pete baissa le journal qu'il était en train de lire.

— Patron ?

— Charge la Land Rover, et préviens Tav. On repart en chasse !

6

Mises à l'épreuve

Dennis alla retrouver Ze'ev le lendemain, puis le surlendemain… et les jours suivants. Ze'ev lui fit revoir dans le détail les principes de base du *taïjutsu*, que l'adolescent n'avait en réalité assimilés qu'à moitié. Il s'assura que ses mouvements soient parfaits. Il lui fit aussi retravailler différentes techniques : les roulades, les esquives et, plus largement, toutes les disciplines que Dennis ne maîtrisait pas suffisamment à son goût. Ils n'évoquèrent jamais leur « discussion » animée du premier soir, mais Dennis sentait bien que ces leçons particulières n'étaient pas de simples cours de rattrapage : c'était un test. Il se mit à travailler dur, non seulement le soir avec Ze'ev, mais aussi en journée, en classe comme au *dojo*. Au début, il trouva le rythme à la limite du supportable, et c'est grâce à sa seule volonté qu'il put suivre tous les cours et faire tous ses devoirs. Mais peu à peu, Dennis sentit sa détermination grandir. Il *allait* y arriver, il *allait* devenir plus fort. Il prouverait à Ze'ev et à tout le monde qu'il fallait désormais compter avec lui.

Quant à Cassandra, elle voyait en Ze'ev un professeur comme les autres... même si c'était le plus exigeant de tous. Ze'ev ne se montrait pas cruel, juste impitoyable : il ne laissait rien passer et elle n'avait jamais droit à une seconde chance. Après lui avoir montré une technique, il attendait d'elle qu'elle soit immédiatement capable de l'employer contre lui. Si elle se trompait, il la frappait. Cassandra apprit rapidement à ne jamais baisser sa garde, car Ze'ev avait pour habitude de lui faire prendre conscience des faiblesses de sa défense en la perçant. Malgré tout, Cassandra se retrouvait encore régulièrement au tapis.

— Ce n'est pas juste ! explosa-t-elle un jour.

Étendue par terre, elle se frottait la jambe en fixant Ze'ev d'un œil mauvais.

— On répétait les clés de poignet ! Pourquoi me donner un coup de pied ?

— Ta jambe d'appui était exposée, expliqua Ze'ev. Tu crois vraiment que ton ennemi va se tourner les pouces pendant que tu testes une nouvelle technique sur lui ?

— Vous auriez pu vous contenter de me prévenir. Ou me donner juste un petit coup !

— *C'était* un petit coup, assura Ze'ev avec un sourire jusqu'aux oreilles.

Après cette mise au point, Cassandra cessa de se plaindre. Hélas, les leçons lui semblaient toujours aussi interminables ! Un beau matin, après s'être démenée pendant une demi-heure sans parvenir à maîtriser une technique de lancer, Cassandra finit par jeter l'éponge :

— Vous ne trouvez pas qu'on a fait assez d'exercices ?

Ze'ev la jaugea un moment, avant de hausser les épaules :

— Entendu. Croisons le fer, alors !

— Sérieux ?

— Tu connais maintenant les techniques pour répondre aux attaques directes. Voyons si tu sais les employer !

Cassandra se posta à trois mètres de Ze'ev. Celui-ci s'inclina et Cassandra lui rendit son salut. Puis elle adopta l'*ichimongi*, posture défensive. Remplie d'excitation, elle attendit que Ze'ev prenne l'offensive.

Il l'attaqua sans raffinement, d'un coup de poing au visage. Cassandra fit un bond en arrière pour se mettre hors de portée. Arrivèrent un deuxième, puis un troisième coup. Cassandra les esquiva, et lorsqu'elle sentit qu'elle avait saisi le rythme de Ze'ev, elle lui prit vivement le bras pour lui faire une clé de poignet, au moment où il frôlait son oreille.

Mais Ze'ev la tira vers lui d'un coup sec et la frappa juste entre thorax et abdomen. Cassandra s'affaissa au sol, le souffle coupé.

Lorsqu'elle eut récupéré, elle vit que Ze'ev attendait, debout devant elle. Elle se releva maladroitement et lui fit signe de reprendre.

Cette fois, il tendit les bras pour une prise. Cassandra s'écarta en pivotant, pour le forcer à se pencher en avant. Elle le laissa agripper sa veste d'une main puis le repoussa d'une brusque secousse, espérant le déséquilibrer. Mais Ze'ev resta campé sur ses deux jambes. Il la fit tournoyer, lui accrocha la jambe au moment où elle chancelait et la cloua au sol, bras tordu derrière le dos.

La troisième fois, Cassandra se tint à distance tout en lui assénant des coups sur tout le corps, mais Ze'ev continua d'avancer, imperturbable, jusqu'à acculer Cassandra dans un coin du *dojo*. Elle le frappa à nouveau, feinta et se rua en avant pour passer en force. Ze'ev se contenta de l'attraper par la taille, la souleva en l'air et la plaqua contre le mur. Puis il plaça le tranchant de sa main contre sa gorge. Cassandra se débattit mais Ze'ev était hors de portée : elle avait les bras trop courts. Il lui fallut un temps pour réaliser que le combat avait cessé.

— Ne vous arrêtez pas !

— C'est terminé, petite.

— Sûrement pas ! se rebella Cassandra.

— Si je t'avais frappée à la gorge, tu serais par terre en train de t'étouffer, en ce moment même.

Et Ze'ev la fit redescendre.

— Tu veux toujours te battre ? demanda-t-il d'une voix douce.

— Je *sais* que vous êtes meilleur que moi ! Ça ne prouve rien…

— Je n'ai eu recours à aucune ruse, fillette. Je t'ai attaquée de la même façon qu'une simple brute. De la même façon qu'un petit caïd. Et tu as perdu.

Cassandra sentit sa résolution flancher. Ses épaules s'affaissèrent.

— Mais je croyais que… Qu'est-ce que je fais de travers ?

— Allons dehors ! soupira Ze'ev.

Un froid vent d'automne soufflait en bourrasques, chassant d'épais nuages dans le ciel et arrachant aux arbres de pleines poignées de feuilles mortes. Ze'ev et Cassandra s'installèrent sur les marches du *dojo*. Ils restèrent silencieux quelques minutes, contemplant le ruisseau agité de remous qui coulait à leurs pieds.

Ze'ev reprit finalement la parole :

— Ce que tu fais de travers, c'est que tu n'es pas un garçon.

Cassandra ouvrit de grands yeux.

— C'est un fait auquel toute femme est confrontée, un jour ou l'autre : les hommes sont de meilleurs combattants. Ce n'est pas une remarque sexiste, c'est un *fait*. Ils sont plus robustes, plus rapides, plus agressifs… Comprends-moi bien, Cassandra : je ne dis pas que tu es une mauvaise élève. Tu es agile, tu as de l'instinct. Si tu étais un garçon, tu pourrais déjà battre Kentaro. Mais voilà, tu es une fille !

— Et alors, quoi ? s'emporta Cassandra. Est-ce que vous essayez de me dire que je ne peux pas gagner ? Que je ferais mieux d'abandonner ?

— Tout doux, ma belle ! Je n'ai pas fini. Tu commets la même erreur que la plupart des élèves, les dix premières années de leur apprentissage : tu essaies de combattre par la puissance. C'est la raison pour laquelle tu as perdu contre Kentaro, et c'est la raison pour laquelle tu viens de perdre contre moi. Tu essayais de prendre le dessus, de frapper plus fort que moi. En luttant ainsi, tu perds la bataille avant même de l'avoir engagée ! Il faut évoluer *avec* ton adversaire, pas contre lui. Déplace-toi en fonction de ses attaques, reste hors de sa portée ou cherche à le déséquilibrer, mais ne laisse *jamais* le combat tourner à l'affrontement de deux puissances. La masse musculaire n'importe que si on attaque frontalement. La preuve, c'est que les maîtres ninjas sollicitent à peine leurs muscles. Ils se bornent à se déplacer de telle sorte que leur ennemi s'inflige lui-même la défaite.

— Mais ils ont *soixante ans* ! Comment voulez-vous que je rivalise avec eux ?

Ze'ev eut du mal à réprimer un sourire :

— Je n'ai pas dit que tu devais être parfaite ! Juste *meilleure* que ton adversaire. Viens ! je vais te montrer comment réaliser correctement ces clés de poignet. Mais rappelle-toi que tu dois te servir du poids de ton corps, pas de tes muscles. Si tu te détends un peu, il n'y a pas de raison que tu n'y arrives pas !

— Ouais, ouais..., marmonna Cassandra en remontant les marches. Je me sentirais plus détendue si je ne m'attendais pas à recevoir un coup dès que je fais une bourde !

— Si tu étais détendue, les coups ne seraient pas aussi douloureux. Tu vois, tu as droit à un traitement de faveur : je te donne mes petits tuyaux. Allez, en piste !

L'automne laissa la place à l'hiver : les jours refroidirent et raccourcirent. Dennis, Cassandra, Christopher, Jennifer et Shiro formaient maintenant un groupe soudé. Ils passaient la majeure partie de leur temps ensemble, discutant des nouvelles ruses de *taïjutsu* qu'on leur apprenait, des professeurs qu'ils aimaient le plus ou le moins, et des vacances de Noël qui approchaient. Dennis et Cassandra faisaient tellement confiance à leurs amis qu'ils avaient fini par relater leur arrivée mouvementée à Rokkaku… en mettant l'accent sur leur mystérieux sauveur et en passant sous silence les détails gênants concernant Vargas. Kentaro était l'unique sujet que Cassandra évitait ; chaque fois qu'on mentionnait son prénom, elle détournait la conversation. En classe, elle faisait de son mieux pour ignorer ses provocations, et elle veillait à ne pas traîner seule en dehors des cours. Pour un observateur extérieur, tout donnait à penser que Cassandra avait pansé ses blessures.

Elle poursuivait son entraînement avec Ze'ev, dont les leçons particulières s'ajoutaient à un programme déjà chargé. Peu à peu, Cassandra entrevit ce qu'il s'efforçait de lui enseigner – il fallait qu'elle détourne l'attaque de son adversaire en déplaçant son centre d'équilibre, plutôt que de chercher à la contrer directement. Désormais, elle était capable, la plupart du temps, d'envoyer Ze'ev au tapis lorsqu'il passait à l'offensive, au lieu de lutter en vain pour assurer une prise. Entre les cours et les fous rires avec Jennifer, Cassandra s'installa dans une agréable routine, au fur et à mesure que les jours passaient. Si elle n'avait pas pensé constamment à Michael, elle aurait pu se sentir chez elle…

*
**

— Et maintenant ? demanda Tav.

Le doigt de Vargas descendit lentement sur la carte :

— Nous avons fouillé les deux rives de la Tawi. Je ne vois pas comment ils auraient pu descendre plus bas que Llangweision. Pas sans qu'on les remarque !

— Et si quelqu'un les cachait ?

— Dans un de ces trous perdus ? s'esclaffa Vargas. Qu'un habitant éternue un peu trop fort, et tout le village est au courant, le lendemain ! Non, deux adolescents rejetés sur la berge d'une rivière, ça fait sensation. Et tu oublies la récompense : elle aurait forcément attiré quelqu'un.

Tav fronça les sourcils, pensif, puis il tendit l'index :

— Et là ?

— Mynydd Garn-goch'. De la lande à perte de vue.

— Et tout en bas, l'endroit avec les petites croix rouges ? On dirait que c'est désert !

— C'est un champ de tir, Tav…

— Ah.

Les deux hommes étudiaient une carte d'état-major étalée en travers de la table du séjour, à Tawelfan. Vargas posa les deux mains à plat et se mit à tambouriner sur le plateau de bois, en regardant par la fenêtre.

Après quelques minutes d'un silence pénible, Tav s'éclaircit la gorge :

— Patron, qui nous dit qu'ils sont toujours dans les parages ? La gamine est loin d'être stupide. Ils ont très bien pu faire de l'auto-stop. Ils sont peut-être à l'autre bout du pays, à l'heure qu'il est !

— Dans ce cas, comment se fait-il qu'ils n'aient laissé aucune trace ? objecta Vargas, les yeux perdus dans le vague. Dix semaines, c'est long ! C'est même très long, pour une cavale. Il faut croiser un tas de gens pour traverser ce pays, et on a envoyé leur signalement absolument partout. Quant aux cinquante mille billets de récompense, c'est une somme suffisamment alléchante pour que n'importe qui ouvre l'œil et remarque deux gosses seuls, même au coin d'une rue. Sans compter la police, le Service des personnes disparues et mes propres limiers. À ce stade, je devrais tenir une piste. Une nuit dans un hôtel, un trajet en bus… quelque chose ! Au lieu de ça, je n'ai que des arnaqueurs qui ne pensent qu'à se remplir les poches, et une vieille dame qui affirme avoir reconnu Cassandra dans un compartiment de train avec Elvis !

Tav ne réagit pas. Avec son mètre quatre-vingt-cinq, ses traits latins et ses vêtements élégants, il ressemblait davantage à un bourreau des cœurs qu'à un tueur professionnel… mais les apparences étaient trompeuses. Tav était un homme dur, impitoyable même, qui s'était élevé au rang de second dans l'organisation de Vargas grâce à ses compétences, son ambition… et sa faculté de se taire, le moment venu. Et le moment était venu.

— Et *pourquoi* n'ont-ils laissé aucune trace ? poursuivit Vargas après un temps de réflexion.

Il répondit à sa propre question :

— Parce qu'ils ne se déplacent pas ! Ils se terrent quelque part. Et quel meilleur endroit pour se terrer que cette partie du pays de Galles ? C'est un des endroits les plus déserts et les plus sauvages de Grande-Bretagne. Ils pourraient très bien se cacher ici que personne ne le saurait ! conclut Vargas en se redressant. Nous avons ratissé le Sud et l'Ouest bien trop longtemps. Nous allons diriger nos recherches vers le Nord. Disons…

Son doigt remonta le long de la carte, puis tapota un point :

— Ce lac, le Llyn Garedig ! Nous y jetterons un œil demain.

*
**

Plaquée contre la paroi escarpée, Cassandra allongea le bras et glissa les doigts dans une fissure. Elle en testa la solidité. Une fois certaine qu'elle supporterait son poids, elle s'éleva un peu plus haut. La colline dont elle avait entrepris l'ascension était une ancienne carrière d'ardoise : la route servant autrefois à transporter la roche extraite avait été engloutie par la forêt.

Cassandra avait pris goût à la varappe. C'était une des rares matières où elle pouvait briller. Dès qu'elle quittait le sol, son poids plume devenait un avantage, et elle pouvait aisément escalader des saillies qui donnaient du fil à retordre aux plus grands gabarits.

— Grouille-toi un peu ! s'écria tout à coup une voix où perçait l'impatience.

Trois mètres plus bas, Dennis adressa deux ou trois jurons incompréhensibles à un interlocuteur invisible, avant de se hisser de quelques malheureux centimètres. Cassandra et lui, avec les meilleurs éléments de la classe, évoluaient sur la face est de la colline, destinée au niveau « intermédiaire ». Tous les autres élèves de première année et le professeur se trouvaient sur la face nord, le niveau « débutant ». Cassandra avait dû faire appel à tout son pouvoir de persuasion pour que son frère accepte de l'accompagner. Dennis avait beau ne pas souffrir du vertige, il ne semblait pas aimer tant que ça l'escalade… surtout le samedi. Cassandra mettait ces réticences sur le compte de la paresse.

Accrochée à un surplomb, elle rejeta les cheveux en arrière pour mieux sentir la caresse du soleil sur son visage. C'était une matinée splendide.

Tu sais, lança-t-elle à Dennis, la vue est magnifique d'en haut !

Dennis ne se donna pas la peine de répondre et Cassandra ajouta en souriant malicieusement :

— On peut voir presque tout le lac. C'est une superbe journée, non ? Tu veux qu'on s'installe pour prendre le thé, peut-être ?

— *Boucle-la !*

— Il faudra d'abord m'attraper ! chantonna sa sœur.

Piqué au vif, Dennis se mit à grimper plus vite. Cassandra se réfugia en toute hâte dans une cheminée. Il y avait un rocher en saillie à mi-chemin et elle s'y percha, tandis que Dennis cherchait encore une prise en bas de l'étroit couloir. Les buissons bordant le sommet de la carrière n'étaient qu'à une minute.

— La vue est *encore* plus belle d'ici ! claironna Cassandra.

— Tu vas me le payer !

— Oh, comme si tu pouvais t'approcher assez pour ça !

Dennis tendit brusquement le bras vers son pied. Cassandra l'esquiva facilement et se mit rapidement à l'abri, tout en haut de la cheminée. Elle rit sous cape en voyant son frère chercher maladroitement son équilibre.

Du coin de l'œil, Cassandra perçut un mouvement. Elle se baissa et une pierre percuta la paroi rocheuse, à l'endroit même où se trouvait sa tête, l'instant d'avant. Pendant une ou deux secondes, elle ne comprit pas ce qui venait de se passer. C'est alors qu'elle vit deux élèves tournés vers elle, au pied de la colline. Elle était trop loin pour distinguer leurs visages, mais reconnut parfaitement la silhouette de droite…

Kentaro !

Cassandra sentit la fureur l'envahir. Si la pierre l'avait heurtée à la tête, elle aurait pu la blesser grièvement, voire la tuer ! Elle prit aussitôt sa décision. Une seconde pierre frappa violemment la roche au-dessus d'elle, tandis qu'elle entamait sa descente en rappel. L'adolescente rebondit trois fois contre la paroi verticale et atterrit lourdement, genoux fléchis pour amortir le choc. Elle détacha son mousqueton de la corde de sécurité et se rua en avant.

Dennis descendit juste après elle et lui attrapa le bras :

— Attends, Cassandra ! Laisse-moi lui…

Sa sœur se libéra d'un coup sec :

— C'est entre *lui* et *moi*, Dennis ! Si vraiment tu veux m'aider, assure-toi qu'on ne soit pas dérangés.

— J'espère que tu n'auras pas à le regretter ! soupira son frère.

Moi aussi…, songea Cassandra.

Elle se dirigea vers Kentaro, tête haute. Celui-ci la nargua :

— Tiens, tiens ! Regardez un peu qui…

— Ça suffit, Kentaro ! Arrête tout de suite, sinon…

— Sinon quoi ? se mit-il à rire. Tu vas me donner la fessée ?

— Je vais plutôt te découper en petits morceaux ! Tu es tellement stupide que tu es en retard d'une année, alors tu n'as pas le choix : tu dois t'en prendre à plus jeune que toi. Mais tu n'as même pas le cran de t'attaquer à quelqu'un de ta taille ! Tu as choisi une *fille* pour être absolument certain de ne pas perdre. Comme si tu n'avais pas déjà prouvé que tu n'es qu'un lâche !

— La ferme ! hurla Kentaro. Je vais te réduire en bouillie !

— Essaie toujours ! Je me demande juste si tu trouveras le courage de combattre seul ! reprit Cassandra. J'ai remarqué que tu avais toujours un ou deux amis dans les parages pour te tirer d'affaire.

C'était la première fois qu'elle provoquait quelqu'un, et elle s'étonnait que les insultes lui viennent aussi naturellement.

— Je n'ai besoin de personne pour te battre ! cracha Kentaro.

Un cercle s'était formé autour d'eux, grossissant à vue d'œil. Cassandra reconnut Dennis, Christopher, Jennifer, Ichiro et Shiro. Elle fut soulagée de voir que Yori se tenait en retrait. Elle se retrouvait donc seule face à Kentaro, mais il fallait agir vite : il lui restait tout au plus cinq minutes avant que le professeur ne remarque l'attroupement.

— Prouve-le, alors !

Elle frappa Kentaro aussi fort qu'elle pouvait et bondit en arrière.

Il se précipita sur elle. Cassandra fit un pas de côté et lui rentra le coude dans l'estomac. Elle avait frappé sans élan, mais Kentaro l'avait chargée avec tant de violence qu'il dut avoir la sensation de se prendre une branche dans le ventre. Il se plia en deux, le souffle coupé. Lorsqu'il se redressa en titubant, Cassandra lui envoya un coup de poing dans le nez, puis entre les côtes. Kentaro se mit hors de portée sans attendre le troisième. Il commença à tourner autour d'elle, ramassé sur lui-même, le regard lourd de menace. Cassandra tournait aussi, attentive aux signaux corporels qui lui indiqueraient que Kentaro allait attaquer.

Yori s'était rapproché et observait la scène, sourcils froncés. Les choses ne se déroulaient pas du tout comme prévu. Ken aurait déjà dû envoyer cette garce au tapis ! Elle n'était pas censée lui faire mal.

Dès que Cassandra lui tourna le dos, Yori s'avança. Il avait l'intention de lui faire un croche-pied : une fois qu'elle serait à terre, Ken pourrait facilement la dominer. De l'autre côté du cercle, Dennis remarqua son manège et serra les poings, prêt à voler au secours de sa sœur.

Yori ressentit soudain une douleur vive au niveau du poignet. Le temps de comprendre ce qui lui arrivait, il avait le bras tordu en arrière, si haut qu'il dut se dresser sur la pointe des pieds. Il avait la sensation que son épaule allait se déboîter, et tout son bras l'élançait. En gémissant, Yori tourna la tête pour identifier son mystérieux agresseur…

Shiro lui adressa un large sourire :

— Ttt ! Ttt ! On ne dérange pas nos deux tourtereaux !

Kentaro feinta une fois, puis deux. Cassandra ne réagit pas. « Observe le langage du corps ! » lui répétait sans cesse Ze'ev. « Le mouvement vient du corps tout entier. »

Kentaro finit par attaquer. Cassandra bondit en arrière pour esquiver et les élèves s'écartèrent, leur laissant le champ libre. Kentaro leva les poings pour se remettre en garde et Cassandra en profita pour lui asséner un *shikanken** en plein milieu du thorax. Kentaro lui balança alors un coup de poing qui la fit vaciller, et agrippa son manteau avant qu'elle ait le temps de contre-attaquer. C'était la situation que Cassandra avait le plus redoutée : au corps à corps, son poids plume et son manque de puissance ne lui laisseraient aucune chance.

Mais les poings de Kentaro étaient loin d'avoir la précision de ceux de Ze'ev. Un coup ricocha sur la pommette de Cassandra et un autre sur son front. Lorsque Kentaro s'apprêta à lui décocher le troisième, elle s'était ressaisie. Le poing fendit l'air mais Cassandra avait déjà fait un pas de côté ; elle profita de la détente de Kentaro pour le tirer par le bras et l'envoyer rouler au sol. Sans lui laisser le temps de se relever, Cassandra lui tordit la main et lui bloqua le poignet contre sa propre épaule, avant de plaquer des deux mains son coude au sol, en pesant de tout son poids. Kentaro était réduit à l'impuissance.

— Tu déclares forfait ? demanda calmement Cassandra.

Kentaro resta immobile un instant, puis il hocha lentement la tête.

Au moment où elle le libérait et se redressait, Cassandra vit les épaules de Kentaro se soulever. Il projeta le poing en avant, mais reçut en pleine gorge le tranchant de la main de Cassandra. Il se mit à suffoquer et se recroquevilla sur lui-même en tremblant. Cassandra se tenait prête au combat en *ichimonji*, mais elle réalisa rapidement que ce n'était pas la colère qui faisait trembler Kentaro : il s'était mis à pleurer.

Elle tourna les talons et s'éloigna tranquillement. Christopher et Jennifer l'attendaient ; ils la félicitèrent d'une bourrade amicale.

— Tu as réussi !

— Incroyable !

— Tu es la meilleure, Cassandra !

— Tu l'as écrabouillé !

Shiro et Dennis vinrent à leur rencontre en courant. Le spectacle avait visiblement plu à Dennis :

— C'était gé-nial ! Où as-tu appris à te battre comme ça ?

Un cri perçant retentit soudain derrière eux, évitant à Cassandra de répondre.

— *Cassandra !*

Elle se retourna. Kentaro se tenait debout, le visage baigné de larmes et maculé de traînées de sang, une lueur sauvage dans les yeux.

— Tu vas me le payer ! Tu m'entends ? Tu es morte !

— On est tous morts de rire chaque fois qu'on voit ta face de rat, Kentaro ! lui lança Jennifer d'une voix forte.

Sa tension nerveuse se relâchant brusquement, Cassandra se mit à trembler de tout son corps. Dennis lui entoura les épaules et la serra contre lui :

— On y va.

Le soleil descendait à l'horizon lorsque Cassandra se retrouva enfin seule. Les cours finis, elle avait eu beaucoup de mal à fausser compagnie à leur petit groupe. Elle savait que ses amis mouraient d'envie de revivre et commenter son combat, mais elle avait besoin de réfléchir.

Cassandra monta au sommet de la colline se dressant au nord-ouest de Rokkaku et s'affala dans l'herbe clairsemée, au milieu de fougères flétries. Allongée à plat ventre, le menton dans les mains, elle s'absorba dans la contemplation de la route qui serpentait, de l'autre côté du lac.

Un bruissement la fit se retourner. Dennis gravissait la pente derrière elle. L'air dégagé, il lui fit un petit signe de la main :

— Ce n'est que moi !

Cassandra ne répondit pas. Dennis s'allongea à côté d'elle et s'appuya sur un coude :

— J'espère que tu ne m'en veux pas de t'avoir suivie... Chris et Jennifer sont dans ta chambre, avec Shiro. Je crois qu'ils veulent fêter ça !

Cassandra fixait le paysage sans rien dire.

— Ça ne te fait pas envie ? s'étonna Dennis.

— Je viens dans un moment, finit par répondre Cassandra.

— Qu'est-ce qui se passe ?

Elle laissa échapper un soupir :

— Cette bagarre avec Kentaro ! Je n'ai jamais…

— C'était ton premier vrai combat, la coupa Dennis en haussant les épaules. Je le sais bien ! D'habitude, c'est toujours moi qui m'attire des ennuis. Laisse-moi te dire que pour un coup d'essai, c'était un coup de maître ! Ta dernière attaque était une petite merveille. Tu l'as achevé aussi sec !

Cassandra ne réagit pas. Dennis se pencha pour croiser son regard, mais elle se détourna.

— Qu'est-ce qui cloche ? Je peux comprendre que tu n'aimes pas te battre, mais…

— Non, ce n'est pas ça ! s'écria Cassandra.

— Quoi, alors ?

Elle prit une profonde inspiration :

— Au contraire, j'en avais envie… et ça m'a plu. En me retrouvant au beau milieu de ce combat, je me suis sentie… Je peux savoir ce qui te fait rire ? Tu trouves ça drôle ?

— Plutôt, oui ! sourit Dennis. C'est drôle que tu te croies coupable au point de venir te cacher dans les bois.

— Tu vas me laisser parler, espèce d'idiot ! J'ai adoré me battre. Je me suis sentie vivante, vraiment vivante, pour la première fois depuis longtemps. Et quand j'ai vu Kentaro étendu par terre, à la fin… Je n'avais aucune envie de m'arrêter. Je voulais le forcer à se relever ; continuer à le frapper et le réduire en miettes. Tu comprends, maintenant ?

Dennis l'avait écoutée avec beaucoup d'attention :

— Bien sûr. C'est *toi* qui ne comprends pas. Aimer se battre ne signifie pas obligatoirement qu'on ne tourne pas rond, Cassandra.

— Mais je voulais vraiment lui faire *mal* ! Si on avait été armés… je crois que j'aurais pu le tuer.

Elle plissa les yeux et ajouta :

— Et là, qu'est-ce qui me différencie de lui ?

— Ç'aurait été bien pire si tu m'avais laissé m'occuper de lui ! objecta Dennis.

— Oui, mais tu cherchais seulement à m'aider.

— Et toi, tu cherchais seulement à t'aider toi-même.

— Mais ça m'a *plu* ! répéta Cassandra.

— C'est bien pour ça que tu as pu gagner. Écoute, quand on n'aime pas la bagarre, on ne vaut pas un clou quand il faut se battre ! Si ça ne te plaisait pas, ne serait-ce qu'un peu, jamais tu ne te serais exercée aussi dur ! Et tu m'aurais laissé me charger de Kentaro.

— Je suis d'accord ! soupira Cassandra. C'est juste que… J'aime les arts martiaux. Mais je ne suis pas sûre d'aimer tant que ça les pratiquer pour de vrai.

— Dans ce cas, pourquoi ne pas t'entraîner juste pour le plaisir ? suggéra Dennis. Rien ne t'oblige à mettre à exécution ton plan de dingue…

— Ce n'est *pas* un plan de dingue ! Je retournerai là-bas et je sauverai Michael ! lança Cassandra, furieuse.

Dennis lui fit un clin d'œil :

— Ça y est, je te retrouve !

Cassandra voulut lui donner un coup de coude. Dennis l'esquiva de justesse et elle se mit à rire. Ils restèrent allongés dans l'herbe, baignés par le soleil couchant, et pour la première fois ce jour-là, Cassandra eut la sensation que chaque chose était à sa place.

— Tu sais, confia-t-elle au bout d'un moment, je pense que ça pourrait marcher. On pourrait vraiment rester ici !

— Peut-être bien, acquiesça Dennis.

Au même moment, une Land Rover noire montait en seconde une route en pente raide, à deux collines de là.

— C'est encore loin ? demanda Vargas.

Tav tourna la carte à gauche, puis à droite :

— Ça devrait être après la prochaine colline. Ou la suivante. Je ne suis pas sûr, patron, je suis plus à l'aise avec des cartes à jouer !

— Tais-toi et préviens-moi quand on surplombera le lac !

— Là ! s'exclama Tav en pointant le doigt. On y est !

Sur leur gauche, une trouée entre les arbres offrait une vue plongeante sur le vaste miroir d'eau.

— Et maintenant ? s'enquit Cassandra.

Dennis roula sur le ventre :

— Eh bien, Chris m'a dit qu'Oakley te cherchait. Vous allez avoir des ennuis, Kentaro et toi.

— Ce sera sûrement un adversaire plus facile à affronter ! plaisanta Cassandra.

Un bruit de moteur s'éleva au loin et un gros quatre-quatre fit son apparition sur le flanc d'une colline, de l'autre côté du lac. Il roulait au pas, suivant les lacets de la route comme au ralenti.

C'est marrant ! se dit Cassandra sans trop y prêter attention. *C'est la même Land Rover que Vargas.*

— Tu vois quelque chose ? s'impatienta Vargas.

Tav plissa les yeux. Le soleil descendant derrière les collines l'aveuglait presque. Il ne voyait de la forêt qu'un mélange confus d'ombres et d'arbres.

La voiture disparut vers le nord et le grondement de moteur s'évanouit peu à peu. Cassandra bâilla et se leva :

— Allez, viens. On rentre à Rokkaku !

Vargas s'arrêta et coupa le moteur :

— Alors ?

— Rien ! Il n'y a *rien* dans le coin, patron. On est les seuls bipèdes à des kilomètres à la ronde !

Vargas tambourina sur le volant durant plusieurs secondes interminables, puis il secoua la tête :

— On perd notre temps. Ils ne peuvent pas s'être aventurés aussi loin au nord. Allons-nous-en !

La Land Rover fit demi-tour et s'éloigna lentement en direction du sud.

7

Après l'hiver, vient le printemps

Cassandra eut bel et bien des ennuis… et Kentaro, le nez plâtré. Monsieur Oakley leur fit un long sermon et mit Cassandra de corvée de cuisine jusqu'à la fin du trimestre. Le sermon la contraria plus que les tâches ménagères : elle avait appris à apprécier l'homme derrière le professeur, et elle n'aimait pas être mal vue de lui.

Être de corvée consistait à éplucher les pommes de terre, faire cuire le riz, ramasser du bois de chauffage et aller puiser l'eau du lac. On la transvasait ensuite dans des citernes, tout en haut de la vallée, où elle était purifiée avant d'être utilisée en cuisine. Mais pour cela, Cassandra devait emprunter le sentier courant tout le long de la vallée, puis traverser le petit parc d'éoliennes. Elles étaient une douzaine, dissimulées entre les aulnes, à l'embouchure du ruisseau.

Les lieux étaient déserts le soir, et le bourdonnement des accumulateurs couvrait le bruit de ses propres pas – quel meilleur endroit pour une embuscade ? Les premiers jours, Cassandra se méfia. Mais si Kentaro continuait à lui adresser des regards haineux et à marmonner en japonais chaque fois qu'il la croisait, il ne s'approchait plus d'elle. Au bout de deux semaines, Cassandra commença à se détendre.

Arrivèrent les vacances de Noël. La neige recouvrit Rokkaku en l'espace d'une nuit, étouffant tous les sons de la vallée sous un manteau d'un blanc éclatant. Christopher et Jennifer étaient rentrés chez eux, mais Shiro et une bonne partie des autres élèves restèrent, évitant à Dennis et Cassandra de se sentir trop seuls. Dennis alla couper un jeune sapin dans la forêt et l'installa dans la chambre de Cassandra ; tous deux s'amusèrent beaucoup à le décorer.

En revanche, Cassandra trouvait frustrant de devoir rester dans la vallée. Sa punition prévoyait en effet qu'elle ne quitte pas l'enceinte de Rokkaku. Dennis et Shiro, eux, pouvaient partir en randonnée dans la forêt enneigée, aussi souvent qu'ils le voulaient. Désœuvrée, Cassandra réclama de la lecture à monsieur Oakley, qui lui confia quelques livres de sa collection personnelle. Au bout d'un moment, il lui fournit même le catalogue de la bibliothèque où il se rendait tous les dimanches, et accepta d'emprunter des titres pour elle. Puis il se mit à lui rapporter des ouvrages qu'elle n'avait pas réclamés.

À Hampstead, Cassandra n'avait eu accès qu'à des romans policiers et fantastiques, comme *Un raccourci dans le temps*, qu'elle avait dévoré. Monsieur Oakley choisit pour elle des classiques de Charles Dickens ou Rudyard Kipling, ainsi que des romans plus contemporains. Cassandra trouvait certaines histoires étranges ou trop lentes, mais d'autres la fascinèrent. *Les Garennes de Watership Down* de Richard Adams était son préféré : elle harcela monsieur Oakley jusqu'à ce qu'il lui en offre un exemplaire. Plus l'hiver étendait son emprise sur Rokkaku, et plus Cassandra passait de temps pelotonnée dans son lit, à lire et relire le récit de la fuite d'Efrafa, et du combat désespéré de Bigwig contre le général Le Borgne.

L'emploi du temps de Dennis tournait autour des leçons particulières de Ze'ev. Ce dernier avait choisi de passer les vacances d'hiver à Rokkaku, et Dennis s'entraînait chaque jour avec lui.

Lorsque les cours reprirent, en janvier, Dennis s'aperçut avec surprise qu'en plus d'avoir rattrapé son retard, il devançait la plupart des autres garçons dans les disciplines sportives. Les leçons de Ze'ev avaient porté leurs fruits et Dennis fut félicité par ses professeurs. Être encouragé par des adultes était une expérience nouvelle pour lui, et il ne savait pas trop quoi en penser.

La Chasse, événement très attendu, devait se tenir au milieu du trimestre, et les rumeurs les plus folles se mirent à circuler. Au fur et à mesure que l'échéance approchait, l'excitation des élèves grandit.

Un dimanche de février, en fin d'après-midi, Cassandra lisait, affalée dans le canapé de la pièce commune. Sa propre chambre était plus tranquille, mais elle appréciait trop la compagnie de Jennifer pour s'isoler. Cette dernière était assise sur son lit, un livre de maths et une feuille d'exercices sur les genoux. Cela faisait déjà plusieurs minutes qu'elle tapotait d'un air absent, du bout de son stylo, des équations à moitié résolues.

Jennifer finit par relever la tête :

— Cassandra ?

Une pluie battante tombait sur les vitres avec un roulement de tambour. Les derniers jours avaient été si humides que la course matinale avait été annulée, au profit de séances d'échauffement et d'étirements au gymnase. Toutes les autres activités sportives avaient temporairement lieu au *dojo*.

— Hé ! Cassandra !

— Hmm ? fit distraitement l'adolescente en tournant une page.

— Tu le sais, toi, où les cuistots gardent la farine ?

— Dans les réserves, tout en haut.

— Tu crois qu'ils ont aussi de la colle ?

— De la… Dis donc, pourquoi tu veux savoir ça ?

— Oh, c'est pour le cours d'histoire, répondit juste Jennifer.

Cassandra se replongea dans sa lecture.

— Tu veux aller faire un tour ? reprit Jennifer.

— Pas vraiment.

— Allez !

— Je veux finir mon roman, expliqua Cassandra.

— Qu'est-ce que c'est ?

— *Le Livre de la jungle*.

— Oh, mais tu l'as déjà lu, celui-là !

— Il me plaît beaucoup. Et de toute façon, il pleut ! souligna Cassandra.

— On pourrait aller faire un tour au gymnase.

— On y était déjà hier.

— Mais la Chasse a lieu vendredi ! Tu n'as pas envie de t'entraîner un peu ? s'étonna Jennifer.

Cassandra haussa les épaules. Elle était bien nerveuse à l'idée de vivre sa toute première Chasse, sur laquelle couraient tant de rumeurs, mais elle ne voyait pas comment elle pourrait s'entraîner pour une chose dont elle ignorait tout !

— Tu crois qu'ils peuvent avoir des plumes, en cuisine ? s'enquit Jennifer.

— Qui est l'heureux élu, cette fois ? soupira Cassandra.

— Qu'est-ce que tu veux dire ?

— Jen, ce regard innocent ne trompe que les professeurs. Et encore !

Jennifer conserva encore quelques secondes son expression d'intense surprise, puis elle se mit à glousser :

— Oups ! Je ferais mieux de travailler mon rôle.

— Tu as intérêt ! La prochaine fois que tu séviras, ça m'étonnerait que les professeurs me croient, quand je leur assurerai que tu étais gentiment assise dans ta chambre. Quand tu m'as annoncé que tu allais offrir un écureuil à Yori pour lui tenir compagnie, je pensais que tu allais le mettre à l'intérieur d'une boîte, pas dans son…

— Bla-bla-bla ! Si je t'écoutais, je ne ferais jamais rien ! Tu trouves sans arrêt à redire à mes idées.

— Hé ! ho ! À côté de toi, *n'importe qui* passerait pour un pantouflard ! protesta Cassandra.

— Alors tu devrais prendre exemple sur moi !

Jennifer roula sur le côté et laissa pendre la tête en dehors du lit, avant de déclamer d'une voix théâtrale :

— Bascule du côté obscur de la Force, Luke, c'est ta destinée-ée-ée...

— Et la tienne, c'est sûrement de rater l'interro de maths !

Jennifer posa les mains à plat sur le sol, poussa sur les bras et leva les jambes pour se retrouver en appui renversé. Elle tint l'équilibre quelques secondes, avant de redescendre en s'enroulant sur elle-même pour s'asseoir finalement en *seiza*. Cassandra retourna à son livre en secouant la tête.

— Hé ! Cassandra ?

— Oui, Jennifer ! J'ai remarqué tes talents de gymnaste. Va plutôt impressionner Christopher !

— Dis, Cassandra... La mystérieuse personne qui vous a sortis de la rivière et amenés à Rokkaku, Dennis et toi... Tu ne t'es jamais demandé sérieusement qui c'était ?

Cassandra clignota nerveusement des yeux :

— Ça devait être un professeur, pour connaître l'emplacement de l'école. Ou un élève plus âgé, pendant une patrouille. Ils descendent jusqu'à la Tawi, non ?

— Mouais, ça se tient..., lui accorda Jennifer. Mais tu oublies la lettre, et surtout l'argent !

— Quel argent ?

— Eh bien, Rokkaku pourrait difficilement fonctionner sans frais de scolarité ! Ils accordent bien quelques bourses, mais s'ils ne vous ont rien réclamé, ça veut forcément dire que quelqu'un paye pour vous !

— Et ça coûte cher ? s'enquit Cassandra.
— Un paquet.
— Comment tu sais tout ça ? Tu as une de ces « bourses » ?
— Ouais, fit Jennifer en se détournant. Bon, je vais au gymnase, moi. À plus.
Elle attrapa son K-way et sortit sans attendre de réponse, laissant une rafale de vent s'engouffrer dans la pièce.
J'ai fait une gaffe ou quoi ? se demanda Cassandra en frissonnant.
Elle passa la demi-heure suivante à essayer de lire la même phrase. Finalement, elle se leva, glissa un marque-page dans son livre et sortit à son tour.

Monsieur Oakley lisait, assis à son bureau. Il accueillit Cassandra à sa manière inimitable, à la fois chaleureuse et distraite. Frigorifiée, Cassandra alla droit sur la bouilloire. Pendant que le thé infusait, elle regarda par-dessus l'épaule de monsieur Oakley. L'ouvrage qu'il étudiait était rédigé en grec.
— Oh ! Merci, mon enfant ! sursauta le professeur en acceptant la tasse qu'elle lui tendait.
— Qui paye nos frais de scolarité ? demanda Cassandra sans détour.
Monsieur Oakley parut troublé :
— Eh bien ! Je ne sais rien de plus que ce qui figurait dans la lettre que vous aviez sur vous, à votre arrivée. Elle disait simplement que vous intégriez Rokkaku en première année. Et elle donnait les coordonnées d'un compte en banque, d'où sont virés chaque trimestre vos frais de scolarité.

— Mais qui a écrit cette lettre ? À qui appartient ce compte bancaire ? insista Cassandra en s'asseyant.

— La lettre n'était pas signée. Et le titulaire du compte est anonyme.

Cassandra se renversa dans son fauteuil, l'air écœurée :

— Ce que c'est frustrant ! Ce type nous a probablement sauvé la vie, et on ne connaît même pas son nom !

— Qui vous dit que c'est un homme ? murmura le professeur.

— Pardon ? tressaillit Cassandra.

— Rien, je réfléchissais à haute voix. Et si vous envisagiez les choses sous un autre angle, Cassandra ? Votre mystérieux bienfaiteur s'est visiblement donné beaucoup de mal pour que son identité reste secrète. C'est grâce à lui que vous avez fait votre entrée à Rokkaku, Dennis et vous. Autant que je sache, votre séjour ici vous est grandement profitable à tous les deux. Aussi, puisque cette… personne semble agir depuis le début dans votre intérêt, pourquoi ne pas considérer que sa discrétion pourrait être, elle aussi, dans votre intérêt ? Votre ami anonyme aurait aisément pu communiquer avec vous depuis votre arrivée. Son silence suggère, selon moi, qu'une raison impérieuse rend tout ce mystère nécessaire.

— Mais j'ai besoin de comprendre ce qui s'est passé, ce jour-là ! Et je ne resterai pas toute ma vie à Rokkaku, plaida Cassandra.

Elle se mit à fouiller dans ses poches, sans arrêter de parler :

— Il me faut un… Monsieur Oakley, vous voulez

bien écrire une lettre pour moi ? Si vous pouvez obtenir de l'argent de la banque, il y a sûrement un moyen de faire passer un message à son titulaire ! Dites juste que je veux le rencontrer.

Monsieur Oakley poussa un profond soupir :

— Ce que femme veut… Très bien, Cassandra ! Je veillerai à ce que votre message atteigne son destinataire. Mais par pitié, ne vous impatientez pas si vous n'obtenez pas de réponse dans l'heure !

— Génial ! Merci ! s'écria Cassandra en bondissant sur ses pieds. Oh, serez-vous occupé ce soir ? J'aimerais encore jouer aux échecs.

— Je devrais être disponible. Passez vers vingt heures, je m'assurerai qu'il y ait suffisamment de gâteaux secs… pour éviter que vous ne « dévoriez » mes livres pendant que je réfléchirai à mes déplacements.

Cassandra rit de bon cœur à son jeu de mots et sortit en refermant la porte avec un peu trop d'entrain.

Monsieur Oakley ne retourna pas immédiatement à son texte d'Homère. Il resta assis une quinzaine de minutes dans son fauteuil, songeur, le menton dans la main. Puis il se pencha au-dessus de son bureau. Écartant les piles de livres et de manuscrits, il trouva du papier à lettres et un antique porte-plume. Le trempant dans l'encre, il se mit à rédiger une lettre, de sa plus belle écriture.

La dernière semaine avant la Chasse parut interminable à Dennis. Le vendredi s'annonça enfin par un temps clair et sec, et toute la classe ne vécut plus que dans l'attente de la soirée.

On leur avait demandé de se rassembler à vingt heures, à côté du troisième pont. Dennis et Cassandra avaient quinze minutes d'avance, tout comme Shiro, Christopher et Jennifer. Ils assistèrent à l'arrivée, par petits groupes, de tous les autres élèves de première année. Puis monsieur Oakley, Morimoto et le docteur Furuta apparurent à vingt heures moins cinq, chargés de sacs.

Les professeurs firent l'appel avant de les emmener dans la forêt. La nuit tomba, au fur et à mesure que leur procession serpentait dans les bois, en direction de la colline se dressant au nord de Rokkaku… et d'un étrange halo de lumière.

Ils débouchèrent dans une clairière entourée de flambeaux. Les enseignants s'étaient postés au centre, les sacs empilés à côté d'eux. Monsieur Oakley leva la main pour réclamer le silence tandis que les élèves se pressaient autour de lui, nerveux ou excités.

— Ceci est votre première Chasse à Rokkaku, déclara-t-il solennellement. La Chasse est à la fois une épreuve de discrétion, d'adresse et de force, qui se tiendra désormais au milieu et à la fin de chaque trimestre. Le secteur concerné s'étend à l'ensemble des bois entourant la vallée de Rokkaku. L'école elle-même n'est pas terrain défendu, mais la zone en dehors de la forêt est strictement interdite. Et maintenant, passons à l'équipement ! Christopher ? Venez ici, je vous prie.

Monsieur Oakley fouillait dans un des sacs. L'adolescent s'avança, un peu tendu. Le professeur accrocha à la glissière de sa fermeture Éclair un petit anneau vert fluorescent qui luisait très faiblement, puis il lui remit un bracelet auquel pendait un objet métallique.

— Cet anneau symbolise votre ligne de vie. La petite pince accrochée à ce bracelet permet de couper le plastique. Si un adversaire sectionne votre ligne de vie, vous êtes éliminé… Retour à la case départ ! Le reste de votre équipement comprend un sifflet et une lampe-torche de poche. Vous pouvez y adapter une lentille pour masquer le halo de lumière. Le sifflet sert à nous prévenir si quelqu'un est blessé. Le signal : trois coups brefs, répétés toutes les minutes.

Monsieur Oakley jeta des regards circulaires pour s'assurer que tout le monde avait bien entendu, puis il reprit :

— L'objectif est de supprimer les élèves qui croiseront votre route, tout en restant vous-mêmes en vie, bien entendu. La Chasse débute à vingt et une heures et durera deux heures au maximum. Maintenant, voici les trois règles essentielles. Premièrement, dès que vous aurez été éliminé, vous devrez revenir dans cette clairière. Négliger de le faire, ou pire, continuer à combattre, entraînera votre exclusion des Chasses pour le reste de l'année. Deuxièmement, les armes, quelles qu'elles soient, sont interdites. Troisièmement, si les attaques visant à maîtriser d'autres participants sont permises, les blessures infligées délibérément ne le sont pas. Quiconque enfreindra l'une de ces deux dernières règles sera immédiatement renvoyé de l'école.

Monsieur Oakley marqua une pause pour que chacun puisse s'imprégner de ses paroles.

— N'oubliez pas ceci : lorsque vous aurez été éliminé ou que la Chasse aura pris fin, à vingt-trois heures au plus tard, vous devrez vous présenter dans cette même clairière et rendre votre équipement à monsieur Morimoto. Ensuite, vous pourrez rentrer à Rokkaku. Les résultats seront affichés dès demain matin. À présent, formez une colonne. Quand vous aurez votre équipement, rejoignez sans plus attendre le secteur qui vous aura été assigné. Un coup de sifflet marquera le début et la fin de la Chasse.

— C'est super cool ! chuchota Dennis à Cassandra, tandis qu'ils s'approchaient des professeurs.

— C'est complètement *dingue*, oui ! Comment veulent-ils qu'on se batte dans le noir ?

— À nous de le découvrir, fit Dennis en lui adressant un clin d'œil.

— À votre tour, Dennis ! lança monsieur Oakley.

Dennis le laissa attacher l'anneau vert à la glissière de sa fermeture Éclair. Le bracelet se fixait au poignet à l'aide d'une bande Velcro, et le sifflet et la petite lampe-torche trouvèrent tout naturellement leur place dans ses poches.

— Votre secteur de départ s'étend du Dalarwen à la lisière nord-est de la forêt. Bonne chance ! ajouta monsieur Oakley en lui donnant une petite tape dans le dos.

Christopher et Shiro étaient déjà partis. Dennis vit qu'on envoyait Cassandra dans une autre direction. Il lui fit signe et Cassandra lui rendit son salut avant de sortir du halo des flambeaux. Dennis prit une profonde inspiration et s'enfonça à son tour dans les bois, après avoir allumé sa lampe-torche.

Il se dirigea vers le nord à grands pas, et bientôt, il n'entendit plus que le craquement des feuilles mortes sous ses pieds. Il entama l'ascension du Dalarwen, en ne passant pas très loin d'une des plates-formes où se déroulaient leurs cours d'équilibre. Lorsque Dennis jugea qu'il s'était suffisamment éloigné, il éteignit sa lampe et attendit.

Au bout d'un moment, il distingua les formes des arbres et des buissons qui l'entouraient. Mal à l'aise, Dennis songea que la forêt, si accueillante en plein jour, devenait la nuit une étrangère ; un endroit inquiétant, menaçant même ! Au milieu de nulle part, il se sentait observé par des dizaines d'yeux invisibles.

Un léger bruit de feuilles froissées lui fit retenir sa respiration.

Quelqu'un s'approchait-il ?

Un faible coup de sifflet s'éleva, au sud. La Chasse avait commencé !

L'attaque vint de la droite. Dennis eut à peine le temps de se retourner : son agresseur se jetait déjà sur lui. Ils luttèrent corps à corps et roulèrent au sol. Ils dévalèrent le terrain en pente et atterrirent avec un bruit sourd contre un arbre. L'adversaire de Dennis se retrouva au-dessus, et ses doigts cherchèrent fébrilement à lui arracher son anneau. Dennis se débattit et le cogna au jugé, avec les poings et les genoux. Il entendit un grognement et fut aussitôt soulagé de la masse qui pesait sur sa poitrine. Se relevant d'un bond, il brassa l'air à l'aveuglette.

Ses mains se refermèrent sur du vide. Dennis pivota à gauche, puis à droite, essayant de percer l'obscurité. Rien ! Il était de nouveau seul. Sa tension nerveuse se relâchant, il fut pris d'un étourdissement et dut s'appuyer à un arbre.

Comment a-t-il pu s'approcher autant ?

Le cœur battant à tout rompre, Dennis essayait de regarder dans toutes les directions à la fois. Lorsque sa respiration commença à s'apaiser, il comprit enfin.

Il a dû me suivre depuis la clairière ! Ma lampe-torche était allumée, ça devait être facile… Après, il a attendu tranquillement le coup de sifflet de vingt et une heures.

Dennis laissa échapper un long soupir. On venait de lui donner une sacrée leçon, et il n'était pas près de l'oublier !

Il se mit en route vers le sud, plus prudemment cette fois. Tandis qu'il traversait les bois à pas de loup, il entendit à deux reprises des cris et des bruits de lutte, devant lui. La seconde fois, un hurlement suraigu s'éleva au loin. Pouvait-il s'agir de Cassandra ? Dans le doute, Dennis changea de direction pour s'en rapprocher.

L'appel venait de Rokkaku même. Il entama sa descente vers la vallée, en veillant à rester sous le couvert des arbres. Les lampes avaient été tamisées mais Dennis, qui s'était accoutumé à l'obscurité, fut malgré tout ébloui. Sur un des sentiers courant en hauteur, il remarqua une silhouette qui se faufilait d'une ombre à l'autre. Dennis écarquilla les yeux en reconnaissant l'élève qui passait furtivement devant lui, sans se douter de sa présence. Il sortit des bois et s'exclama avec un large sourire :

— Ce cher Ken ! Tu sais quoi ? J'espérais presque tomber sur toi !

Puis il serra les poings et s'avança vers lui.

Kentaro ne recula pas. Il n'avait même pas l'air effrayé. Il attendait sereinement, avec un rictus grandissant. L'instinct fit se retourner Dennis. Derrière lui,

Yori s'apprêtait à le prendre par surprise ! Au moment où leurs regards se croisaient, Yori bondit sur lui.

Dennis esquiva et poussa brutalement Yori, l'envoyant bousculer Kentaro, puis il se précipita sur la plate-forme la plus proche. S'emparant d'une corde, il s'élança dans le vide. L'espace d'un instant grisant, il survola les *dojo* éclairés en fendant l'air, si vite qu'il ne distingua qu'une masse confuse, puis il atterrit brutalement de l'autre côté de la vallée. Kentaro et Yori se précipitaient déjà vers les autres cordes. Dennis jeta des coups d'œil rapides autour de lui. S'enfuir n'était pas une solution : il était seul et ses poursuivants auraient vite fait de le prendre en tenaille. À moins que… Il avisa une échelle menant à une cabane en hauteur, et entreprit de la gravir. Une corde tendue au-dessus du vide reliait la base de la cabane à une autre plate-forme, construite autour d'un bouleau qui se dressait au milieu de la vallée. Cinq mètres au moins les séparaient.

Dennis observait la corde raide. Elle était plus courte que celles sur lesquelles ils s'entraînaient – mais aucun filet de sécurité n'empêcherait une chute dans le ruisseau, huit mètres plus bas. Des pas résonnèrent sur l'échelle, derrière lui. Dennis se concentra. Faisant le vide dans son esprit, il prit une profonde inspiration. Puis il se mit à avancer calmement, fixant son but du regard.

Kentaro et Yori le regardèrent faire, bouche bée.

Lorsque Dennis posa le pied sur l'autre plate-forme, Kentaro se ressaisit et donna un coup de coude à Yori :

— Va le chercher !

— Pourquoi moi ?

— Va de l'autre côté et immobilise-le ! ordonna Kentaro. Je te suis.

Yori fixa la mince corde, hésitant. Il marmonna quelques mots en japonais avant de se mettre à progresser prudemment, les yeux braqués sur ses pieds.

Dennis détailla avec curiosité le garçon solidement bâti, tandis qu'il faisait un pas tremblant, puis un autre. Il attendit qu'il soit à mi-parcours pour lui adresser la parole :

— Yori, laisse-moi deviner : tes parents n'ont pas pris l'option « cerveau » à ta naissance ?

— *Nani** ? fit Yori, l'air perdu.

Vif comme l'éclair, Dennis donna un violent coup de pied dans la corde.

Yori perdit l'équilibre dans un hurlement. Il attrapa la corde au passage, mais sa main le trahit et il tomba finalement dans les branches en contrebas, où il resta accroché.

Kentaro avait une expression incrédule sur le visage. Dennis frappa dans ses mains d'un air réjoui pour attirer son attention :

— Alors, Ken ? Tu viens faire un petit tour par ici ? Oh, ne t'en fais pas ! Je ne vais pas t'envoyer valser comme l'autre. Ça fait un bail que je rêve d'un tête-à-tête avec toi !

Comme Kentaro restait silencieux, il attaqua :

— Ça te dit de te mesurer à quelqu'un de ta taille ? Oh, mais j'oubliais ! Tu préfères t'en prendre aux filles !

Kentaro fixa longuement Dennis, le regard chargé

de haine. Puis il tourna les talons sans dire un mot et se mit à descendre l'échelle, s'enfonçant lentement dans l'obscurité.

Dennis éclata de rire. Euphorique, il emprunta une autre corde raide puis sauta, atterrissant avec un bruit sourd sur le toit d'une cabane. Un élève de sixième année passa la tête par la fenêtre, au moment où Dennis s'apprêtait à glisser jusqu'au sol, le long d'une corde.

— Hé ! cria-t-il. On sait que c'est votre Chasse, mais il y en a qui essaient de dormir !

— Désolé ! lui lança Dennis.

Quittant Rokkaku en courant, il entendit Yori hurler à Kentaro de l'aider à descendre. Après avoir grimpé assez haut pour surplomber la vallée, il fit une pause pour jouir du spectacle.

Quelqu'un le poussa violemment de côté. Dennis trébucha et sentit deux mains agripper son cou. Il entendit un bref *tchac !* et l'étau se desserra.

Dennis se retourna et aperçut Ichiro, à peine visible dans la pénombre. Celui-ci jeta l'anneau sectionné à ses pieds et fit signe à Hiroshi, qui se tenait tout près. Leurs deux silhouettes s'évanouirent dans la nuit, laissant derrière elles un Dennis incrédule.

Alors, c'est tout ? Je suis éliminé ?

Dennis se massa nerveusement le cou, une longue minute. Il bouillait de colère et chacun de ses muscles était douloureusement tendu. Il mourait d'envie de rattraper Ichiro et Hiroshi pour les faire payer. C'est alors qu'il se rappela les règles de la Chasse, et les paroles de Ze'ev.

Frustré, Dennis prit la direction du nord. La clairière n'était qu'à quelques minutes de marche. Il rendit bracelet, lampe-torche et sifflet, et réintégra le fond de la vallée en traînant les pieds.

Cassandra et Jennifer étaient déjà dans leur chambre. Étendue à plat ventre sur le canapé, la tête dans les mains, Cassandra avait l'air profondément abattue.

— Ils t'ont eu, toi aussi ? s'écria-t-elle en voyant entrer Dennis.

— Et je n'ai réussi à avoir personne ! marmonna son frère.

— Moi non plus..., soupira Cassandra. Je ne suis pas pressée qu'ils affichent les résultats !

— Quelle merde ! commenta Dennis le lendemain matin, un samedi.

Leur petite bande s'était assise en cercle dans l'herbe, au bord du ruisseau. Le reste de la classe, éparpillée autour du *dojo*, discutait avec animation des événements de la nuit passée.

Les cinq adolescents avaient lamentablement échoué. Dennis, Cassandra, Jennifer et Christopher avaient été éliminés dès la première heure. Quant à Shiro, il avait été pris en traître par Ichiro à la fin de la seconde heure, sans avoir été capable de marquer le moindre point non plus.

Ichiro, comme il fallait s'y attendre, trônait en tête de classement avec trois « victimes ».

— Ouaip ! fit Jennifer en s'étirant. Y a pas à dire, quand on est mauvais, on est mauvais !

— Tu te trompes ! rétorqua Christopher d'un air agacé. Ils s'étaient organisés deux par deux, tandis qu'on restait seuls. C'est pour cette raison qu'ils ont pu nous battre aussi facilement. Je me demande pourquoi je n'y ai pas pensé plus tôt !

Des rires éclatèrent derrière eux. Dennis se retourna et vit Ichiro en train de mimer un de ses combats de la veille. Kentaro et Yori, fixant Dennis et Cassandra avec un sourire mauvais, firent le geste de leur trancher la gorge.

— Hiroshi a un frère en cinquième année, intervint Shiro. Sa bande était sûrement au courant des règles avant tout le monde, et ils se sont mis d'accord pour travailler en tandem. On était fichus avant même que la Chasse commence !

— Impossible ! objecta Dennis en secouant la tête. On était tous dispersés dans des secteurs différents. C'était ça, l'idée : qu'on soit livrés à nous-mêmes dès le départ.

— Ça y est ! Je sais comment ils s'y sont pris, s'exclama Christopher. Ils ne se sont pas organisés à l'avance. Ce n'était pas la peine. Regardez bien !

Il se mit à esquisser une carte en disposant avec soin de petits bouts de bois sur l'herbe.

— Les secteurs que les professeurs nous ont assignés étaient vastes. Le mien s'étendait du Dalarwen au sommet de Nant Garedig. Si tous avaient la même taille, il ne pouvait pas y en avoir plus de quatre, soit cinq en comptant l'école.

— Et alors ?

— Et alors, nous sommes dix-neuf en tout. Dix-neuf divisés par cinq, ça fait quatre élèves dans chacun des quatre premiers secteurs, et trois dans le dernier. Vous me suivez ? Il suffisait à la bande d'Hiroshi de ne pas trop s'éloigner de la clairière, et de surveiller en cachette qui on envoyait dans quel secteur. Si c'était un des leurs, ils se montraient et se rendaient ensemble dans la zone qu'on leur avait affectée. Quatre participants par secteur, ça veut dire que, si les dix élèves japonais coopèrent, la probabilité que huit d'entre eux au moins se retrouvent avec un allié est supérieure à cinquante pour cent, conclut Christopher.

Ses quatre amis échangèrent des coups d'œil perplexes. Shiro finit par hocher la tête :

— Il a raison.

— C'est *forcément* contraire au règlement ! lança Jennifer avec espoir.

— Non, fit Shiro d'un air de regret. Rien n'interdit de s'organiser. C'est probablement même devenu une tradition !

— Très bien ! Rien ne nous empêche de prendre exemple sur eux, alors ! décida Jennifer. Voyons si l'élève peut surpasser le maître !

— Je t'arrête tout de suite ! déclara Christopher. Nous ne sommes que cinq. Pas de bol : c'est un chiffre impair. En plus, les chances qu'on finisse tous dans le même secteur sont de l'ordre d'une sur vingt-cinq, seulement. La répartition la plus probable, c'est qu'on se retrouve à deux ou trois dans une même zone, avec les autres disséminés dans les quatre secteurs restants. Même si on a du bol et qu'on arrive à former une équipe, ça laisse deux d'entre nous contre quatre des leurs.

Dennis, Cassandra, Shiro et Jennifer fixaient Christopher, bouche bée.

— Tu pourrais répéter ça en français ? demanda finalement Dennis.

— Pour résumer, soupira Christopher, ça ne peut pas marcher, parce qu'on va tous échouer dans des endroits différents.

— Tu as une meilleure idée, peut-être ? grommela Dennis.

Christopher eut un petit sourire :

— Je crois bien… Approchez-vous !

Il se mit à chuchoter :

— Voilà mon plan ! Avant la prochaine Chasse, on se met d'accord sur un point de rencontre. Il faut qu'il soit facile à trouver dans le noir, et assez proche de la vallée pour qu'on puisse l'atteindre rapidement depuis chacun des cinq secteurs. Dès que l'épreuve débute, on se retrouve discrètement là-bas. Ensuite, on part en chasse ensemble. Comme ça, on sera toujours à cinq contre leurs tandems. Si on se débrouille bien, on pourrait même décimer la classe entière avant qu'ils aient le temps de dire ouf !

Les cinq amis échangèrent des regards entendus.

— Il faudrait s'entraîner à évoluer dans l'obscurité, fit remarquer Shiro d'un ton songeur. Il nous faudrait aussi une sorte de code pour communiquer entre nous.

— On pourrait apprendre le morse ! proposa Christopher. Ou imiter des cris d'oiseaux.

— C'est beaucoup de boulot ! objecta Dennis.

Christopher haussa les sourcils, imitant monsieur Oakley :

— J'imagine que vous avez mieux à faire, mon jeune ami ?

Les six semaines suivantes furent extrêmement chargées. Ils durent apprendre à s'identifier grâce au système de cris d'oiseaux élaboré par Christopher. Il fallait également qu'ils puissent combattre dans le noir… sans prendre l'un des leurs pour cible. Shiro avait pris la direction des opérations. Il organisait régulièrement des expéditions nocturnes dans la forêt, au cours desquelles ils s'entraînaient sans crainte d'être remarqués par d'autres élèves.

Bien que très occupée, Cassandra ne cessait de penser à Michael.

Si seulement je pouvais le faire venir à Rokkaku ! On serait à nouveau réunis, tous les trois. Réunis et en sécurité.

Elle savait que son plan était complètement fou. Même si Michael et elle parvenaient à quitter sans encombre la maison de Hampstead, le plus dur resterait à faire… Retourner au pays de Galles, une expédition de trois cents kilomètres au moins, tout en évitant à chaque coin de rue la police et les hommes de Vargas. Pourtant, plus la Chasse marquant la fin du deuxième trimestre approchait, et plus Cassandra se surprenait à se demander combien de temps il lui faudrait pour rejoindre Londres.

— Anneau, bracelet, lampe-torche et sifflet. Vous voilà équipé ! Votre secteur de départ est la zone sud du chemin forestier. Bonne chance !

Monsieur Oakley tapa dans le dos de Dennis, qui sortit de la clairière en courant.

Il n'alluma pas sa lampe-torche. Il ne comptait pas se faire avoir deux fois ! Après avoir couru pendant une petite minute, il s'arrêta net et tendit l'oreille, le temps que ses yeux s'adaptent à la pénombre. Aucun bruit n'indiquait qu'on le suivait, mais par mesure de précaution, il se força à compter jusqu'à trente avant de se remettre en route.

Le chemin forestier serpentait non loin de la bande de terre qui s'avançait dans le Llyn Garedig, une quinzaine de mètres au-dessus du lac, cachant Rokkaku depuis le barrage. Une fois dans son secteur, Dennis trouva la cachette idéale, au milieu d'un petit bois de pins : les aiguilles tapissant le sol trahiraient quiconque s'approcherait.

Le coup de sifflet qu'il attendait finit par résonner au loin. Il tendit l'oreille deux minutes. Aucun autre son ne venant troubler la quiétude des lieux, il partit vers le nord-est.

La nuit était fraîche. Dennis prit soin de rester bien à l'écart du chemin forestier : la lune qui s'était levée aurait vite fait de braquer son projecteur sur les imprudents. Lorsqu'il fut obligé de le traverser, il le fit au pas de course, avant de gravir la colline surplombant la vallée, à l'est.

Un énorme chêne se dressait devant lui. Le cœur de Dennis se mit à battre plus vite : qui le guettait dans son ombre ? Amis ou ennemis ? Après s'être mouillé les lèvres, il émit un hululement un peu tremblant.

Le silence régna un moment, puis un *hou-hou-ouou…* s'éleva. Dennis s'approcha en souriant : il connaissait bien ce hibou-là !

— C'est bon, il ne manquait plus que toi, l'informa Christopher à voix basse.

— Salut, Neko-kun ! pouffa doucement Jennifer.

— Arrête de m'appeler comme ça ! chuchota Dennis.

— On va ratisser le secteur du Dalarwen, puis se déplacer vers l'est, récapitula Cassandra. Jen, toujours prête à servir d'appât ?

— Vous avez intérêt à couvrir mes arrières, sinon vous allez me le payer !

— Arrête de te plaindre et fais ton boulot ! répliqua Cassandra.

Mais on devinait à sa voix qu'elle souriait.

Silencieusement, les cinq adolescents se déployèrent en V. Jennifer marchait en tête. Cachés à distance respectueuse, Dennis et Cassandra formaient le flanc gauche, Christopher et Shiro le droit.

Jennifer emprunta un sentier brillamment éclairé par la lune, longeant vers l'est le parcours qu'ils suivaient lors de la course matinale. Soudain, Cassandra saisit le bras de Dennis. Deux silhouettes venaient de se détacher de l'ombre et emboîtaient silencieusement le pas à Jennifer. Isamu et Makoto !

— À trois, murmura Shiro. Un… deux… *Maintenant* !

Il se jeta sur Isamu. Sans lui laisser le temps de réagir, il l'attrapa par le bras et l'envoya rouler au sol. Dennis se rua vers eux avec sa pince, et l'anneau d'Isamu céda avec un *tchac !* Makoto tourna les talons pour s'enfuir, mais c'était sans compter Jennifer dont le croc-en-jambe lui fit faire un vol plané. Christopher et Cassandra se ruèrent sur lui et le mirent hors de combat, dans un enchevêtrement de bras et de jambes.

— C'était super cool ! souffla Cassandra avec excitation, tandis qu'ils s'éloignaient. À mon tour de jouer les appâts !

— On dirait que mademoiselle s'amuse ? sourit Dennis.

Ils adoptèrent de nouveau une formation en V et prirent la direction de Rokkaku.

Plus ils approchaient de la vallée, et plus Dennis était tendu. Ils n'étaient plus très loin des hauteurs où Ichiro l'avait éliminé, la fois précédente. Anxieux, il surveillait Cassandra, dont les cheveux blonds brillaient d'un éclat vif sous la lumière de la lune. Elle était visible comme le nez au milieu de la figure ! C'est alors que deux ombres sortirent des bois, derrière la jeune fille.

Hiroshi et Ichiro ! Dennis tenait presque sa revanche. En jubilant, il s'avança à pas de loup pour les surprendre. Les deux adolescents étaient sur le point de rattraper Cassandra, qui ne se doutait de rien. Dennis touchait au but, lorsque l'instinct fit se retourner Ichiro.

— *Maintenant !* cria aussitôt Dennis.

Hiroshi, chargé par Christopher, s'étala de tout son long et commença à dévaler la pente. Ichiro bondit pour esquiver Dennis, et se retourna pour faire face à Shiro.

Celui-ci le frappa, rapide comme l'éclair, mais Ichiro bloqua son attaque et lui décocha un coup au visage. Shiro intercepta son poing à temps. Fasciné par la puissance et la maîtrise de leurs gestes, Dennis ne put s'empêcher de s'arrêter pour les observer, mais leur « danse » était si rapide qu'il avait du mal à suivre.

Il s'avança enfin pour prêter main-forte à Shiro.

Ichiro fit un bond en arrière, puis se mit en garde et recula lentement pour garder les deux adolescents dans son champ de vision – sans se rendre compte qu'il se jetait tout droit dans les filets de Cassandra.

Celle-ci n'eut même pas à se déplacer. Elle tendit simplement le bras et sa petite pince sectionna l'anneau d'Ichiro, qui se retourna en sursaut, l'air incrédule.

— On dirait que la roue tourne, Ichiro ! ricana Dennis.

— *Baka* !* cracha Ichiro, le visage tordu de rage.

Il fit un pas vers Dennis en serrant les poings.

— Ichiro..., dit simplement Shiro d'une voix douce.

Les deux élèves se dévisagèrent un long moment, puis le visage d'Ichiro perdit soudain toute expression. Il se détourna et sa silhouette s'évanouit dans l'obscurité.

Christopher et Jennifer remontèrent la pente, essoufflés :

— On a eu Hiroshi !

— C'est probablement tout pour ce secteur, annonça Shiro. Je propose qu'on fasse un tour vers le sud, puis on retournera du côté de Rokkaku.

Le reste de la Chasse se résuma pour eux à une série de combats aussi féroces qu'expéditifs. La lune jouait à cache-cache avec les nuages et il arriva que Cassandra ou Dennis soient jetés à terre dans la confusion, mais chaque fois, les autres vinrent à la rescousse avant qu'on ne sectionne leur anneau. Lorsque retentit le coup de sifflet final, ils avaient écumé trois des cinq secteurs et éliminé tous ceux qui avaient croisé leur chemin, sans déplorer la moindre perte.

Les cinq amis retournèrent rendre leur équipement à la clairière et rentrèrent à Rokkaku. Jennifer se livra plusieurs fois à une imitation de l'air outragé d'Ichiro qui les fit exploser de rire, puis garçons et filles se séparèrent devant la Rangée de l'Épilobe.

Épuisées, Cassandra et Jennifer n'avaient qu'une envie en poussant leur porte : se débarbouiller et se mettre au lit. Les muscles de Cassandra lui faisaient tellement mal qu'elle avait l'impression de n'être plus qu'un énorme bleu. Pourtant, elle était euphorique. Elle avait accroché la première victime à son tableau de chasse.

Et pas n'importe laquelle : Ichiro, le meilleur élève de la classe !

En ouvrant la porte de sa propre chambre, elle découvrit qu'on avait posé un bout de papier sur son lit. Elle le lut avec curiosité et sentit instantanément sa lassitude s'évanouir :

Rendez-vous à la vieille cabane.
Je t'y attendrai à partir de minuit.
Ton sauveteur anonyme.

Une minute plus tard, lorsque Jennifer sortit en bâillant de la petite salle d'eau, Cassandra avait disparu.

La lune brillait haut dans le ciel tandis que Cassandra remontait le chemin forestier d'un bon pas. Le vent tombé, les bois étaient silencieux, à l'exception des cris des rapaces nocturnes et du craquement des feuilles mortes sous ses pieds. En arrivant au niveau du lac, elle tourna à droite.

Construite des dizaines d'années plus tôt, la vieille cabane devait accueillir à l'origine des bûcherons chargés d'éclaircir la forêt. Mais le projet avait finalement été abandonné, si bien qu'il n'en restait plus qu'un cube grossier recouvert de mousse et envahi par les mauvaises herbes.

Cassandra pénétrait à peine dans la clairière qu'une voix s'adressa à elle :

— Cassandra !

L'adolescente s'avança et regarda autour d'elle, hésitante :

— Qui est là ?

— Quelqu'un qui te veut du bien.

— Montrez-vous, alors !

— Il vaut mieux que tu ne saches pas qui je suis.

La voix, douce et posée, était celle d'un adulte. Ces quelques mots suffirent à transporter Cassandra dans le passé : une silhouette se penchait au-dessus d'elle, d'étranges yeux bleu clair la fixaient…

— C'est bien vous, n'est-ce pas ? s'enquit-elle. Vous nous avez sortis de la rivière, mon frère et moi !

Un léger mouvement, de l'autre côté de la clairière, attira son attention. Il y avait une silhouette sombre entre les deux frênes, Cassandra en était sûre ! Elle fit un pas en avant.

— Oui, répondit simplement la voix.

— Ensuite, vous nous avez transportés à Rokkaku.

J'ai même découvert que vous payiez notre scolarité ! Pourquoi ?

— Parce que c'est ce que tu voulais ! Je t'ai dit que Vargas allait venir vous chercher, et tu m'as demandé de vous emmener en lieu sûr. C'est ce que j'ai fait ! Je vous ai conduits dans le seul endroit où Vargas ne pourrait jamais vous trouver.

Un détail dérangeait Cassandra.

Mais lequel ?

Elle se revit ce jour-là, étendue dans l'herbe. Ses vêtements étaient trempés, elle était frigorifiée et c'est à peine si elle pouvait garder les yeux ouverts… mais elle se rappelait encore parfaitement ce qu'elle avait dit !

Elle cracha :

— Comment connaissez-vous Vargas ? Vous allez me dire qui vous êtes !

Elle fit un autre pas en avant et la voix devint insistante :

— Je t'en prie, Cassandra ! Essaie de comprendre ! C'est dans votre intérêt ; c'est pour votre protection, et la mienne, que je dois garder l'anonymat. Rien qu'en te parlant, je prends un risque. Si j'ai accepté de te rencontrer, c'est uniquement pour te mettre en garde.

Le timbre de cette voix semblait curieusement familier à Cassandra. Elle était presque certaine de l'avoir déjà entendu, il y a bien longtemps.

Si seulement je pouvais tromper sa vigilance ! Il faut que je gagne du temps, que je me débrouille pour le faire parler encore un peu…

— En garde contre *quoi* ?

— Je sais que tu réfléchis au moyen d'arracher Michael aux griffes de Vargas. Mais tu n'es pas encore prête à affronter ton père. Ne t'approche pas de lui, ne t'approche pas de Londres avant d'avoir fini ton apprentissage à Rokkaku !

— Et pourquoi pas ? objecta Cassandra en croisant les bras d'un air buté. J'ai déjà réussi à lui échapper. Rien ne m'empêche de recommencer !

— Tu ignores combien Vargas peut être *dangereux*, confia l'ombre en se penchant en avant. Tu es sa fille : je t'assure que tu as eu droit à la facette la plus *douce* de sa personnalité. Mais aussi effrayant qu'il soit en tant que père, ce n'est *rien* comparé au reste. As-tu seulement idée de la façon dont Vargas a mis en place son « affaire » à Londres ? Ne t'es-tu pas demandé pourquoi il n'avait pas le moindre concurrent ? Ou comment il se faisait qu'aucun trafiquant n'essaie de marcher sur ses plates-bandes ? Tu trouvais sans doute affreuses les histoires que se racontent sans cesse Pete et Tav ? Figure-toi qu'ils n'évoquent jamais les détails vraiment sordides ! Vargas n'avait pas pris vos tentatives d'évasion au sérieux jusqu'à présent, mais aujourd'hui, il n'a plus du tout envie de jouer à cache-cache. S'il te capture…

— *Comment* savez-vous tout ça ?

— Peu importe. Le principal, c'est que vous soyez à l'abri ! Et vous serez en sécurité tant que vous resterez… Non !

Cassandra, qui s'était approchée pas à pas de la lisière du bois, venait de se ruer en avant. La silhouette fit un bond en arrière et se confondit aussitôt avec les ombres de la forêt. Cassandra fouilla désespérément l'obscurité du regard. Un craquement de branche dans le lointain la précipita dans une course folle, jusqu'au sommet de la colline. Haletante, elle en profita pour scruter les environs.

À gauche, la lune faisait scintiller les eaux du Llyn Garedig et soulignait le gris pâle du barrage. À droite, les arbres suivaient docilement la pente de la colline, jusqu'aux champs s'étendant à l'ouest. Et le silence régnait de toutes parts.

Pendant une heure encore, Cassandra passa les environs de la colline au peigne fin. En vain.

8

Luttes et stratégies

Cassandra dormit très mal, hantée par de sombres visions. Elle avait tout raconté à Jennifer, qui l'attendait, morte d'inquiétude, mais cela n'empêcha pas l'étrange visiteur de venir troubler son sommeil. Heureusement, dès le lendemain matin, les résultats de la Chasse lui remontèrent sérieusement le moral. Leur bande organisée avait éliminé huit adversaires : trois tandems, et deux concurrents isolés qui avaient eu la malchance de croiser leur route. Shiro avait fait trois « victimes », Dennis deux, et Cassandra, Christopher et Jennifer, une chacun.

Tandis qu'ils n'en finissaient plus de se féliciter, ils virent Ichiro se diriger vers eux, flanqué d'Hiroshi et de trois autres.

— Tiens, Ichiro ! lança gaiement Jennifer. Alors, tu t'es bien amusé, hier ?

— Vous avez triché ! gronda Ichiro. On ne participe à la Chasse que seul ou à deux !

— On n'a fait que suivre ton exemple ! lui renvoya Jennifer en riant.

— Combattre en équipe est contraire aux règles. Vous...

Cassandra en eut soudain assez.

— Le règlement ne dit rien au sujet des équipes ! répliqua-t-elle sèchement. Tu devrais le savoir, puisque vous vous êtes organisés en tandem pour être sûrs de gagner, l'autre fois. Vous vous êtes ligués contre nous, et hier c'était notre tour ! Alors, qu'est-ce que ça fait ?

Ichiro regarda fixement Cassandra, un long moment. Puis il s'éloigna sans hâte, suivi de son petit groupe. En passant devant Kentaro, il lui tapa sur l'épaule en murmurant quelques mots, avant de disparaître derrière le *dojo*.

— Tu n'aurais pas dû faire ça..., reprocha doucement Shiro à Cassandra.

— Oh, il l'a bien cherché ! rétorqua-t-elle avec agacement. La nuit de la première Chasse, on est tous partis la fleur au fusil, tu te rappelles ? Ils se sont mis deux par deux pour ne pas nous laisser une seule chance, et maintenant c'est *nous* qui trichons ?

— On a bel et bien triché, de leur point de vue ! expliqua Shiro. Ichiro obéit à des règles différentes. Il a appris que les élèves des années supérieures chassaient en formant des tandems et pas des équipes, donc pour lui, les tandems sont autorisés, mais pas les équipes. Il fallait qu'il soit vraiment furieux pour nous aborder comme ça !

— Mais ce que nous avons fait n'était pas contraire au règlement ! persista Cassandra.

— En effet. Et Ichiro le réalisera, dès qu'il se sera calmé. Mais tu as souligné son erreur devant son groupe. Il a perdu la face, et je t'assure qu'il ne l'oubliera pas de sitôt. À présent, il va falloir qu'il prouve, d'une manière ou d'une autre, qu'on ne l'a pas battu.

Christopher eut l'air alarmé :

— Attends une minute ! Tu crois qu'il va nous attaquer ?

Shiro secoua la tête :

— Tu oublies que c'est contraire aux règles. Il ne sortira jamais de ce cadre. Ce qui ne l'empêchera pas de se montrer sans pitié dans les limites de ce cadre ! Maintenant qu'on lui a montré une autre façon de s'organiser, rien ne lui interdit de nous copier…

Ses quatre amis restèrent silencieux une longue minute. Christopher fut le premier à reconstituer le puzzle et ses yeux s'agrandirent :

— Oh oh !

— Quoi ? s'inquiéta Jennifer.

— Vous avez remarqué comme moi que Kentaro et les autres élèves japonais étaient partis juste après Ichiro ? Ils pourraient faire la même chose que nous… mais en pire ! Ils sont dix en tout. S'ils se regroupent, on se retrouve encore en infériorité numérique !

— Arrrg ! s'exclama Jennifer en tapant du pied. Nous voilà revenus au point de départ ! Courage… fuyons !

— Pas forcément…, déclara lentement Cassandra.

Elle tendit le doigt en direction des quatre derniers

élèves, qui s'écartaient justement du tableau d'affichage.

Trouver des renforts s'avéra plus aisé que prévu. Une fois que le reste de la classe comprit que refuser reviendrait à tomber sous les assauts du groupe d'Ichiro, tous rejoignirent à contrecœur celui de Cassandra et Dennis. Mais deux jours plus tard, les cours furent interrompus par les vacances de Pâques, reportant la préparation de la Chasse suivante.

Un matin d'avril, alors que le vent agitait la surface du Llyn Garedig et poussait de gros nuages cotonneux au-dessus de Rokkaku, Dennis et Cassandra étaient assis à l'abri d'un *dojo*, l'air mélancolique. La plupart des élèves étaient rentrés dans leurs familles et une impression d'isolement se dégageait de la vallée, habituellement si pleine de vie et de mouvement.

Dennis ne tenait pas en place :

— Tu es certaine d'avoir bien compris le mot de Morimoto ?

— Je sais encore lire, merci ! s'offusqua Cassandra. Il disait juste qu'un *sempaï** nous rejoindrait ici à onze heures.

— Ah ! Voilà quelqu'un, annonça soudain Dennis.

Cassandra et lui se levèrent. Le jeune homme s'approchant d'eux était visiblement japonais. Âgé de dix-sept ans environ, il était vigoureux et dépassait Dennis d'une bonne tête. Sa ceinture noire indiquait qu'il était en sixième année, et titulaire du premier *dan*.

— Vous êtes bien Dennis et Cassandra ?

Ils hochèrent la tête, impressionnés :

— Oui, *sempaï*.

— Oh, vous pouvez laisser tomber les formules de politesse ! Je m'appelle Kazuki. Suivez-moi !

Ils laissèrent derrière eux les bâtiments de Rokkaku et prirent la direction du sud.

— Où va-t-on ? s'enquit Dennis.

— Morimoto m'a chargé de vous indiquer les itinéraires de patrouille, annonça Kazuki. Les élèves de première année ne sont pas censés commencer avant l'été, mais comme on est toujours à court de main-d'œuvre pendant les vacances, il s'est dit que vous pourriez aider.

Ils poursuivirent leur chemin en silence, puis Kazuki déclara :

— Et maintenant, ouvrez l'œil ! On arrive à la route.

Dennis et Cassandra échangèrent un regard interdit.

Ils avaient dépassé la vieille cabane et se trouvaient au niveau du chemin forestier. Kazuki se dirigea droit vers un des épais buissons de ronces bordant le sentier. Il s'accroupit et disparut dessous. C'est alors que Dennis remarqua qu'à la base des arbrisseaux, les ronces s'écartaient, cédant la place à des fougères. Après un temps d'hésitation, il emprunta à son tour l'étroit tunnel en rampant… et déboucha effectivement sur la route. Il s'éloigna de quelques pas en attendant Cassandra. De l'extérieur, on ne voyait qu'un enchevêtrement d'arbustes hérissés de grosses épines !

— Pas mal, hein ? fit fièrement Kazuki. Ça m'a pris

une éternité pour que les différents végétaux s'ordonnent aussi parfaitement !

— C'est *toi* qui as fait ça ?

— Je les ai plantés quand j'avais quinze ans. J'avais déjà pas mal de pratique : on étudie le jardinage dès la deuxième année.

— On va apprendre à *jardiner* ? demanda Cassandra d'un air abasourdi, en époussetant son *gi*.

— Si on veut cacher une école au beau milieu d'une forêt, il faut veiller à ce que l'une se fonde dans l'autre. Tu as sûrement remarqué que Rokkaku semble s'évanouir parmi les arbres, dès qu'on s'éloigne un peu des bâtiments ? Ce n'est pas un accident, crois-moi !

Et Kazuki se remit en marche, toujours vers le sud. La route épousait les courbes de la colline. À travers les arbres, sur leur gauche, ils voyaient les vagues agitant la surface du lac, quinze mètres plus bas.

— Alors, c'est comme ça que Rokkaku reste secrète ? fit Cassandra, sceptique. Grâce au jardinage ?

Kazuki secouait la tête :

— Rokkaku dispose de nombreuses protections. Certaines sont passives, comme le camouflage naturel que vous venez de voir. D'autres sont actives, comme les patrouilles. Nos lignes de défense sont disposées en trois cercles concentriques autour de l'école. On a baptisé le disque intérieur le « Foyer » : il englobe le territoire entourant Rokkaku, jusqu'à huit cents mètres à la ronde. Cette zone est très étroitement surveillée : aucun intrus ne peut y pénétrer. L'Anneau de Guet, lui, s'étend de huit cents mètres à un kilomètre et demi. C'est là que sont nos avant-postes. Nous ne surveillons pas l'ensemble du secteur, juste les routes. Pour finir, le Grand Anneau s'étale d'un kilomètre et demi à huit kilomètres. Nous n'avons rien de permanent là-bas, mais les Grandes Patrouilles y font régulièrement un tour d'inspection.

— Et on est où, là ? demanda Cassandra, intéressée.

— On quitte seulement le Foyer. Tu vois ce pin tout rabougri ? indiqua Kazuki en tendant le doigt. C'est la limite. Au-delà, tu entres dans l'Anneau de Guet.

— Bon, quand est-ce qu'on commence ? fit Cassandra avec excitation.

Kazuki eut un large sourire :

— Tout doux ! Pas avant demain... Aujourd'hui, vous faites juste le tour du propriétaire ! Vous débuterez dans l'Anneau de Guet. Les troisième et quatrième années se chargent des Grandes Patrouilles, et les cinquième et sixième années s'occupent du Foyer. Les première et deuxième années assurent les avant-postes. En deux mots, on vous demande de surveiller la route et de signaler tout « intrus » par talkie-walkie.

— C'est tout ?

— Un petit conseil : ne vous faites pas repérer ! Morimoto ne plaisante pas avec la surveillance de Rokkaku. S'il juge que même un touriste pourrait vous remarquer, il vous assommera de cours de *tongyo* jusqu'à ce que vous soyez suffisamment discrets à son goût. Oh ! Il lui arrive aussi de tendre des pièges aux guetteurs avec la complicité d'anciens élèves, uniquement pour s'assurer qu'ils prennent leur rôle au sérieux.

Kazuki s'arrêta :

— Bon, que diriez-vous de continuer seuls et d'aller jeter un œil au Point Sud ? C'est notre avant-poste sur cette route. Vous allez probablement y passer le plus clair de votre temps, à l'avenir. Remontez par là et cherchez un arbre mort entouré de fougères, sur le flanc de la colline. Ne vous en faites pas, la voie est libre ! Une Grande Patrouille est en train de balayer le côté sud du lac.

— Merci, fit Dennis.

— Kazuki ? intervint Cassandra d'une voix hésitante. Pourquoi… se donner tout ce mal pour que Rokkaku reste secrète ?

— Toi, tu aimes poser des questions, pas vrai ? réagit Kazuki en riant. Je peux te donner un indice : il y a un rapport avec la raison pour laquelle l'école s'est implantée ici.

— Et c'est quoi ? demandèrent Dennis et Cassandra comme un seul homme.

— Désolé. Je ne peux pas vous en dire plus. Vous n'êtes pas ici depuis assez longtemps.

— Pourquoi pas ? s'étonna Cassandra en faisant la moue.

Kazuki les regarda bien en face, brusquement sérieux :

— Parce qu'il serait dangereux de crier ce genre de chose sur les toits. Bon, on se revoit à Rokkaku !

Et il s'en alla sans se retourner.

— Qu'est-ce qu'il voulait dire, à ton avis ? s'étonna Cassandra, tandis qu'ils se remettaient en marche.

— Aucune idée. Écoute, j'ai repensé à la prochaine Chasse et… je n'aime pas trop ton plan.

Cassandra haussa les épaules avec insouciance :

— On n'a pas le choix. Si on veut faire le poids, rien de tel qu'une grande équipe ! De toute façon, les professeurs ne l'ont pas interdit.

— Ils n'ont pas dit *non plus* qu'on pouvait le faire !

— Hé, regarde ! s'exclama Cassandra en montrant un gros tronc d'arbre couché, envahi par les fougères. Ça doit être le Point Sud. Le dernier en haut de la pente est une poule mouillée !

Avril céda la place à mai et au troisième trimestre. Dennis et Cassandra avaient repris les entraînements pour la Chasse, mais leur groupe était devenu lourd à gérer, avec les renforts venus le grossir. Ni Jennifer ni Christopher ne s'entendaient vraiment avec les nouvelles « recrues », qui s'avérèrent peu enclines à obéir aux instructions de Shiro. Ichiro et son groupe s'entraînaient, eux aussi. Ichiro et Hiroshi faisaient tout pour le cacher, mais leurs messes basses et l'évidente jubilation de Kentaro avaient suffi à éveiller les soupçons de Cassandra.

Presque imperceptiblement, la classe finit par se scinder en deux : les élèves japonais d'un côté, leur équipe mélangée de l'autre. Les deux groupes en vinrent même à s'entraîner dans des coins opposés du *dojo*. Tout en faisant de son mieux pour travailler avec les huit autres, Cassandra commençait à se sentir de plus en plus mal à l'aise.

Arriva le mois de juin, et avec lui la nouvelle Chasse, qui devait être l'avant-dernière de l'année. Un mauvais pressentiment étreignit Cassandra, tandis que leur groupe se rassemblait lentement et peu discrètement sous le gros chêne. Une fois prêts, ils se dirigèrent vers le Dalarwen en balayant les environs.

Ils « rencontrèrent » la bande d'Ichiro à mi-chemin. Cassandra entendit un cri devant elle et vit Dennis aux prises avec deux garçons. Elle courut à son secours… et la Chasse sombra dans le bruit et le chaos. Leurs subtils plans de bataille furent vite oubliés : l'affrontement rangé tourna au combat de rue, les coups de poing et de pied ne laissant aucune place à la stratégie ni à la technique. Dans la confusion, Cassandra réussit à arracher un anneau avant d'être mise à son tour hors de combat.

Elle se releva avec difficulté : quelqu'un s'était affalé de tout son poids sur sa cheville. Elle alla chercher Dennis en boitant et ils s'esquivèrent pour rejoindre la clairière et rendre leur équipement. La bataille faisait toujours rage derrière eux. Certains opposants continuèrent à se battre après avoir été éliminés, et les choses commencèrent à prendre une sale tournure.

Lorsque Shiro et Ichiro parvinrent enfin à rétablir l'ordre, chacun dans les deux camps était soit éliminé, soit blessé… voire les deux.

En se réveillant le lendemain, Cassandra se sentait affreusement mal. Elle n'avait aucune envie de prendre connaissance des résultats. Mais surtout, elle avait terriblement honte et n'était pas pressée de se retrouver face à monsieur Oakley. En boitant bas, elle se dirigea lentement vers le haut de la vallée.

Dennis la croisa alors qu'elle faisait un large détour pour éviter les quartiers des professeurs. Ses yeux s'attardèrent sur sa jambe :

— Tu es allée consulter le docteur Furuta ?

— Non. Je n'ai pas hâte que les professeurs découvrent dans le détail ce qui s'est passé !

— Il est un peu tard pour s'en inquiéter !

Ils sursautèrent et Cassandra sentit sa gorge se nouer. Nishiyama s'était approché d'eux sans bruit.

Ils le saluèrent gauchement :

— N-Nishiyama *Senseï* ?

— Faites quelques pas avec moi, voulez-vous.

Dennis et Cassandra échangèrent un regard consterné. Sans plus attendre, Nishiyama se mit à remonter tranquillement le cours du ruisseau. Dennis lui emboîta le pas en trébuchant et Cassandra se décida enfin à les suivre, tremblante. Elle s'attendait à ce qu'ils aient des ennuis, mais si on lui avait dit qu'ils auraient affaire au *directeur* en personne !

Nishiyama enseignait en sixième année et donnait quelques leçons particulières. Dennis et Cassandra l'avaient vu se promener parfois dans la vallée, discutant avec un enseignant ou un élève plus âgé, mais il n'abordait que très rarement les classes inférieures. Et voilà qu'ils flânaient avec lui !

Ils passèrent devant les réserves et l'étang marquant les limites de la partie aménagée de Rokkaku. Nishiyama garda le silence, tandis qu'ils grimpaient un sentier tortueux s'enfonçant dans les bois. Une petite construction apparut entre les arbres. À la différence des bâtiments de Rokkaku, elle était en pierre brute. De simples trous figuraient la porte et les fenêtres. Du lierre poussait sur les murs et des fleurs sur le toit.

Nishiyama s'inclina sur le seuil, puis il entra et s'assit en *fudoza*. Dennis et Cassandra le copièrent, hésitants, avant de jeter des regards intrigués autour d'eux. Le long d'une paroi, une table basse était recouverte d'une étoffe. Trois boîtes y étaient disposées, ainsi que des herbes médicinales que Cassandra ne put identifier, et un brûleur d'où s'élevait de l'encens. La paroi du fond était ornée d'une peinture murale représentant des montagnes bordées de forêts et couronnées de neige. De la fumée s'échappait des cheminées de plusieurs villages. Entre deux pics, deux créatures hideuses s'affrontaient à l'épée. Elles avaient un bec, un nez démesuré, un visage de vieillard flétri, des ailes noires qui leur sortaient du dos et des mains griffues.

— Des Tengus ! dit brusquement Nishiyama, et Cassandra sursauta violemment. Des génies des montagnes, mélange d'homme et de corbeau. Selon les histoires, ils sont serviables ou malveillants. Mais tous les récits concordent sur deux points : ils étaient passés maîtres dans l'art du combat et du forgeage des épées. La légende veut que les premiers ninjas tiennent d'eux leur adresse.

— Nishiyama ? hésita Dennis. Euh, je veux dire… Nishiyama *Senseï*. Où sommes-nous ?

— Ceci est le sanctuaire de Rokkaku. Un des domaines dans lesquels nous avons rompu avec la tradition. Nos ancêtres ninjas n'en avaient aucun, pour autant que nous sachions. Ils révéraient la nature, mais leurs temples étaient les montagnes, les forêts et les lacs. Nous avons cependant trouvé juste que notre école dispose d'un endroit à l'écart où méditer.

Nishiyama se releva, s'étira et alla se poster près de la porte, leur tournant le dos :

— Dites-moi, avez-vous jamais songé au sens de Rokkaku ?

Cassandra cligna nerveusement des yeux et récita :

— *Rokkaku* signifie « six côtés » en japonais, *Senseï*. Le Rokkaku est un cerf-volant hexagonal utilisé lors de joutes populaires…

— Je voulais parler de la raison d'être de notre école. Rokkaku est un lieu d'échange. Un brassage de deux cultures, de tradition japonaise dans une forêt britannique. Chaque année, les nouveaux élèves viennent pour moitié du Japon, et pour moitié de Grande-Bretagne. Il est naturel que certaines frictions en résultent. Chaque année, on note des tensions, voire des rivalités entre les deux groupes. En règle générale, ce phénomène s'estompe avec le temps, et au troisième trimestre, nos élèves commencent à se mélanger entre eux.

Nishiyama se retourna :

— Mais il est vrai qu'en règle générale, aucun élève ne s'emploie activement à diviser sa classe en deux camps. Vous étiez tellement occupés à vous constituer une armée qu'il y a apparemment un *petit détail* qui vous a échappé.

Soudain, la voix de Nishiyama devint aussi tranchante que l'acier :

— Le but de cette école est de vous enseigner le *ninjutsu*, tout en vous apportant une certaine éducation. Pas d'abriter une guerre raciale ! En agissant ainsi, vous avez non seulement semé la discorde au sein de votre classe, mais aussi porté préjudice à Rokkaku dans son ensemble.

Brusquement, la forêt sembla très calme, et les yeux gris de Nishiyama très durs.

— Pour veiller à ce que ces faits ne se reproduisent plus, les règles de la Chasse vont changer pour votre année, jusqu'à nouvel ordre. Désormais, vous chasserez deux par deux, toute forme de coopération avec un autre tandem étant strictement interdite ! Vous vous entraînerez durant votre temps libre. Dennis, votre partenaire sera Hiroshi. Cassandra, le vôtre sera Ichiro. Jennifer travaillera avec Makoto, et…

— *Quoi ?* glapit Cassandra.

— Ce n'est pas juste ! s'exclama Dennis. Ce sont eux qui ont commencé ! Nous, on n'a fait que…

Dennis s'arrêta net. Nishiyama le fixait d'un air glacial :

— Trouveriez-vous quelque chose à redire à mes ordres, Dennis ?

— Non, se renfrogna Dennis.

— Non *qui* ?

— Non, *Senseï*.

— Une dernière chose ! Vous êtes tous les quatre de corvée de cuisine jusqu'à la fin de l'année. Vos horaires seront aussi ceux de vos nouveaux partenaires d'entraînement, ce qui vous laissera tout le temps de résoudre vos différends. Y aurait-il un autre thème que vous souhaiteriez aborder ?

— Euh… Non, *Senseï*, articula Cassandra avec peine.

— Bien. Maintenant, allez montrer cette cheville au docteur Furuta !

Et Nishiyama tourna les talons.

Ce soir-là, Cassandra se présenta en cuisine avec un sentiment mêlé. Elle n'avait plus à rivaliser avec Ichiro – il fallait qu'elle travaille avec lui. Elle ignorait ce qui était le pire…

Ichiro arriva à l'heure précise. Il passa devant Cassandra d'un pas décidé, sans paraître la remarquer. Elle haussa les épaules et finit par le suivre.

La cuisine principale, bourdonnante d'activité, était remplie de cris, de vapeur et du bruit des casseroles qu'on entrechoquait. L'air y était si chaud que la sueur perla au front de Cassandra dès qu'elle eut franchi la porte battante. L'intendante, une femme d'allure imposante appelée Megan, donnait des instructions à un cuisinier :

— Servez-en cent vingt cette fois, pas cent ! Et épluchez un demi-sac de patates supplémentaire, on s'est retrouvés à court de pommes de terre rôties au second service, ce midi.

Elle leva les yeux :

— Oh, vous voilà, vous deux ! Il manque une demi-citerne d'eau pour les patates : prenez ces seaux et remplissez-la à ras bord. Vous allez jusqu'au lac, hein ! Si je vous surprends à utiliser le ruisseau par facilité, vous le regretterez. Méfiez-vous, j'ai l'œil !

Ichiro ramassa un porte-seaux et deux seaux sans faire le moindre commentaire. Cassandra l'imita.

Tandis qu'ils descendaient le sentier menant au lac, puis traversaient le petit parc d'éoliennes, Cassandra observait Ichiro. Un peu plus grand que la moyenne, il avait une forte carrure. Un pli amer marquait le coin de sa bouche. Maintenant que Cassandra y songeait, elle ne l'avait presque jamais vu sourire.

Transporter l'eau était une tâche épuisante. Le porte-seaux, un long bâton galbé au milieu pour épouser la forme de la nuque et des épaules, permettait de répartir la charge… mais il fallait encore remonter la colline et garder l'équilibre sur les sentiers sinueux de Rokkaku. Ichiro ne prononça pas un seul mot au cours de leurs innombrables allers et retours. Et pas davantage lorsque la citerne fut remplie et qu'on les chargea d'éplucher des pommes de terre.

Parfait ! se dit Cassandra. *Continue comme ça.*

Ce soir-là, lorsque prirent fin leurs deux heures de corvée, Ichiro s'en alla sans rien dire. Une deuxième soirée s'écoula de la sorte, puis une troisième. Dennis se plaignait amèrement de devoir travailler avec Hiroshi, mais ils semblaient au moins échanger quelques mots. Le quatrième soir, alors qu'ils descendaient en silence chercher de l'eau pour ce qui lui semblait être la millième fois, Cassandra décida d'abandonner : Ichiro était trop fort à ce petit jeu.

— Très bien ! annonça-t-elle. On peut savoir ce qui te met tellement en colère ?

Ichiro ne se donna même pas la peine de se retourner :

— Je ne suis pas en colère.

— Alors pourquoi tu ne veux rien dire ?

— Il n'y a rien à dire.

Ils remplirent leurs seaux. Ils remontèrent tout en

haut de la vallée et les vidèrent dans une citerne. Puis ils redescendirent les remplir.

— Toujours furibard pour cette histoire d'équipe, hein ? finit par lâcher Cassandra.

Ichiro ne répondit pas.

— Écoute, on voulait juste vous rendre la monnaie de votre pièce !

Silence.

— On n'aurait jamais agi comme ça si vous ne vous étiez pas mis deux par deux.

— On ne s'est pas organisés en équipe, nous ! réagit Ichiro.

— En tandem ou en équipe, c'est la même chose.

— La Chasse se mène seul ou en formant des tandems. Pas une équipe !

— Dans ce cas, pourquoi ne pas nous l'avoir dit plus tôt ? objecta Cassandra.

Ichiro s'arrêta et se retourna, interdit.

— Si on avait su dès le début que vous comptiez vous organiser en tandem, poursuivit Cassandra, on aurait fait pareil et il n'y aurait pas eu de problème ! On a pris la mouche parce qu'on pensait que vous vous liguiez contre nous pour être sûrs qu'on perde.

— Personne ne s'est ligué contre vous ! Hiroshi et moi, on combattait juste contre Kentaro et Yori, et contre Isamu et Makoto.

— Vraiment ? fit Cassandra.

Ichiro lui tourna le dos et se remit en route. Elle pressa le pas pour le rattraper.

— Bon, on enterre la hache de guerre ! suggéra Cassandra alors qu'ils longeaient les accumulateurs.

On va travailler avec des tandems, maintenant – c'est ce que tu voulais depuis le début, non ?

Silence.

Cassandra soupira. La subtilité n'avait jamais été son fort…

— Écoute, je suis censée être ta partenaire, au cas où tu l'aurais oublié ! On s'entraîne ensemble, ou tu vas continuer à monter et descendre ce sentier à la con en faisant comme si je n'existais pas ?

Ichiro lui adressa un bref regard :

— Très bien.

— Très bien *quoi* ?

— Très bien, on s'entraîne ensemble.

— Demain après-midi au *dojo* ?

— Demain après-midi.

Satisfaite, Cassandra se remit à marcher à un rythme normal. Ils effectuèrent le reste de leurs corvées dans le silence.

S'entraîner avec Ichiro s'avéra être une expérience… intéressante.

— Tu n'es pas en équilibre ! constata-t-il au bout de cinq minutes seulement.

— Qu'est-ce qui cloche ?

— Ton centre de gravité est bien trop en avant. En *ichimonji*, les sept dixièmes de ton poids devraient reposer sur ta jambe arrière. Tourne le pied vers l'extérieur.

Cassandra était agacée, mais elle s'exécuta.

Cinq minutes plus tard, Ichiro l'arrêtait de nouveau :

— Tu n'es toujours pas en équilibre ! Déplace ton poids vers l'arrière.

— On est censés pratiquer l'*omote gyaku**, pas le jeu de jambes !

Il fronça les sourcils :

— Les *kamae* doivent toujours être exactes.

Cassandra soupira et déplaça son poids :

— C'est mieux comme ça ?

Ichiro adopta de nouveau une posture défensive. Elle lui envoya un coup de poing. Ichiro lui saisit le poignet au vol, lui fit une clé et pivota, forçant Cassandra à rouler au sol. Elle se releva et ce fut son tour d'être *tori**. Ichiro s'était mis en garde pour engager le combat, mais il baissa aussitôt les poings et désigna les pieds de Cassandra :

— Déplace ton poids vers l'arrière.

Cassandra perdit patience :

— Tu veux bien laisser mon poids tranquille ? Arrête de te prendre pour un professeur et de me dire ce que je dois faire !

— Tu n'es pas en équilibre !

— Je m'en fous !

— Alors entraîne-toi seule jusqu'à ce que tu sois au point ! rétorqua sèchement Ichiro.

Il quitta le *dojo*. Exaspérée, Cassandra traversa Rokkaku comme une furie pour aller vider son sac chez Ze'ev.

— Hmmm…, fit-il après avoir subi son flot de paroles sans l'interrompre.

— Hmmm *quoi* ?

— Prends la posture.

Cassandra se mit docilement en *ichimonji*.

— Et maintenant, ordonna Ze'ev en adoptant une posture d'attaque, défends-toi !

Il frappa. Cassandra bloqua son poing et tenta de le déraciner. Ze'ev fit un pas en arrière :

— Ichiro a raison.

— Qu'est-ce que ça veut dire ? Je suis certaine que mon attitude était bonne !

— Au départ, oui. Mais dès que tu commences à te battre, tu te crispes et tu as tendance à te pencher en avant. C'est une erreur très courante.

— Je croyais qu'il valait mieux se pencher en avant ?

— Non. Tu as l'illusion de taper plus fort, mais en réalité, ça t'affaiblit. Le manque d'équilibre te rend plus vulnérable. N'oublie pas que le plus simple pour faire tomber ton adversaire, c'est de perturber son jeu de jambes lorsqu'il est déséquilibré, plutôt que de tenter une attaque sophistiquée.

— Génial..., soupira Cassandra, ironique. Pourriez-vous recommencer à me donner des leçons particulières ? On dirait que j'en ai bien besoin.

— Ça devrait pouvoir se faire...

Ze'ev laissa peser son regard sur Cassandra et ajouta :

— Fini, les équipes ?

— Fini !

Il eut un large sourire :

— Tu vois que tu progresses !

Le lendemain après-midi, à l'heure convenue, Cassandra trouva le *dojo* vide. La mort dans l'âme, elle réalisa qu'elle allait devoir présenter ses excuses à Ichiro. Résignée, elle partit à sa recherche.

Mais le trouver ne fut pas une mince affaire. Hiroshi, qui partageait la chambre d'Ichiro, apprit à Cassandra qu'il était sorti.

Oui, Ichiro était dans les parages… Non, il ne savait pas où exactement… Non, il ignorait quand Ichiro rentrerait…

Cassandra frappa à deux autres portes et se heurta, chaque fois, au même mur. Frustrée, elle finit par se rendre chez Dennis et Shiro, mais n'y trouva personne. Cassandra décida d'aller faire un tour et gravit le flanc gauche de la vallée, en savourant le petit vent tiède qui caressait son visage. Elle s'aventura dans la forêt et trouva Shiro dans une des clairières où les élèves s'entraînaient au maniement des armes.

Shiro était en train d'exécuter les cinq mouvements du *sanshin no kata*, qui étaient les premières vraies techniques de *ninjutsu* apprises par leur classe. Chacune portait le nom d'un élément : la terre, l'eau, le feu, l'air et le vide. Comme toutes les techniques de base, elles étaient défensives – frapper le premier n'était pas autorisé. Le feu était le plus agressif : il s'agissait de bloquer une attaque au vol et de riposter en portant un coup à la nuque de son adversaire. L'eau visait la même cible, mais par une trajectoire moins directe, plus circulaire. La terre correspondait à la frappe dite *shikanken* que Cassandra avait employée contre Kentaro, tandis que l'air venait en réponse à un coup bas : il fallait écarter le poing de son attaquant puis le frapper, avec le pouce et la jointure de l'index, au pli de flexion de la cuisse. Le vide, enfin, esquivait un coup de pied et faisait diversion par un coup au visage, avant d'attaquer par un coup de pied au corps.

Shiro passait lentement les cinq formes en revue, sur le côté gauche comme sur le droit. Il passait de l'une à l'autre avec fluidité, semblant glisser sur l'herbe. Bien que ses mouvements soient détendus, ses pieds et ses mains finissaient toujours exactement au même endroit. Akamatsu leur avait expliqué un jour que l'essence du *ninjutsu* résidait dans le *sanshin* et le *Kihon Happo* – apparemment, Shiro avait pris ses paroles très au sérieux.

L'adolescent aperçut Cassandra et s'interrompit.

— Salut, Shiro ! Dennis est dans le coin ?

— Il s'entraîne avec Hiroshi, j'imagine…

La bouche de Shiro se tordit en un sourire malicieux :

— … enfin, s'ils ne se sont pas entre-tués, à l'heure qu'il est !

— Écoute, reprit Cassandra, tu pourras peut-être m'aider ? Je suis censée travailler avec Ichiro, mais je crois que je l'ai… découragé.

Elle expliqua brièvement ce qui s'était passé :

— … Et le pire, c'est que le temps presse. Il reste tout juste deux semaines avant la prochaine Chasse. On aurait déjà dû commencer à s'entraîner !

Shiro restait silencieux. Cassandra s'impatienta :

— Tu as entendu ce que je viens de te dire ?

— Ce n'est pas obligatoirement contre toi qu'Ichiro est en colère. Il doit effectivement être contrarié que tu n'exécutes pas correctement les postures, mais en temps normal, ça ne suffirait pas à le pousser à tout laisser tomber.

— Alors, il est en colère contre qui ? Toi, peut-être ? ! s'esclaffa Cassandra.

Shiro ne sourit même pas :

— Banco.

— Hein ?

— Je suis son frère adoptif.

— *Quoi ?*

Shiro soupira :

— Quand j'avais cinq ans, on m'a envoyé dans une famille d'accueil à Tokyo, les Yoshimatsu… C'étaient les parents d'Ichiro. De braves gens, surtout sa mère, mais la famille était déjà nombreuse : trois fils et une fille. Ils n'avaient pas beaucoup de temps à me consacrer, mais on mangeait toujours ensemble. C'est de là que je tiens mon nom : *shiro* veut dire « quatrième fils ». Quelqu'un s'est mis à m'appeler comme ça un soir, et c'est resté. C'était plus pratique à utiliser que mon prénom anglais… Dès le début, on ne s'est pas entendus, Ichiro et moi : c'était l'aîné et il n'avait aucune envie de m'avoir dans les pattes. Quand les choses ont tourné au vinaigre à l'école, je me suis inscrit en secret au *dojo* et j'ai commencé à pratiquer le *ninjutsu*. Et puis, j'ai provoqué au combat l'élève qui était constamment sur mon dos, Susumu. J'ai gagné… J'ai cru que j'allais pouvoir être tranquille, mais à l'époque, je n'avais pas encore compris comment les choses fonctionnent au Japon. Susumu est allé demander de l'aide à Ichiro. Il se trouve que son père travaillait sous les ordres de celui d'Ichiro, si bien que Susumu et Ichiro avaient développé des liens *sempaï-kohaï**. Une sorte de relation fraternelle, si tu préfères ! Ichiro était tenu de prêter main-forte à

Susumu. Je pense qu'il n'avait aucune envie de se battre contre moi, mais il ne pouvait pas reculer.

Cassandra écoutait, fascinée :

— Qu'est-ce qui s'est passé ?

— Ichiro était le champion de judo de l'année, et des dizaines de curieux se sont pointés au combat. C'était fini en quelques secondes. Ichiro était bon, mais j'avais passé des mois à m'entraîner avec des judokas. Je l'ai envoyé au tapis dès le troisième mouvement. La foule était tout sauf enthousiaste, tu peux me croire ! Ils étaient venus pour voir leur champion écraser le *gaïjin*, pas l'inverse. Ce jour-là, Ichiro a perdu la face devant son public… Quoi qu'il en soit, j'étais enfin tranquille ! Dès le lendemain, Ichiro s'inscrivait au *dojo*. Depuis, il s'entraîne sans relâche… et il ne m'adresse plus la parole, sauf quand il y est obligé.

— Dis donc ! lâcha Cassandra.

Elle réfléchit quelques instants, puis :

— Tu veux dire qu'Ichiro a trouvé un prétexte pour ne pas travailler avec moi, juste parce qu'on est amis, tous les deux ?

— Non, pas quand Nishiyama en personne lui a donné la consigne de devenir ton partenaire d'entraînement ! Il pense sans doute que c'est moi qui ai formé notre équipe pour le ridiculiser une nouvelle fois, et que vous obéissez à mes ordres. C'est pour ça que personne n'a voulu te dire où il était. Ichiro est un meneur. Il protège ses amis, et eux le protègent en retour. Si lui ne veut pas te voir, ils ne te dévoileront pas l'endroit où il se trouve. Tu pourras l'aborder assez facilement en cours, demain matin, mais je ne suis pas sûr qu'il t'écoute ! Peut-être que si je demandais à Hiroshi...

Mais Cassandra souriait d'un air malicieux :

— Ne t'en fais pas. Grâce à toi, je crois que j'ai trouvé une astuce !

Le lendemain, Cassandra attendit Ichiro après le cours de *tongyo*. Il passa à côté d'elle sans donner l'impression de la remarquer. Cassandra quitta l'arbre auquel elle s'était adossée et lui emboîta le pas :

— J'ai vérifié ce que tu disais à propos de mes postures. Tu avais raison. Je te promets que je vais m'appliquer.

— Tu as *vérifié* ? fit Ichiro en lui lançant un regard noir. Tu mets mes paroles en doute ?

Oups ! se dit Cassandra. *Réfléchissons, et vite...*

— Ce n'est pas ça. Je n'étais pas certaine de les avoir bien assimilées, la première fois. C'est plus évident de revoir les choses dans le détail avec un professeur, tu ne trouves pas ?

Ichiro émit un simple grognement.

— Bon, reprit Cassandra, quand est-ce que tu veux qu'on reprenne l'entraînement ?

— J'aurai des tas de trucs à faire dans les prochains...

— Aucun problème ! De toute façon, après notre première séance, je savais bien que j'en demandais trop.

Ichiro fronça les sourcils :

— Comment ça ?

— Tu vois, je fais vraiment de gros efforts, mais je suis loin d'être aussi bonne que vous. Et les ceintures noires disent toujours que donner des leçons est très difficile, surtout si l'élève n'apprend pas vite. Je veux dire, il faut être *drôlement* calé pour enseigner correctement le *ninjutsu.* Ce n'est pas donné à tout le monde. Alors je me suis dit que si tu n'avais pas le temps, je pourrais toujours demander à quelqu'un d'autre ! Dennis pense que Shiro serait sûrement d'accord.

Ichiro s'arrêta net :

— Shiro !

— Ouais. J'ai entendu dire que c'était probablement le meilleur de la classe... Ne t'en fais pas, j'irai moi-même arranger ça avec les professeurs.

— *Kancho* Nishiyama a donné des consignes très précises. Tu ne peux pas les discuter comme ça te chante ! protesta Ichiro avec raideur. Puisque tu es ma partenaire, il faut qu'on s'entraîne ensemble. Et puis, je suis parfaitement capable de te donner des cours, figure-toi ! Je ne suis peut-être pas instructeur diplômé, mais j'ai assisté des enseignants pendant des années, au *dojo* de Tokyo. Bon, on ferait mieux de profiter de la salle tant qu'on peut. La Chasse est pour bientôt !

Ichiro rebroussa chemin et coupa en direction du *dojo* du fond. Cassandra le suivit en cachant mal sa jubilation.

Petit à petit, Cassandra entrevit qu'Ichiro avait peut-être raison d'insister autant sur la forme. Chaque fois qu'il mettait une technique en pratique, ses mouvements étaient contrôlés et précis. Comme il exécutait toujours chaque posture à la perfection et ne relâchait jamais son attention, il était l'élève le plus difficile à déséquilibrer. Au début, Cassandra vit avec agacement la plupart de ses tentatives d'attaque échouer lamentablement, mais cela eut au moins le mérite de la forcer à travailler correctement ses mouvements.

Ichiro n'était pas devenu plus facile à vivre pour autant. Il était tout aussi exigeant que Ze'ev mais n'avait pas son sens de l'humour, ni ses talents de pédagogue. Cassandra tint finalement sa revanche après une semaine de ce régime, alors qu'ils s'entraînaient aux projections de hanches. Le défenseur devait esquiver un coup de poing, enserrer du bras la nuque ou les épaules de l'attaquant et l'envoyer au tapis en pivotant du bassin. Au moment où Ichiro exécutait ce mouvement simple sur elle, Cassandra agrippa un pan de sa veste. En tombant, elle l'entraîna dans sa chute : Ichiro trébucha et bascula, tête en avant.

Il eut le réflexe de se rouler en boule et se releva aussitôt :

— Cette technique ! C'est quelle école ?

— Oh ! La *Shinden Fudo Ryu**, improvisa Cassandra. C'est une réponse à une projection.

Ichiro grommela, perplexe. Cassandra réprima un sourire. Dans un contexte similaire, Ze'ev lui avait affirmé avec grand sérieux que certains mouvements étaient issus de la fameuse école dite « Aaargh ! » : ils avaient été inventés par des pratiquants désespérés, une seconde avant le désastre.

À compter de ce jour, Ichiro se montra moins autoritaire, et se mit même à la traiter avec un tout petit peu de respect. Pour autant que Cassandra puisse en juger, Dennis s'entendait mieux avec Hiroshi, lui aussi.

De leur côté, Christopher et Jennifer ne s'en sortaient pas trop mal non plus. Mais la cerise sur le gâteau, c'est que Kentaro semblait avoir définitivement déposé les armes. Cassandra supposait qu'Ichiro était derrière ce revirement, mais ne s'en plaignait pas. Avec l'approche des grandes vacances, chacun finit par baisser lentement sa garde, et la fin du trimestre adopta un cours détendu, presque paresseux.

9

Les ombres du passé

— Cinq sauts périlleux ! proposa Cassandra.

— Trop facile ! se plaignit Jennifer. Quatre sauts périlleux et deux roues.

— Trois sauts périlleux, deux roues et un saut de mains ! renchérit Cassandra.

— Aucun problème.

— Avec le saut de mains à la fin ? Impossible !

Jennifer sourit largement :

— Laisse faire l'artiste !

Le gymnase était bondé, le vendredi après-midi. Pourtant, Jennifer et Cassandra avaient la piste d'évolution rien que pour elles : treize mètres de tapis semés d'obstacles en mousse. Les deux adolescentes étaient tellement en avance que Yarnya les avait autorisées à employer à leur guise le dernier quart d'heure de cours. Jennifer avait inventé ce jeu au deuxième trimestre : à qui serait capable d'enchaîner le plus grand nombre d'acrobaties. Cassandra n'était encore jamais parvenue à battre son amie.

Elle s'écarta pour laisser la voie libre à Jennifer :

— Tu n'y arriveras jamais !

Jennifer ferma les yeux pour mieux se concentrer :

— Je ne t'entends paaas…

— Tu vas rater le dernier saut, lui prédit Cassandra.

Jennifer recula jusqu'au mur du fond, prit une profonde inspiration, souffla et s'élança. En atteignant la piste, elle posa les mains sur le tapis et fit une roue, puis une seconde qu'elle acheva en pivotant pour exécuter un salto arrière par-dessus le premier obstacle, puis le deuxième, puis le troisième. Basculant à nouveau en avant, elle franchit le dernier obstacle avec un saut de mains et atterrit pieds joints. Elle leva les bras en V pour un final parfait avant de se tourner vers Cassandra, rayonnante.

Celle-ci demeura un instant bouche bée avant de lancer :

— Sale veinarde !

Jennifer salua bien bas un public imaginaire :

— Merci, merci ! Rasseyez-vous, il ne fallait pas ! Non, je vous assure, ce n'était pas grand-chose…

Cassandra soupira, résignée, et alla se coller dos au mur. Elle respira à fond, et se mit à courir. Roue numéro un, roue numéro deux, saut périlleux par-dessus le premier obstacle, puis le deuxième, troisième saut périlleux et… elle perdit l'équilibre au moment de placer les mains au sol pour le saut final. Percutant lourdement la barrière de mousse, elle tomba à plat sur le tapis.

Jennifer était écroulée de rire.

— Oh, ça va ! lâcha Cassandra, vexée, avant de se relever en grimaçant.

— Et notre Jennifer nationale défend une fois encore son titre avec succès ! La foule est en délire !

Cassandra ne put s'empêcher de sourire. Il était impossible d'en vouloir longtemps à Jennifer.

— Je t'aurai, la prochaine fois.

— J'ai hâte de voir ça, minus ! répliqua Jennifer.

La cloche sonna. Tous les élèves sortirent du gymnase en bavardant avec animation : c'était le dernier cours obligatoire de la semaine.

Cassandra étouffa un bâillement :

— J'ai toujours pensé que tu pourrais participer à des compétitions ! Tu es tellement douée !

Jennifer haussa les épaules :

— Je me suis juste beaucoup entraînée.

— Quand même, il y a sûrement des gymnastes confirmés parmi tes ancêtres !

Cassandra regretta ces paroles au moment même où elles quittaient sa bouche. Jennifer ne parlait jamais de sa famille.

Il y eut un long silence gêné, puis le visage de Jennifer s'illumina :

— Hé, tu es au courant, pour la Grande Chasse ? Cette fois, toute l'école va participer !

— Tu veux rire ? C'est absurde ! Les élèves de sixième année vont forcément anéantir tout le monde !

— Peut-être pas, fit Jennifer en clignant de l'œil. J'ai entendu dire que les professeurs allaient se joindre à nous. Il paraît même que Nishiyama vient parfois juger ses ouailles sur le terrain !

Cassandra éclata de rire :

— J'aimerais bien voir ça… Oh non ! S'il l'apprend, Ichiro sera encore plus obsédé par notre entraînement !

— Comment ça se passe, à propos ?

— Très bien, en fait. Il est moins insupportable qu'avant. J'aimerais juste qu'il sourie de temps en temps !

Cassandra se tut un instant, puis s'écria :

— Dis donc ! Pourquoi on ne travaillerait pas tous ensemble ce week-end – toi, Makoto, Ichiro et moi ?

Jennifer secoua la tête :

— Désolée. Je m'en vais.

— Où ça ?

— J'ai une petite… réunion de famille.

— Oh ! fit Cassandra.

Jennifer s'absorba soudain dans la contemplation du ciel :

— Les choses sont… difficiles. Écoute, je te raconterai tout un jour, c'est promis. Mais… pas aujourd'hui, d'ac ?

Cassandra fit un geste désinvolte pour la mettre à l'aise :

— Pas de problème. Tu pars quand ?

— Dès que j'aurai fait mon sac. Tu me donnes un coup de main ?

— Impossible, je suis de guet avec Shiro. On se voit à ton retour ?

— Non, j'ai prévu de devenir invisible ! plaisanta Jennifer. Allez, à dimanche !

— Salut, Jen !

Cassandra agita une dernière fois la main et prit la direction de la colline se dressant au sud de Rokkaku.

Shiro et Dennis l'attendaient en haut du sentier, plongés dans une discussion sérieuse.

— Tu es sûr qu'Hiroshi ne va pas me tomber dessus dès que j'aurai le dos tourné ? demandait Dennis.

— Oui, répondit Shiro d'un ton rassurant. Même si tu ne lui as pas fait de cadeau dans le passé !

— Il le méritait, déclara Dennis d'un air buté.

— Tu as le crâne dur… J'aurais dû frapper plus fort avec le *hanbo*, ce jour-là !

Dennis éclata de rire. En arrivant à sa hauteur, Cassandra demanda avec curiosité :

— Quel jour ?

— Oh, c'est une vieille histoire. À plus !

Et Dennis redescendit en courant vers le *dojo*.

Cassandra haussa les épaules. Shiro jeta le brin d'herbe avec lequel il jouait, et ils se mirent en route.

Cassandra avait appris à apprécier leurs heures de surveillance. Avec l'été qui s'annonçait, les promeneurs se faisaient plus nombreux, mais la plupart rebroussaient chemin avant d'avoir parcouru jusqu'au bout la longue route sinueuse épousant les rives du lac. Les rares randonneurs parvenant à proximité de Rokkaku s'en tenaient généralement aux sentiers balisés, et passaient sans les voir devant les passages cachés menant à la vallée. Cassandra et son partenaire de guet avaient alors pour seule tâche de les signaler. La jeune fille avait entendu des garçons plus âgés se plaindre d'avoir à guetter dans le froid ou sous la pluie, mais par une chaude journée d'été comme celle-là, leur mission avait vraiment un parfum de vacances.

Le Point Sud se trouvait à une demi-heure de marche de Rokkaku, au centre de l'Anneau de Guet. Depuis le chemin en contrebas, c'est à peine si l'on apercevait le tronc d'arbre couché en haut de la colline, au milieu des digitales et des frondes de fougères. Il n'y avait pas le moindre matériel dans l'avant-poste, et les derniers guetteurs emportaient toujours le talkie-walkie. Si un touriste particulièrement curieux avait gravi la pente, il n'aurait rien vu de plus qu'un arbre mort envahi par la végétation.

Cassandra et Shiro relayèrent les élèves occupant l'avant-poste. Ils s'installèrent confortablement et déballèrent leurs goûters, en inspectant de temps à autre le sentier du regard. Tout en mangeant, ils discutèrent des favoris pour la Grande Chasse, des professeurs auxquels ils auraient affaire en deuxième année… Les rayons du soleil perçaient les herbes folles et une douce impression de chaleur et de sécurité envahit Cassandra. Avec Shiro à ses côtés, elle se sentait heureuse et en paix.

— Oh, on dirait bien qu'on a quelqu'un ! annonça Shiro après avoir jeté un œil en bas de la colline.

Il prit le talkie-walkie et chuchota :

— Allô Central, ici Shiro, au Point Sud. Deux personnes, je répète, deux personnes passent devant nous, en direction du nord. Une femme et un petit garçon. Ils ne marchent pas vite, je doute qu'ils atteignent la vallée avant le coucher du soleil !

— Note-le dans le journal de bord, répondit une

voix étouffée. Une des Grandes Patrouilles les a signalés il y a une heure.

En contrebas, une femme se baladait en compagnie d'un petit garçon de six ou sept ans. Elle lui parlait tout en pointant le doigt vers l'autre côté du lac.

Au fur et à mesure que la jeune femme tendait l'index, Cassandra murmura :

— Oui, mon chéri ! *Là*, c'est le lac… *Là*, le barrage… Et *là-derrière*, l'école de ninjas top secrète !

Shiro rit en sourdine, tandis que les deux promeneurs s'éloignaient.

— Ce sera amusant, quand on sera en sixième année et qu'on pourra procéder à des interceptions, songea Cassandra à voix haute. Je me demande comment ils s'y prennent ?

— Je pense que le coup des bûcherons doit être le plus courant, répondit Shiro. Ils installent une barrière, se montrent habillés en forestiers et disent qu'ils sont en train d'éclaircir la zone et que personne ne peut y pénétrer, pour raisons de sécurité.

Il se tut, songeur, puis déclara d'un air malicieux :

— Encore que… J'ai entendu dire une fois que deux élèves avaient convaincu des touristes que la Zone 51 se trouvait derrière la colline la plus proche, et que s'ils essayaient d'aller plus loin, ils seraient tirés à vue par des militaires.

— N'importe quoi ! s'esclaffa Cassandra. Les professeurs les auraient *massacrés* !

— Il aurait fallu pour ça qu'ils l'apprennent, fit remarquer Shiro en mettant le talkie-walkie de côté. Dis donc, ça fait un bail que tu ne t'es pas plainte de Kentaro…

— Il ne m'insulte même plus en japonais ! Soit il prépare un mauvais coup, soit Ichiro lui a dit deux mots…

Shiro secoua la tête avec gravité :

— Il n'en a pas eu besoin. Tu es la partenaire d'entraînement d'Ichiro, maintenant. Si Kentaro tentait quoi que ce soit contre toi, cela reviendrait à défier Ichiro, et Kentaro sait parfaitement qu'Ichiro ne le tolérerait pas. S'il touchait à un seul de tes cheveux, Ichiro lui donnerait la raclée de sa vie !

— À t'entendre, on jurerait que je suis sa petite amie ! plaisanta Cassandra.

— Sa partenaire. C'est tout comme, fit Shiro en détournant la tête.

Ils parlèrent à bâtons rompus jusqu'en début de soirée. Lorsque le soleil commença à se coucher, Shiro bâilla :

— Bon, c'est tout pour cette semaine !

Il jeta un dernier coup d'œil :

— Oh ! attends un peu… En voilà deux autres !

Cassandra se figea sur place.

Vargas et Michael se promenaient tranquillement au bord du lac.

Le temps sembla s'écouler au ralenti. Cassandra put les détailler comme s'ils marchaient à côté d'elle. Le pas mesuré et félin de Vargas ; les cheveux châtains de Michael, tout emmêlés à l'arrière, où il oubliait toujours de passer le peigne ; la façon dont son frère penchait la tête en écoutant leur père.

Puis les deux silhouettes disparurent derrière la colline, le sentier faisant un coude.

— Allô Central, ici Shiro, au Point Sud. Deux personnes, je répète, deux personnes viennent de passer devant nous, en direction du sud. Un homme et un adolescent…

Shiro lâcha le petit appareil de radio :

— Cassandra, mais qu'est-ce qui t'arrive ? Tu trembles !

Cassandra était incapable de parler. Des étincelles grises dansaient devant ses yeux.

— Cassandra ! *Cassandra !* cria Shiro en se penchant au-dessus d'elle.

C'est alors qu'elle réalisa qu'elle était étendue dans l'herbe.

— Cassandra ! Tu m'entends ?

N'obtenant pas de réponse, Shiro s'empara du talkie-walkie :

— Allô Central…

— Non ! paniqua Cassandra en lui attrapant le poignet. Pas la… peine. Je veux juste… ren…

— Rentrer ? Tu veux qu'on rentre ?

Cassandra hocha la tête, épuisée.

— Comme tu voudras, céda Shiro.

Il aida Cassandra à se mettre debout. Elle jeta un coup d'œil en contrebas, le cœur battant à tout rompre, mais le chemin était désormais désert.

Le retour à Rokkaku fut interminable. Le moindre bruit faisait sursauter Cassandra. Le moindre mouvement dans les feuillages la pétrifiait de peur. Shiro se montra très patient, la soutenant et l'encourageant à chaque pas.

— Tu es sûre que ça va aller ? lui demanda-t-il au moment de l'accompagner dans sa chambre.

Cassandra hocha simplement la tête. Shiro lui posa encore quelques questions et elle répondit vaguement, prétextant une crise de tétanie. Il finit par la quitter en lui conseillant de bien se reposer.

Durant dix longues minutes, Cassandra fixa le plafond, allongée sur son lit.

Vargas est ici… Il est ici ! se répétait-elle sans cesse. *Et il nous cherche !*

Pour quelle autre raison viendrait-il aussi près de Rokkaku ? La panique s'empara de Cassandra : tôt ou tard, il les retrouverait…

Calme-toi. Il faut que tu maîtrises ta peur.

Elle prit une profonde inspiration, puis une autre. L'angoisse qui la paralysait commença à se dissiper, et elle put à nouveau réfléchir normalement.

Il ne peut pas savoir où nous sommes. C'était une simple promenade – sinon, il aurait été accompagné de ses hommes de main. On est en sécurité à Rokkaku ! Les guetteurs le repéreraient vite s'il s'approchait.

Il n'empêche que Vargas devait loger dans les environs pour se balader autour du lac à la nuit tombante…

Cassandra se redressa comme si une mouche venait de la piquer.

La propriété de Rhosmaen !

Tawelfan n'est qu'à quelques kilomètres d'ici. Je pourrais aller chercher Michael ! Profiter de l'obscurité pour m'introduire dans la maison et le faire sortir par le toit, exactement comme l'année dernière. Demain, c'est samedi… On serait tous les deux à Rokkaku avant que quiconque se soit aperçu de mon absence.

Le plan de Cassandra était si évident qu'elle ne put s'empêcher de rire à voix haute.

Elle sentit un regain d'énergie la parcourir et bondit en bas du lit. L'heure était venue : il n'y avait pas de temps à perdre. Il lui restait juste à emprunter un peu de matériel…

Cassandra grimpa en haut de la vallée avec des ruses de Sioux. Elle ne pouvait pas se permettre de tomber sur ses amis, encore moins sur Dennis : il lui mettrait plus que des bâtons dans les roues s'il découvrait ce qu'elle s'apprêtait à faire ! Les regards que lui jetèrent machinalement les élèves qu'elle croisa la rendirent paranoïaque, et elle poussa un soupir de soulagement en se glissant dans le local du haut. Cassandra prit rapidement ce qu'il lui fallait et sortit aussitôt. Ce n'est que sur le seuil qu'elle saisit l'ampleur de ce qu'elle allait tenter.

Rokkaku s'étendait à ses pieds. Avec la tombée de la nuit, les globes lumineux s'allumaient un à un et l'air se chargeait d'une certaine langueur. Sur les sentiers parcourant la vallée, des élèves se promenaient ou bavardaient par petits groupes ; entre les arbres, le ruisseau suivait son cours paresseux.

Lorsque Cassandra avait suggéré à Dennis de rester, elle considérait les lieux comme un simple endroit où s'entraîner, une structure dont ils pourraient tirer ce qu'ils voulaient. Mais au cours des neuf mois qu'ils y avaient passés, Rokkaku était devenu pour elle un véritable foyer. L'espace d'un instant, Cassandra eut la curieuse sensation que sa place était *là*, dans cette vallée – et pas sur les routes, à la recherche de son frère.

Elle s'ébroua pour chasser cette pensée. C'est alors qu'un petit sentier serpentant entre les arbres attira son attention. Lentement, elle le gravit.

Le sanctuaire était vide et silencieux, dans son écrin de lierre. Des volutes d'encens s'élevaient du brûleur. Cassandra s'assit en *seiza*. Les minutes s'égrenèrent lentement.

— Je ne sais pas trop à qui je m'adresse, dit-elle finalement, à voix haute mais hésitante. Je ne prie jamais. Je ne sais même pas si je crois en Dieu.

Les yeux des Tengus la fixaient, impénétrables.

— Mais si quelqu'un m'entend… Je vous en prie, laissez-moi sauver Michael ! C'est tout ce que je veux. Qu'on se retrouve en sécurité tous les trois, qu'on n'ait plus à redouter Vargas. C'est pour ça que j'ai travaillé si dur à Rokkaku, tout ce temps. Je ne demanderai plus jamais rien. Je vous en prie…

Cassandra se releva et se dirigea vers la sortie. Arrivée à la porte, elle s'arrêta, incertaine, puis s'inclina en direction du sanctuaire. Après avoir contemplé une dernière fois la vallée, elle se mit en route vers le sud.

Cassandra sentit les yeux des sentinelles se poser sur elle, tandis qu'elle quittait Rokkaku. Elle avait beau savoir qu'elle n'était pour eux qu'un élève de plus partant s'entraîner dans les bois, elle ne se détendit qu'après avoir franchi l'Anneau de Guet. Évitant les avant-postes, elle descendit en direction du lac et entreprit d'en faire le tour.

Lorsque Cassandra atteignit le barrage, la nuit était tombée. L'adolescente longea rapidement la crête, qui devait faire près de quatre cents mètres. À gauche, elle distinguait la sombre surface du Llyn Garedig. À droite, le massif ouvrage de béton s'enfonçait dans l'obscurité avec une pente de quarante-cinq degrés. À son pied, des dizaines de mètres plus bas, la station de pompage projetait en l'air des jets d'eau géants. Plus loin, en dévalant la vallée, cette même eau alimentait les rapides dans lesquels Cassandra et son frère avaient bien failli se noyer.

Le parking attenant était vide : Vargas et Michael étaient bel et bien repartis, comme Cassandra l'espérait.

En entamant sa lente descente dans la vallée de la Tawi, Cassandra sentit sa nervosité monter d'un cran. Mais les lieux étaient parfaitement déserts. Lorsqu'elle parvint à Rhosmaen, il était près de minuit.

Une fois dans le village, Cassandra se fit plus prudente, se glissant d'ombre en ombre. Elle reconnut la propriété du « Vieux Presbytère », passa devant deux autres habitations... Et brusquement, Tawelfan surgit devant elle, de l'autre côté de la route.

Elle se cacha derrière une haie et resta dix minutes aux aguets. La Land Rover noire trônait bien au milieu de l'allée, mais aucune fenêtre de la maison n'était éclairée. Cassandra traversa la route au pas de course, pliée en deux. Elle s'accroupit derrière l'arbre dressé à l'entrée de la propriété et fouilla du regard les ombres, à la recherche de la silhouette d'un garde.

Cinq minutes passèrent, puis dix. Rien. Lentement, Cassandra s'approcha de la maison et se mit à en faire le tour. À l'arrière, elle scruta le terrain planté de gazon. Toujours rien ! Elle fronça les sourcils.

Pourquoi n'y avait-il ni garde ni dispositif de sécurité ?

Cassandra finit son tour d'inspection. Revenue à l'avant de la maison, elle fixa un *shuko** à chaque paume. Longues comme le doigt, ces trois griffes d'acier montées sur un bracelet de métal rembourré étaient surtout destinées à grimper aux arbres, mais elles fonctionnaient presque aussi bien sur la pierre ou la brique. C'étaient aussi des armes meurtrières… mais Cassandra espérait ne pas devoir en faire un usage aussi radical.

Elle planta une griffe dans une fissure du mur, s'assura une prise de l'autre main et se hissa rapidement sur le toit. Elle fit une pause, guettant le moindre signe indiquant que quelqu'un s'était réveillé. Aucun bruit ne troublant la quiétude de la nuit, Cassandra rampa sur la pente goudronnée, jusqu'à la grande fenêtre. Elle ôta ses *shuko*. Grâce au matériel qu'elle avait emporté, elle n'eut aucun mal à venir à bout du loqueteau. Faisant coulisser la baie vitrée, elle prit une profonde inspiration et entra.

Avant même de s'habituer à l'obscurité, Cassandra reconnut la respiration tranquille qui s'élevait du lit contre le mur du fond. Son cœur fit un bond dans sa poitrine. Silencieusement, elle s'approcha et plaça une main sur celle qui reposait au-dessus des couvertures.

Il y eut un halètement et deux yeux effarés s'ouvrirent :

— Hein ? Qu'est-ce qui…

Cassandra couvrit aussitôt la bouche de Michael :

— *Pschutt !*

Son frère hocha lentement la tête. Cassandra ôta sa main et il se redressa :

— Cassandra ?

— C'est bien moi ! confirma-t-elle en le serrant dans ses bras.

Elle était émue aux larmes. Michael s'écarta, l'air perdu :

— *Comment* as-tu atterri ici ?

— Peu importe ! rit nerveusement Cassandra. Peu importe, maintenant que je t'ai retrouvé. Viens, il faut qu'on s'en aille !

— Où ça ?

— C'est une longue histoire... Mais je te raconterai tout en chemin. Allez, viens ! insista Cassandra à voix basse.

— Cassandra, attends ! Pourquoi es-tu venue ?

— Pour te sauver, imbécile ! Promis, cette fois-ci, on va y arriver. Je connais un endroit où Vargas ne nous retrouvera jamais. On sera en sécurité.

— Mais... il y a une réunion, demain ! objecta Michael.

— Une *quoi* ?

— Une réunion ! Avec un de ses contacts, un fournisseur. Il veut toujours que je l'assiste, dans ces cas-là.

Cassandra le fixa, incrédule :

— Depuis *quand* obéis-tu à ses ordres ? On a toujours voulu s'échapper, Michael ! Tu te rappelles ? On a fait le serment qu'on ne deviendrait jamais de gentils petits dealers ! Il *faut* qu'on s'en aille d'ici !

Michael secouait la tête :

— Non. *Toi*, tu t'en vas. Moi, je reste ici. Je ne peux pas partir. De toute façon, je te ralentirais.

— Pas question ! *Tu viens avec moi !* s'emporta Cassandra.

— Aïe ! Lâche-moi, tu me fais mal !

— *Allez !* Il faut qu'on…

Soudain, des pas précipités dans le couloir ! Cassandra leva la tête et vit Pete en tee-shirt et caleçon dans l'embrasure de la porte, bouche bée. L'espace d'une seconde, la surprise les cloua l'un et l'autre sur place.

Pete fut le premier à réagir. Il fit un mouvement brusque en avant, saisit le bras de Cassandra et la tira vers lui d'un coup sec. Cassandra trébucha et lui envoya par réflexe son poing entre les jambes. Poussant un beuglement de douleur, Pete la projeta contre le mur.

Secouée, Cassandra secoua la tête pour chasser son étourdissement. C'est à ce moment que Tav apparut dans la chambre. Pete lui adressa un mouvement du menton, la main crispée sur son entrejambe :

— Chope-la !

Tav s'avança lentement, tandis que Cassandra enfilait fébrilement ses *shuko*. Sa main fendit l'air et les griffes étincelèrent dans la pénombre, faisant reculer l'homme d'un bond.

— Eh, elle est armée !

Cassandra se releva et pointa du doigt la fenêtre :

— Michael ! Sors ! Je vais…

L'adolescente se figea : une troisième silhouette venait de s'encadrer dans la porte.

Cassandra fonça tête baissée vers la baie vitrée. La voix trop familière résonna dans la pièce, froide et inquiétante :

— Attrapez-la, *maintenant* !

Des mains robustes agrippèrent les jambes de Cassandra, la plaquant au sol. Paniquée, elle chercha à se libérer en se contorsionnant et en donnant des coups de *shuko* au hasard.

— Mettez-la K.-O. ! lança encore Vargas.

Pete empoigna le cou de Cassandra, qui se mit à le frapper frénétiquement. Elle sentit les griffes d'acier s'enfoncer dans la chair et la déchirer. Un filet de sang coula sur la veste de son *gi*. La douleur contracta les traits épais de Pete, mais l'étau de ses mains ne fit que se resserrer. Un voile sombre envahit les yeux de Cassandra. Juste avant que les ténèbres ne l'emportent, les derniers mots qu'elle entendit furent ceux de son père :

— Ne me l'abîmez pas ! Je la veux *indemne* !

10

Cassandra isolée !

Une à une, les fenêtres de Tawelfan s'éclairèrent, projetant une lumière crue sur l'allée goudronnée. Pete et Vargas se précipitèrent dehors, arme au poing, et se séparèrent pour fouiller les environs. Lorsqu'ils se rejoignirent devant la maison, Tav en sortait.

— Toutes les autres fenêtres sont verrouillées, annonça-t-il. Pas un chat ! On dirait bien qu'elle est venue seule.

— Vérifie encore ! ordonna Vargas d'une voix tendue, mais calme. Si sa sœur est ici, Dennis ne se cache sûrement pas très loin. Pete ! Va chercher Michael, qu'il te donne un coup de main pour préparer la voiture.

Un quart d'heure plus tard, Pete et Tav chargeaient sans précaution une malle en bois d'un mètre cinquante dans le coffre de la Land Rover. Michael tournait autour d'eux, visiblement anxieux. Prêt à partir, Vargas s'installa sur le siège conducteur avec un long soupir de satisfaction.

— Aucune trace de l'autre, patron ! déclara Tav.

— Peu importe, sourit Vargas. Il suivra !

Le quatre-quatre quitta l'allée et s'engagea sur la route.

Cassandra se réveilla, la tête lourde. Elle était recroquevillée dans le noir et le sol… vibrait ? ! Elle entendait aussi un grondement assourdi mais régulier.

Elle voulut s'étirer et rencontra un obstacle. En tâtonnant, elle constata qu'elle était enfermée dans un espace très restreint. Brusquement, elle réalisa ce que cela signifiait, et le sang se glaça dans ses veines : on la ramenait à Londres !

Paniquée, Cassandra donna des coups de poing et de pied dans tous les sens, s'écorchant les mains sur le bois rugueux. Sa prison ne céda pas. Elle hurla, mais le propre son de sa voix lui sembla étouffé.

Le voyage forcé se poursuivit, interminable. Au bout d'une éternité, la voiture se mit à ralentir, s'arrêtant de plus en plus souvent. Finalement, elle s'immobilisa définitivement et le bruit de moteur s'éteignit.

Cassandra était prête à se battre lorsqu'on ouvrit enfin la malle, mais des mains la maîtrisèrent et une aiguille s'enfonça dans son bras. Elle sombra dans un sommeil artificiel, peuplé de cauchemars.

Cassandra ouvrit les yeux.

Et les referma aussitôt. Tout était trop clair, trop

dur ! Lorsqu'elle voulut bouger, une douleur lancinante lui traversa la nuque.

Elle s'assit lentement et se massa précautionneusement, la douleur descendant le long de sa colonne vertébrale. Pendant une longue minute, elle resta assise sans bouger, puis elle leva la tête et regarda autour d'elle.

Elle eut l'impression d'être transportée en arrière – à Hampstead, dans son ancienne chambre. Tout était à sa place : l'abat-jour blanc au plafond, la housse de couette *Star Wars* sur le lit, les étagères chargées de livres, la fenêtre donnant sur le jardin de derrière. Cassandra avait l'esprit si embrouillé qu'elle ne parvenait pas à distinguer le rêve du réel.

Puis, sa confusion commençant à se dissiper, elle nota des différences : la porte n'était plus en bois mais en métal, et la fenêtre était garnie de barreaux. En posant un pied chancelant par terre, elle remarqua un plateau-repas posé sur le sol.

Cassandra baissa les yeux et se rendit compte qu'on l'avait changée. Disparus, son *gi* et ses *tabi* ! À la place, elle portait un survêtement bleu pâle. La première fois qu'elle avait enfilé la veste et le pantalon en épaisse toile noire, elle les avait trouvés lourds et inconfortables. À présent, elle se sentait nue sans eux.

Elle essaya d'ouvrir la porte. Fermée à clé… Évidemment ! Quant aux barreaux de la fenêtre, ils étaient fixés dans l'embrasure avec du ciment, et tirer dessus ne les fit pas bouger d'un pouce.

Minutieusement, ignorant le terrible élancement dans sa nuque, Cassandra inspecta sa chambre jusqu'au moindre centimètre carré, déplaçant les meubles et fouillant les placards, à la recherche d'un instrument avec lequel scier ou rompre les barreaux. Puis elle examina avec soin le parquet, espérant trouver des lames disjointes qui lui permettraient peut-être de s'échapper. Finalement, ayant épuisé toutes les possibilités de la pièce, elle s'assit par terre et se mit à manger.

Le soleil se couchait lorsque des pas lourds résonnèrent devant sa porte. Allongée sur son lit, Cassandra se redressa, tous sens en éveil. Elle entendit le bruit d'un verrou qu'on tirait, et Pete entra.

Cassandra essaya de ne pas laisser percer sa peur. À la différence de Tav qui savait se montrer charmant, voire mielleux, Pete n'était qu'une brute épaisse. L'homme trapu, à la peau grêlée et balafrée, avait un regard froid et méchant, comme s'il reprochait au monde entier tout ce qui avait mal tourné dans sa vie. Deux fois dans le passé, alors que les trois adolescents avaient mis Vargas dans une colère noire, ce dernier les avait confiés aux bons soins de Pete... Ce simple souvenir suffisait à faire frissonner Cassandra.

Pete ôta le plateau-repas vide et le remplaça par un autre. Puis il se dirigea vers elle.

Cassandra recula et se retrouva dos au mur. Pete se pencha, si près qu'elle put sentir son haleine chargée.

— Tu vois ça ? grogna-t-il en lui agitant sous le nez son bras droit, entouré d'un épais bandage. Tu vas me le payer, sale morveuse ! Tu ne sortiras pas d'ici avant un bail, et crois-moi, on va prendre du bon temps, tous les deux !

Son visage mal rasé s'approcha encore et ses yeux marron prirent une lueur mauvaise :

— J'attends ce moment depuis un sacré…

C'est alors qu'une voix tranchante s'éleva :

— *Pete.*

Le malfrat fit un bond en arrière. Vargas se tenait dans l'embrasure de la porte.

— Patron, je voulais juste…

— *Sors.*

Pete battit rapidement en retraite.

Vargas observa Cassandra durant plusieurs minutes. Elle se força à rester impassible. Vargas finit par refermer la porte et s'avança dans la pièce, sans se presser. Il prit une chaise et s'assit à califourchon face à elle, puis il croisa les bras et posa le menton sur ses mains :

— Bien !

Cassandra ne dit pas un mot.

— Bien, bien… Le retour de la fille prodigue ! ironisa Vargas en tapotant le dossier de sa chaise. As-tu la moindre idée du mal que je me suis donné pour te retrouver ? J'aurais pu m'acheter un yacht avec l'argent que j'ai dépensé à te chercher. J'ai fait ratisser tout ce foutu Royaume-Uni ; surveiller aéroports, gares et hôtels ! Et toi, tu rentres tranquillement dans la chambre dont tu t'étais échappée, il y aura bientôt un an ! Comme un pigeon voyageur…

Le visage de Vargas se fendit brusquement d'un sourire amical :

— J'aurais peut-être dû me contenter d'attendre ici, qu'est-ce que tu en penses ?

Cassandra resta silencieuse. Elle avait toujours redouté la bonne humeur de son père, bien plus que ses accès de colère : elle le savait capable de devenir féroce et brutal en l'espace d'une seconde.

Vargas glissa la main dans sa poche et Cassandra se raidit.

— Oh, pas la peine de t'affoler ! s'amusa Vargas en sortant un de ses *shuko*. Je voulais juste regarder ces petites choses de plus près. Le design est intéressant. La plupart des griffes ne sont que de la camelote, vendue sur les marchés à des abrutis qui se prennent pour Bruce Lee. Mais celles-ci sont bien équilibrées, et l'acier est parfaitement affûté. Pas mal… Mais ça ne remplacera jamais un bon couteau ! La portée n'est pas suffisante. Et il est évident que tu n'as jamais eu à cacher une arme ! Il faut qu'elle soit plate, si tu veux duper les flics. Et puis, il manque un cran de sûreté : ces engins t'entailleraient la peau si tu devais courir avec ça en poche. Où les as-tu dégotés ?

Cassandra se taisait toujours.

— Bon, voyons les enseignements que l'on peut tirer de ton retour au bercail, alors ! proposa Vargas.

Il se mit à énumérer différents points sur ses doigts :

— D'abord, tu te pointes ici avec, dans ta hotte, ces armes blanches plutôt inhabituelles et tout le nécessaire du parfait petit cambrioleur. Ensuite, tu portes une drôle de tenue évoquant un art martial… japonais, je dirais. Enfin, quand on te met la main dessus, tu te débats comme un rat pris au piège, d'une manière que je ne t'ai certainement pas apprise.

Vargas eut un petit rire :

— Encore que, j'aurais pu, si tu me l'avais demandé ! Quelle est la conclusion qui en découle, à ton avis ?

Cassandra ne pouvait pas rester silencieuse plus longtemps :

— Qu'est-ce que tu vas faire de moi ?

— Que crois-tu ? Il est grand temps que tu t'impliques dans les affaires familiales, Cassandra !

— Mais Pete…

— Pete fait ce que je lui dis de faire. Et tu vas suivre son exemple.

Cassandra défia son père du regard :

— Non.

Elle était prête à affronter sa colère… mais pas à le voir sourire, comme si elle venait de lancer une bonne blague.

— Non ? Pourquoi pas ?

— Parce que tu es un *trafiquant* ! explosa Cassandra.

— Et alors ?

— Les trucs que tu vends bousillent des vies ! Peu importe que ce soient des armes ou de la drogue ! Tu as toi-même tué des gens, je le sais, même si tu fais tout pour nous le cacher ! Tu es un *meurtrier* !

Vargas secoua la tête d'un air chagriné :

— Non, Cassandra. Les poivrots qui s'entre-tuent dans les bars sont des meurtriers. Moi, je suis un professionnel.

— Quelle est la…

— Je vais te dire quelle est la différence, soupira Vargas. Nous aurions dû avoir cette discussion il y a bien longtemps. Je t'ai toujours considérée comme la plus prometteuse de vous trois, tu sais ça, Cassandra ? Dennis était un dur, mais bien trop indiscipliné. Michael était docile, mais un peu trop faible. Tu étais parfaite ! Assez solide pour que ça vaille la peine de te former, et assez sensée pour ne pas te tuer en te lançant tête baissée dans la bagarre. C'est uniquement pour cette raison que j'ai toléré toutes ces ridicules tentatives d'évasion. Tu crois sérieusement que j'étais incapable de les empêcher ? Je t'ai laissée me combattre parce que je savais que ça te rendrait plus forte.

Vargas laissa le temps à Cassandra de digérer ces informations, avant de reprendre :

— Un meurtrier tue pour raisons personnelles... Un professionnel tue pour affaires ! Mon boulot, c'est de livrer des marchandises, qu'il s'agisse de drogue, d'armes ou d'argent, et la violence fait partie de ce boulot. Et crois-moi, Cassandra, je suis très, très bon dans mon domaine !

L'adolescente n'en croyait pas ses oreilles :

— Tu trouves normal de tuer des gens, sous prétexte que les affaires veulent ça ?

— Oh, par pitié ! Cassandra, arrête de parler de moi comme si j'en éliminais une dizaine tous les jours avant le petit déjeuner ! Mon boulot, c'est de fournir ce dont d'autres ont besoin, pas de m'amuser à faire des cartons sur tout ce qui bouge. Tant qu'on n'intervient pas dans mes affaires, pas de bobo ! Il a fallu un moment pour que le message fasse son chemin à Londres et dans les environs, mais maintenant, je n'ai plus besoin de tuer. Je fais mon boulot, les gens respectent mes règles, et tout marche comme sur des roulettes. J'agis de la même façon que l'État, sauf que mon organisation est bien plus efficace.

— Tu ne peux quand même pas te comparer à l'État !

— Oh que si ! N'importe quel gouvernement fait voter des lois et les fait appliquer, avec le concours de la police et de l'armée, au besoin. Quand un citoyen ne paie pas ses impôts, il reçoit des avertissements. S'il les néglige, il est… pénalisé. Mes méthodes sont identiques. Moi aussi, je préfère qu'on obéisse à mes règles, mais il arrive que je doive punir pour l'exemple. L'État envoie des fonctionnaires en uniforme avec des tas de papiers officiels. Mes hommes à moi sont beaucoup plus discrets, je te l'accorde ! Mais si on ne m'obéit pas, le résultat final est le même.

— Mais l'État ne vend pas de *drogue* ! objecta Cassandra.

— Oh, vraiment ? Et l'alcool, comment tu appelles ça ? Fais le compte des overdoses sur une année : tu seras encore loin du nombre des victimes de l'alcool. L'État en supervise la production, y va de ses taxes et s'en met plein les poches. Et c'est pareil pour les cigarettes ! Un de ces jours, ce gouvernement ou le suivant légalisera le cannabis, le crack et la plupart des autres substances que je vends… Ils prendront la relève !

— C'est différent !

— La seule différence est dans ta tête. Réveille-toi, Cassandra ! Le monde entier est régi par des rapports proie-prédateur. La seule qualité qui compte, c'est la capacité à faire du mal, voire à tuer. Sans ce pouvoir, tu es à la merci de n'importe qui…

Cassandra secouait la tête d'un air farouche.

Vargas haussa les sourcils :

— Pourquoi en faire tout un plat ? Tu sembles oublier la nature de ce qu'on t'a enseigné !

Il lança le *shuko* en l'air, le rattrapa négligemment et reprit :

— Tu as manifestement appris à entrer où tu voulais sans te faire remarquer, à te battre, à manier des armes, peut-être même à tuer s'il le fallait… Dis-moi, Cassandra, il ne t'est pas venu à l'esprit que c'était l'entraînement idéal pour faire de toi quelqu'un comme moi ? Quel meilleure formation rêver pour un futur trafiquant ?

Les mots de Vargas avaient piqué Cassandra au vif, mais elle était incapable de trouver une réplique. Frustrée, elle se mordit les lèvres.

— Tu en fais, une tête ! Oh ! j'y suis ! Tu comptais sûrement te servir de tes nombreux talents pour aider les petites vieilles à traverser la rue ?

Vargas se leva, satisfait :

— Très bien, je vais te laisser réfléchir tranquillement à tout ça !

Arrivé à la porte, il se retourna :

— Que ça te plaise ou non, tu es ma fille, Cassandra ! Il peut m'arriver de te blesser, mais j'agis pour ton bien. Le moment venu, tu comprendras pourquoi il fallait que les choses soient ainsi.

Et il partit.

Cassandra s'allongea, en proie à des sentiments confus. Les paroles de Vargas venaient de faire vaciller le schéma auquel elle s'était toujours raccrochée : ses frères et elle d'un côté, leur terrible père de l'autre. Pour la première fois, elle voyait leurs similitudes au lieu de leurs différences, et cela la terrifiait.

Vargas pouvait-il avoir raison ? Avait-elle fui son père, tout ce temps, pour finir par devenir comme lui ?

Cassandra se tourna et se retourna sur son lit. Le soleil avait disparu à l'horizon. C'est alors que les mots de monsieur Oakley, que Dennis lui avait répétés un soir d'automne, remontèrent des profondeurs de sa mémoire :

« Le véritable ninja n'est pas qu'un guerrier. C'est avant tout un philosophe, un modèle de bienveillance... L'homme qui ne sait que se battre n'est même pas un guerrier : juste une brute... Ce que nous vous proposons ici, c'est une vraie éducation, pas un programme destiné à faire de vous un tueur professionnel ! »

Cassandra commençait à entrevoir ce que monsieur Oakley avait voulu dire : si elle savait uniquement se battre, elle n'était *en rien* différente de Vargas.

Des fragments du cours d'histoire du *ninjutsu* et de l'essai punaisé dans sa chambre flottaient dans sa tête : justice impartiale... cœur pur et esprit lucide...

Mais que signifiaient toutes ces notions théoriques dans son cas à elle ?

Cassandra resta éveillée, tandis que les dernières traînées de couleur s'effaçaient dans le ciel et que la lune se levait. Le plateau-repas posé par terre était toujours intact.

Comme tout prisonnier, Cassandra était persuadée que le temps s'écoulait plus lentement. Après ces mois riches en aventures, à l'air libre, elle avait l'impression d'étouffer entre quatre murs. Elle n'avait rien à faire entre les repas, à part s'entraîner pour garder la forme, lire ou... se tourner les pouces. Et pour couronner le tout, chaque fois qu'elle devait aller aux toilettes, elle était escortée de Pete et de Tav !

Le troisième jour de sa captivité, en début d'après-midi, la porte s'ouvrit. Cassandra s'attendait à voir Pete ou Vargas.

Mais c'est la silhouette de Michael qui apparut dans l'embrasure. Cassandra se leva d'un bond :

— Espèce de *traître* ! Pourquoi ne m'as-tu pas écoutée ? On serait en sécurité loin d'ici, si seulement tu m'avais obéi !

— Cassandra…

— Qu'est-ce qui ne tourne pas rond, chez toi ? L'année dernière, tu m'aidais à préparer notre évasion, et maintenant c'est : « Oui, père… Non, père… Encore vingt sachets de poudre, père… » Quand je pense que je suis revenue pour toi ! J'aurais dû te laisser moisir dans ce trou !

— Je…

— Alors comme ça, tu lui donnes même un coup de main pour ses réunions, maintenant ? Tu l'aides carrément à négocier avec ses fournisseurs, ou tu te contentes de vendre sa saloperie dans la…

— *Tu vas te taire !*

Cassandra se tut, bouleversée. Michael et elle se fixèrent en silence, un long moment.

Puis Michael poussa un profond soupir. Il semblait découragé, et redevint brusquement le frère que Cassandra connaissait bien.

— Je croyais que tu ne reviendrais plus. Je pensais que tu étais partie pour de bon !

— Je t'avais promis qu'on se retrouverait ! Tu as

déjà oublié la croix qu'on a gravée dans la roche ? lui reprocha doucement Cassandra.

— Tu n'aurais pas dû revenir, fit Michael en s'asseyant sur le lit.

Cassandra prit une chaise et lui toucha le bras :

— Tu vas me dire ce qui t'est arrivé ?

— Papa était furieux après ton départ, commença à raconter Michael en évitant son regard. Il a failli devenir fou en essayant de te retrouver. Il a abandonné il y a quelques mois, seulement. Moi, j'ai dû retourner à l'école… Tu te rappelles le collège d'Emery Road ?

Cassandra hocha lentement la tête.

— Les élèves étaient encore pires qu'avant ! poursuivit-il. Alors, Tav m'a montré comment me battre. Tu te souviens de Luke, le caïd de la classe ? Un jour, au printemps, il m'attendait une fois de plus après les cours, avec deux ou trois amis…

Michael regarda enfin Cassandra, mais son visage s'était durci et elle eut du mal à le reconnaître.

— … Je l'ai amoché avec un tuyau. Depuis, toute sa bande m'obéit.

Cassandra, bouche bée, écarquilla les yeux d'horreur.

Son frère jumeau avait toujours été le plus docile. L'année précédente, lorsque ce Luke s'était mis à le harceler, c'est elle qui avait pris sa défense.

— Détends-toi ! Je ne l'ai pas tué ! Juste expédié à l'hôpital. Papa a commencé à m'initier aux affaires après ça.

— Mais…, fit Cassandra en secouant la tête d'un air incrédule. Michael, pourquoi en être arrivé là ? Comment peux-tu *collaborer* avec Vargas ?

— Qu'est-ce que tu voulais que je fasse d'autre ? répliqua son frère d'une voix amère. Tu crois qu'il y avait beaucoup d'autres personnes vers qui me tourner ? Tu penses peut-être que les professeurs se souciaient de moi ! Ils se rappelaient très bien leurs accrochages avec Dennis, et ils m'ont mis dans le même panier dès le début... J'ai fait ce que Vargas me disait, parce qu'il n'y avait pas d'autre choix.

— Mais comment as-tu pu trahir notre promesse ?

Michael se leva d'un bond en serrant les poings :

— Tu m'as laissé tomber ! Tu as dit que tu serais toujours là pour moi, mais tu mentais !

— Je suis désolée..., chuchota Cassandra.

Il lui tourna le dos :

— Il faut que j'aille aider Tav.

Cassandra lui prit la main, mais il la repoussa. Il alla jusqu'à la porte et frappa trois coups.

— Michael ! s'écria Cassandra, désespérée. Je suis là, regarde ! Je suis revenue pour t'emmener en lieu sûr !

Michael se retourna, les yeux durs :

— Je *suis* en lieu sûr.

La porte s'ouvrit, et se referma derrière lui avec un bruit métallique.

Son enlèvement, sa captivité, les paroles de Vargas... Tout cela avait brutalement atteint Cassandra, bien sûr, mais de façon impersonnelle. Ce qui venait de se passer était cent fois pire ! Tandis que les pas de Michael s'éloignaient dans le couloir, elle sentit quelque chose se briser en elle.

*
**

— Hé ! Cassandra ! Je suis rentrée !

Jennifer claqua la porte et balança son sac de sport sur son lit :

— Où te caches-tu ? Je compte sur toi pour me raconter tout ce que j'ai raté…

Elle entra dans la chambre de Cassandra. Personne.

Jennifer alla faire un brin de toilette dans la petite salle d'eau, puis étudia ses cheveux d'un œil critique, avant de les brosser énergiquement. Contente du reflet renvoyé par le miroir, elle défit ses bagages à la va-vite : elle fourra ses livres de classe dans un tiroir et vida le reste de son sac dans son placard. Elle se changea. Puis elle but un verre d'eau.

Toujours pas de Cassandra.

Jennifer soupira et s'affala sur son lit. Très bien ! Elle allait rattraper le retard pris dans ses devoirs. Il lui restait toujours un chapitre et demi sur la Révolution industrielle à lire.

Cette bonne résolution dura cinq minutes tout au plus, puis elle jeta son livre d'histoire dans un coin et s'allongea sur le ventre, menton dans les mains, battant impatiemment des jambes.

Où *diable* était Cassandra ?

Pour Jennifer, n'avoir personne à qui parler était aussi insupportable que souffrir de démangeaisons… sans le moindre espoir de pouvoir se gratter. Alors, elle bondit en bas de son lit et courut à la porte. Où que Cassandra se cache, elle la retrouverait !

Une heure plus tard, une Jennifer épuisée rentrait dans sa chambre en traînant les pieds. Cassandra n'était ni chez Dennis et Shiro, ni chez Christopher (eux non plus, d'ailleurs !). Pas davantage au *dojo*, au réfectoire, au bord du lac ou sur le site d'escalade. Jennifer était allée jusqu'à vérifier les salles de classe et les cuisines, et avait même dérangé monsieur Oakley !

Déçue et intriguée, elle se pelotonna sur son lit pour donner une seconde chance à ses devoirs d'histoire. Elle avait à peine retrouvé le bon paragraphe qu'on frappait à la porte.

Elle alla ouvrir.

Ichiro s'inclina sèchement :

— Bonjour.

— Quoi de neuf ? fit Jennifer en s'adossant à l'embrasure.

Ichiro avait l'air irrité, encore que… elle ne se souvenait pas de l'avoir vu détendu, un jour !

— Est-ce que Cassandra est là, s'il te plaît ? reprit-il.

— Ça dépend.

— Ça dépend de quoi ?

— Tu viens vraiment pour Cassandra ? demanda Jennifer.

— Pourquoi serais-je ici, sinon ?

Jennifer prit un air mutin :

— Peut-être que le son mélodieux de ma voix te manquait…

— Je n'ai pas le temps de jouer avec toi ! répliqua Ichiro en lui lançant un regard noir. C'est le troisième entraînement qu'elle manque, et la Grande Chasse a lieu dans moins d'une semaine !

Brusquement, Jennifer n'eut plus du tout envie de

plaisanter : Cassandra ne ratait *jamais* un entraînement, et encore moins trois d'affilée !

— Attends un peu… Tu veux dire que tu ne l'as pas vue de tout le week-end ?

— Pas depuis vendredi.

Jennifer planta là Ichiro et traversa la vallée au pas de course, espérant que Christopher aurait réintégré sa chambre.

— Bon, alors j'envahis l'Ukraine avec quatre armées, si bien que je contrôle l'ensemble de l'Europe. Dennis, j'attaque aussi le nord-ouest de l'Afrique depuis le sud de l'Europe… Parfait ! Et maintenant, je peux faire venir cinq armées de plus dans le nord-ouest de l'Afrique, et me redéployer pour protéger l'Alaska.

Satisfait, Christopher se cala dans sa chaise :

— À vous !

Dennis lança un coup d'œil désespéré à Shiro :

— Tu peux me rappeler pourquoi on s'obstine à jouer à des jeux de stratégie avec lui ?

Shiro haussa les épaules, défaitiste :

— Il ne nous reste plus qu'à nous liguer contre lui, la prochaine fois !

La porte s'ouvrit brutalement et Jennifer entra, à bout de souffle :

— Ah, Dennis ! Tu as vu Cassandra, récemment ?

Dennis fronça les sourcils :

— Je pensais que vous étiez parties faire une sorte de randonnée ensemble ?

Jennifer secoua la tête :

— J'étais… dans ma famille.

— Je ne l'ai pas croisée non plus, précisa Christopher.
— Ichiro vient de m'apprendre qu'elle n'est pas venue à l'entraînement depuis vendredi ! lança Jennifer.
— Tu as bien dit *vendredi* ? intervint Shiro.
— C'est ça. Pourquoi ?
— Il est arrivé quelque chose pendant nos heures de surveillance, ce soir-là. Tout à la fin. Cassandra allait parfaitement bien, et l'instant d'après, elle était affreusement pâle et tremblait comme une feuille. Plus tard, elle m'a dit qu'il lui arrivait de faire des crises de tétanie. Je suis désolé, ça m'était complètement sorti de l'esprit !
— Cassandra n'a jamais fait de tétanie… Qu'est-ce qui s'est passé, exactement ? insista Dennis.
— Je n'y ai rien compris ! répondit Shiro. On n'a eu aucune alerte, rien ! Juste quatre promeneurs qui sont passés devant nous. C'est après les deux derniers qu'elle était toute retournée : un adulte et un adolescent de notre âge. Mais ils n'avaient rien de spécial !
Un froid pressentiment s'empara de Dennis :
— À quoi ils ressemblaient ?
— Laisse-moi réfléchir… L'homme devait avoir la trentaine. Un grand type à l'air dur. Le garçon, douze-treize ans, cheveux châtains, lui ressemblait assez pour être son fils.
Le cœur serré par l'angoisse, Dennis se leva d'un bond :
— Il faut que j'y aille !
Mais Shiro se dressait devant lui :
— Tu vas nous dire ce qui se passe ?

Christopher et Jennifer observaient eux aussi Dennis avec attention, l'air anxieux.

Au fil de l'année, les deux adolescents avaient appris à faire confiance à leurs nouveaux amis... sans jamais avouer leur terrible secret de famille. Seulement, si les craintes de Dennis étaient fondées, le tableau était désormais si sombre que la profession de Vargas devenait de l'ordre du détail...

— C'est Michael ! déclara-t-il enfin. Cassandra a dû se mettre en tête de l'arracher aux griffes de notre père...

Et Dennis résuma très brièvement toute l'histoire.

Lorsqu'il eut terminé, Christopher et Jennifer restèrent bouche bée. Même le visage habituellement impassible de Shiro exprimait la stupeur la plus totale.

— Incroyable ! laissa échapper Christopher. Un *baron de la drogue* ?

Shiro écumait de rage contre lui-même :

— Quand je pense que je l'ai laissée seule ! Mais quel idiot ! J'aurais dû me douter qu'elle me racontait des bobards !

Dennis secouait la tête :

— C'est ma faute. Depuis le début, Cassandra répète qu'elle va tenter un truc du genre, mais je ne l'ai jamais prise au sérieux... La maison de Rhosmaen n'est pas loin d'ici. Si elle s'est mise en route vendredi, elle devrait déjà être de retour, avec ou sans Michael... Ça ne peut vouloir dire qu'une chose : Vargas la tient !

— Qu'est-ce qu'on va faire ? s'inquiéta Christopher, dont le teint hâlé avait tourné au gris.

Dennis prit une profonde inspiration :

— *On*, rien ! Je pars à sa recherche.

— Je viens avec toi, annonça Shiro.

— Moi aussi ! précisa Jennifer.

— Et moi ! ajouta Christopher après un temps d'hésitation.

— Une petite minute ! s'énerva Dennis. Ce n'est pas un jeu !

Shiro haussa les sourcils :

— Tu croyais vraiment qu'on allait te laisser partir comme ça ? Tu auras besoin de mon aide.

— Et de la mienne, insista Jennifer. Si ton père est aussi redoutable que tu le dis, pas question que je laisse Cassandra dans les ennuis jusqu'au cou ! Je viens, que ça te plaise ou non.

— Mais enfin…

— Il va nous falloir du matériel et des provisions, fit remarquer Christopher. Et d'autres vêtements. On se fera repérer au premier virage si on garde nos *gi* !

— Vous faites exprès de ne pas comprendre ? C'est dan-ge-reux ! martela Dennis. Et puis, ce n'est pas votre problème !

— Faux ! rétorqua Jennifer. Cassandra est peut-être ta sœur, mais c'est aussi notre amie. C'est donc bien notre problème.

Christopher et Shiro hochèrent gravement la tête.

Dennis les dévisagea tour à tour d'un air exaspéré, puis il finit par lâcher :

— J'abandonne ! Vous avez tous perdu la tête.

Vingt minutes plus tard, en « civil », ils se servaient dans le dernier local, tout en haut de la vallée.

Christopher soupesa un *hanbo* avant de le glisser dans son sac à dos :

— Vous êtes conscients qu'on enfreint toutes les règles de Rokkaku ?

— Si tu ne veux pas les enfreindre, ne prends rien ! répliqua Shiro en fourrant un rouleau de corde dans le sien. Tout le monde est prêt ?

Les trois adolescents sortirent du local et tombèrent nez à nez avec Ichiro.

— Qu'est-ce que vous mijotez ?

Catastrophés, ils restèrent silencieux. Même Jennifer ne trouva rien à dire.

Ichiro pointa leurs sacs du doigt, les yeux rétrécis par la colère :

— C'est contraire au règlement. Je vais vous dénoncer !

— Ichiro ! souffla Shiro d'une voix tendue. Cassandra a des problèmes. De graves problèmes, même ! Je n'ai pas le temps d'entrer dans les détails, mais elle a besoin de notre aide. Si tu nous en empêches, elle pourrait bien ne jamais revenir à Rokkaku.

Ichiro les étudia tous les quatre une longue minute, une expression indéchiffrable sur le visage. Puis il s'écarta et fit un mouvement brusque du menton, en direction du sentier quittant la vallée.

Shiro le salua :

— *Arigato**.

Ichiro lui adressa un bref signe de tête. Alors que les adolescents passaient devant lui, il lança :

— Shiro-*san** !

Shiro s'arrêta et Ichiro s'inclina avec gravité :

— *Kento**.

Puis il tourna les talons.

— Et ça veut dire quoi ? s'enquit Dennis, impressionné.

Shiro eut un léger sourire :

— En substance ? « Bonne chance. »

En file indienne, ils pénétrèrent dans la forêt.

11

Une nuit interminable

— Vous croyez qu'il y a quelqu'un ?

— On dirait bien que c'est vide !

Le village de Rhosmaen semblait dormir, assommé par la chaleur estivale. Une fois devant Tawelfan, les quatre adolescents avaient constaté que la Land Rover n'était pas garée dans l'allée, et que portes et fenêtres étaient closes.

— On ne va pas rester là trois heures à attendre ! décida Dennis.

Il quitta la haie derrière laquelle ils s'étaient cachés et traversa la route d'un bon pas.

Les portes étaient verrouillées et les volets bloqués. Dennis fit le tour de la maison, puis du jardin. Tout paraissait abandonné. Il se sentit flancher. Si Vargas avait bel et bien capturé Cassandra, il n'avait pas pu l'emmener dans trente-six endroits... En fait, il n'y en avait qu'un ! Et c'était le dernier lieu au monde où il avait envie d'aller.

Dennis entendit un bruit de pas sur le goudron : Christopher et Jennifer couraient à sa rencontre. La jeune fille l'interrogea d'un air anxieux et il secoua la tête :

— Rien.

— Elle n'est peut-être jamais venue ici ? avança Christopher d'un ton optimiste.

— Chris…

La voix de Jennifer était si blanche que Dennis et lui se retournèrent comme un seul homme. Jennifer suivait des doigts trois éraflures parallèles dans le mur de brique. Il y en avait toute une série, jusqu'au toit.

— Des traces de *shuko* ! fit Christopher dans un souffle. Alors, il n'y a plus de doute.

Shiro les avait rejoints sans bruit :

— Je me suis renseigné discrètement au petit commerce du coin. Les habitants de cette maison étaient encore là vendredi. Personne ne sait où ils sont allés.

— Moi si. À Londres, fit doucement Dennis.

Christopher et Jennifer échangèrent un regard. Parcourir quelques kilomètres jusqu'à Rhosmaen, c'était une chose. Couvrir les trois cents kilomètres les séparant de Londres…

Mais Shiro annonça sans sourciller :

— Dans ce cas, je crois que j'ai trouvé un moyen de transport.

Il montrait du doigt la route, plus haut. Une camionnette rouge de la Royal Mail, la Poste britannique, était garée sur le bas-côté. À peine une centaine de mètres plus loin.

Quelques minutes plus tard, le facteur, un homme d'une cinquantaine d'années à la chevelure grisonnante, se réinstallait au volant après avoir achevé sa tournée. Tandis qu'il s'éloignait vers le dépôt de Brecon, franchissant colline après colline et traversant vallée après vallée, il lui sembla vaguement que sa camionnette était plus lourde qu'elle n'aurait dû, puisque tous les sacs postaux étaient vides. Il songea qu'il était temps de faire réviser le moteur.

Le crépuscule venu, les quatre adolescents poursuivirent leur audacieuse équipée. Sortant furtivement du centre de tri postal, dominé par les crêtes dénudées des Brecon Beacons, ils firent du stop jusqu'à la ville d'Abergavenny, puis voyagèrent clandestinement dans un camion qu'ils quittèrent à Bristol. Ils traversèrent à pied l'immense pont suspendu de Clifton, enjambant l'embouchure de la Severn. Le vaste canal de Bristol s'étendait à leur droite ; au loin, ils devinèrent l'océan Atlantique. Dans l'immense port enfumé éclairant la nuit de ses lampes jaune sodium, ils se perdirent et errèrent quatre heures avant de trouver un panneau indiquant la direction de l'autoroute M4. Enfin, aux abords d'une station-service, Jennifer parvint à convaincre un routier de les emmener jusqu'à la capitale.

Le jour se levait lorsqu'ils atteignirent la banlieue de Londres. La métropole tentaculaire se réveillait lentement : les seules personnes debout étaient des joggeurs et des livreurs. Jennifer fit au revoir de la main au conducteur du camion, et ils entrèrent dans la ville.

Peu à peu, les rues se remplirent, annonçant l'heure de pointe. Et bientôt, ce fut la cohue : des pieds innombrables se mirent à battre le pavé ; un flot ininterrompu de voitures et de bus fit vibrer le macadam. Le bruit était assourdissant, mélange confus de cris et de klaxons. Dennis serrait les poings, tandis qu'ils approchaient de Hampstead. Il ne reconnaissait que trop bien les rues. Finalement, il s'arrêta en bas d'une avenue plantée d'arbres.

Christopher se frotta les paupières, les traits tirés :

— Ça y est, on est arrivés ?

Dennis montra du doigt la demeure qui se dressait sur deux étages, de l'autre côté de la voie. Elle était entourée d'un grand jardin, planté de buissons de rhododendron. Une maison tape-à-l'œil, quoique plutôt typique de ce quartier en vogue.

— Dis, Dennis…, commença Jennifer, hésitante, mais l'adolescent s'était déjà remis en route.

Un mur haut de trois mètres clôturait le jardin. Une broutille en temps normal ! Pourtant, Dennis tenta en vain de l'escalader. Il s'ébroua pour chasser la fatigue. Il était trop près du but pour flancher ! Animé d'un sursaut d'énergie, il trouva enfin une prise pour se hisser et atterrit à quatre pattes dans l'herbe, à l'arrière du garage.

La matinée était à peine entamée, mais la lumière du soleil était déjà si éclatante qu'il n'y avait plus la moindre ombre où se cacher. Pourtant, une seule pensée occupait Dennis : Cassandra était en danger. Il n'y avait plus de temps à perdre ! Sans réfléchir davantage, il se redressa et fit quelques pas en avant.

Un sifflement pressant le cloua sur place. Christopher venait de sauter en bas du mur. Il lui agrippa le bras et pointa la pelouse du doigt : un petit objet noir était planté dans le sol, à un mètre d'eux.

— Un détecteur de mouvements, précisa Christopher.

Bien que marqués par la fatigue, ses yeux étaient encore perçants…

— Un pas de plus et tu déclenchais une alarme !

— Il n'y en avait pas avant, marmonna Dennis.

À travers les arbres, il apercevait la fenêtre de la chambre de Cassandra.

— Très bien. On va faire le tour.

Jennifer venait de sauter en bas du mur :

— Dennis, attends ! Si on agit maintenant, on court au désastre ! Je suis épuisée.

— On l'est tous ! confirma Christopher. On a voyagé toute la nuit. Je propose un repli stratégique, le temps de prendre un peu de repos.

Dennis secouait la tête d'un air farouche :

— Tu ne comprends rien ! Elle est *juste là* !

Il repoussa la main de Christopher :

— Moi, j'entre, en tout cas.

Shiro s'interposa et Dennis cracha :

— Dégage !

— On ne sait pas ce qui nous attend à l'intérieur. D'ailleurs, on ignore si Cassandra est bien là ! Et même si on parvient à s'introduire dans la maison, on n'a aucun plan pour repartir, exposa Shiro d'une voix apaisante.

Il jeta un regard à Christopher et Jennifer qui se tenaient un peu en retrait, puis chuchota :

— D'après Ze'ev, tu as appris l'autodiscipline. C'est le moment d'en faire usage !

Bouillant de colère, Dennis n'avait qu'une envie : effacer du visage de Shiro cette expression de calme olympien. Il prit une profonde inspiration, puis une autre, cherchant à se contrôler. Ses poings se desserrèrent lentement.

— Admettons, mais… on n'a nulle part où aller !

— Si, soupira Jennifer.

Christopher la fixa d'un air surpris et elle hocha la tête, résignée :

— Je vais vous emmener chez mes parents.

Même au beau milieu de la matinée, Mayfair était paisible.

Les quartiers riches et pauvres de Londres sont plus imbriqués que dans n'importe quelle autre métropole, mais s'il est un endroit que l'on peut qualifier de « chic », c'est bien Mayfair. Les demeures n'y sont pas plus vastes qu'ailleurs, mais plus cossues : plus solidement bâties et plus richement ornées. La plupart sont divisées en appartements, tant les prix de l'immobilier peuvent y atteindre des sommets.

Jennifer s'arrêta net et Dennis lui rentra brutalement dedans, manquant tomber. Cela faisait plus de vingt-quatre heures qu'il n'avait pas dormi et ses réserves d'énergie étaient presque épuisées. Les quatre adolescents se tenaient devant une maison ornée d'un balcon, soutenu par des piliers blancs. S'avançant d'un pas hésitant vers les marches d'entrée, Jennifer souleva par le coin une dalle cassée. Une clé était dissimulée dessous.

En s'approchant, Dennis s'aperçut que la maison était moins imposante qu'elle ne le semblait depuis la rue. Les piliers présentaient des fissures, et la peinture de la façade s'écaillait.

Une carte était punaisée sous la sonnette :

Avis aux agents de la perception :
aucun document déposé ici ne sera ouvert !
Faire suivre le courrier BP 2069, Poste centrale.
Les prospectus seront ignorés.
Les vendeurs au porte-à-porte seront abattus.

Nerveuse, Jennifer donna un coup de sonnette prolongé et ils attendirent en silence. Personne ne venant ouvrir, elle tourna la clé dans la serrure.

Le vestibule, peint en blanc, était très spacieux. À droite, un escalier montait en spirale vers le premier étage. Le rare mobilier était modeste ou abîmé. Deux tableaux sombres et craquelés étaient accrochés au mur du fond, mais des taches plus claires indiquaient qu'il y en avait eu d'autres.

— Maman, Papa, c'est moi ! Y a quelqu'un ?

Pas de réponse. Jennifer sembla se détendre un peu :

— Bon, les gars ! vous pouvez occuper les chambres au second. On a tous besoin d'un bon somme ! En attendant, je vais voir si je peux nous trouver à manger.

— Tu es sûre qu'on peut débarquer ici comme ça ? bâilla Dennis.

Jennifer hésita :

— On dirait bien que mes parents sont aux abonnés absents, mais essayez quand même de ne pas laisser trop de traces, d'ac ? L'idéal, ce serait qu'ils n'apprennent jamais qu'on est venus…

— On prend le temps de se reposer, et ce soir, on retourne là-bas et on voit qui s'y cache, proposa Shiro.

La main déjà posée sur la rampe d'escalier, Christopher ajouta, les paupières lourdes de sommeil :

— Il y a *forcément* un moyen d'entrer. Il suffit de le trouver !

Dennis hocha la tête :

— O.K. On attend jusqu'à ce soir.

*
**

Cassandra avait passé une nouvelle journée entre quatre murs… puis une autre… et encore une autre. Seuls les plateaux-repas, que lui apportait désormais Tav, et la course du soleil derrière les barreaux rythmaient sa captivité.

Vargas venait chaque jour lui rendre une petite visite. Parfois dans la matinée, parfois dans la soirée… Mais une fois dans sa chambre, il s'attardait une heure au moins, pour la questionner et argumenter, encore et encore. Cassandra refusait d'entrer dans son jeu, mais Vargas parvenait toujours à la provoquer, tôt ou tard.

Lorsqu'elle réagissait à ses attaques verbales, cela revenait à se battre contre la marée montante. Elle plaidait, s'opposait, criait, tapait du pied… Elle se montrait tour à tour impassible, railleuse, irascible ou injurieuse... Rien n'y faisait. Vargas démontait ses arguments, ignorait ses objections, souriait au milieu de ses insultes et de ses cris. Il revenait sans cesse à la charge, aussi inlassable que les vagues poussées par le vent.

Cassandra avait fini par abandonner, de guerre lasse. Elle opposait désormais un silence buté aux visites de son père. Elle perdit le compte des jours et bientôt, Rokkaku lui sembla très lointaine, comme un rêve où se réfugier.

— Il faudra bien que tu quittes cette chambre un jour, tu le sais ? lui fit remarquer Vargas un après-midi.

Cassandra s'était recroquevillée sur son lit. Les genoux serrés contre la poitrine, elle fixait le sol.

— Qu'est-ce que tu comptes faire d'autre ? Rester assise ici en attendant de mourir de vieillesse ? poursuivit-il d'une voix douce et persuasive. Allons, sois raisonnable, Cassandra ! Ce n'est pas si terrible. Je ne te demande pas de devenir tueuse à gages ! Juste de commencer à me donner de petits coups de main. Comme ça, tu pourras voir la réalité du boulot. Michael sera tout le temps à tes côtés. Tu le reverras dès que tu m'auras donné ton accord !

Les mots de Vargas creusèrent leur chemin dans l'esprit fatigué de Cassandra. Elle *voulait* être en colère, mais on aurait dit que c'était devenu trop d'effort pour elle.

— Penses-y, Cassandra... Tu es une professionnelle ! Tu l'as toujours été : tu n'as jamais fait les choses à moitié. À en juger par tes exploits à Tawelfan, tu as suivi un entraînement très sérieux. Veux-tu vraiment gâcher tout ce potentiel en passant le reste de ta vie entre quatre murs ? Si tu acceptes la main que je te tends, tu pourras être *quelqu'un*. Tu te prends sûrement pour une dure à cuire, mais ce n'est rien comparé à ce que je pourrais t'apporter avec mon expérience. Je t'offre de devenir une femme d'influence, au lieu d'une fugitive obligée de raser les murs.

Vargas marqua une pause. Cassandra ne réagissant pas, sa voix se fit tranchante :

— Je me suis montré patient avec toi, Cassandra. J'ai tenu compte du fait que tu avais probablement subi un lavage de cerveau, et qu'il te fallait du temps pour apprendre à penser autrement. Mais cette patience a ses limites… Et ce bon vieux Pete est toujours aussi pressé de te rendre la monnaie de ta pièce. Si j'étais toi, j'y réfléchirais à deux fois…

Et la porte se referma violemment derrière Vargas.

Cassandra ferma les yeux. Elle était tellement épuisée nerveusement qu'elle n'aurait bientôt plus la volonté de résister à son père.

Faire ce qu'il lui disait serait si facile !

Cassandra savait que Tav lui apporterait bientôt son dîner, mais elle avait perdu l'appétit. Elle se roula en boule et s'efforça de dormir.

*
**

La maison de Mayfair était silencieuse. Allongé sur le canapé mité du salon, Dennis tentait vainement de se relaxer. Christopher était assis à la table. La tête dans les mains, il examinait une dizaine de schémas relatifs à la demeure de Hampstead : des cartes de la maison et du jardin, des plans de niveau représentant l'intérieur, aussi précisément que la mémoire de Dennis l'avait permis... Le tout dessiné avec soin par la main experte de Christopher.

Le premier soir, ils étaient retournés tous les quatre près de la demeure familiale des Havelock, espérant découvrir un accès. Ils n'en avaient trouvé aucun. Dennis était d'avis qu'ils tentent quand même leur chance, comptant sur l'effet de surprise, mais Shiro, Christopher et Jennifer s'y étaient énergiquement opposés. Lorsque le jour avait pointé à l'horizon, ils étaient rentrés à Mayfair. Depuis, ils s'étaient relayés pour surveiller la demeure, ses habitants et ses visiteurs, à la recherche d'un défaut dans la cuirasse. Ils le cherchaient toujours...

Dennis avait la sensation que la possibilité de sauver Cassandra lui échappait un peu plus chaque jour. Pourtant, ils avaient accumulé de précieux renseignements. En observant les allées et venues, ils avaient acquis la certitude que Vargas était là, en compagnie de Michael, mais aussi de Pete et de Tav. Malgré une surveillance étroite, ils n'avaient toujours pas aperçu Cassandra, mais ils avaient vu de la lumière dans sa chambre. Enfin, ils avaient dressé la carte des détecteurs de mouvements.

Dennis se redressa brusquement, abandonnant tout espoir de s'assoupir :

— Bon, alors, comment on fait ?

— Je ne sais pas encore, répondit tranquillement Christopher en prenant des notes sur un bout de papier.

— C'est toi, l'expert en stratégie ! Invente quelque chose !

— Je suis peut-être un stratège… mais sûrement pas un magicien.

Christopher tapota des doigts sur la table, puis repoussa les schémas qu'il étudiait :

— Je crois que je sais comment faire sortir Cassandra… Mais pour cela, il me faut quelqu'un dans la place !

— On pourrait casser une fenêtre pour entrer !

— Je t'ai déjà dit qu'elles étaient probablement sous alarme.

— Ouais, mais si on était assez rapides…

Christopher laissa échapper un soupir d'exaspération :

— Non ! Non, non et non ! Si on déclenche l'alarme, ils seront à nos trousses en moins de deux. Ce sont trois adultes, et tu as dit toi-même qu'ils étaient armés. C'est le meilleur moyen pour qu'ils capturent l'un d'entre nous ! On serait dans de beaux draps…

Dennis se laissa retomber dans le canapé et se remit à fixer le plafond. Christopher retourna à ses cartes et le silence régna pendant quelques minutes.

— Quel jour on est ? finit par demander Dennis.

— Samedi, répondit Christopher d'une voix mélancolique. C'est la Grande Chasse, ce soir ! J'avais vraiment envie d'y être… Je me demande comment nos partenaires d'entraînement vont s'en sortir.

— Ils sont sûrement en train de nous maudire.

Christopher fit la grimace :

— Les professeurs vont nous tuer quand on rentrera !

— Si on rentre…, murmura Dennis entre ses dents.

— Hein ?

Dennis se releva :

— Dis donc ! tu le sais, toi, ce qui inquiète tant Jennifer à propos de ses parents ?

Christopher hésita :

— C'est… compliqué. Jen a de gros problèmes avec eux. Elle a choisi de s'enrôler à Rokkaku contre leur avis.

— Quels problèmes ?

— C'est… personnel. Je préfère que tu le lui demandes directement.

— Dans ce cas, tu pourras peut-être m'expliquer pourquoi elle m'appelle tout le temps « Nékokoun » ?

Christopher rit de bon cœur :

— C'est à cause d'un dessin animé qu'on regardait, petits. Ça se passait dans une famille nombreuse. Ils étaient douze et chacun incarnait un animal du zodiaque chinois. Il y avait un treizième membre : le chat. Il ne trouvait pas sa place. Il passait son temps à se bagarrer, surtout avec la souris. Il était très soupe au lait : chaque fois qu'on le mettait en colère, il allait s'asseoir tout seul sur le toit de la maison. Il s'appelait Neko-kun parce que *neko* signifie « chat », en japonais.

Dennis le fixait, ébahi :

— Tu veux dire que, depuis le début, elle me traite juste de *chat* ?

Christopher sourit largement :

— À mon avis, elle aurait arrêté depuis longtemps si ça ne t'énervait pas autant à chaque fois...

Puis son regard se fit insistant :

— Dennis ? Si on échoue... Que fera ton père ?

— C'est Cassandra que Vargas veut le plus, pas moi ! dit lentement Dennis. Michael répétait souvent ça pour me faire enrager...

Il eut un rire un peu amer :

— ... Et ça me rendait dingue ! Mais il avait parfaitement raison. Mon père laissera Cassandra en vie, quoi qu'il arrive : il veut la préparer à lui succéder. Je n'en dirais pas autant de moi ! Il aimerait qu'on lui emboîte le pas tous les trois. Mais s'il doit choisir entre Cassandra et moi, ou qu'il pense que je peux menacer sérieusement ses projets la concernant, il me tuera de sang-froid.

Dennis adressa un petit clin d'œil désabusé à Christopher :

— C'est probablement valable pour vous aussi.

— Oh.

— Cassandra et moi, on n'a plus rien à perdre ! Mais toi qui as une chouette famille, une vie agréable... Tu es toujours sûr de vouloir prendre ce risque ? ajouta Dennis avec dureté.

Christopher sourit faiblement :

— Non, je n'en suis pas sûr ! J'ai une frousse terrible. Pour te dire la vérité, je rêve de prendre mes jambes à mon cou et de rentrer à Rokkaku ! Mais quel genre d'ami suis-je, si je ne vous aide pas au moment où vous en avez le plus besoin ?

Il eut soudain un rire un peu tremblant :

— Quand je pense que je me suis inscrit à Rokkaku

parce que je voulais pimenter ma vie… Me voilà servi !

Dennis rit à son tour :

— Au-delà de tes espérances !

Il y eut un bruit de clé, et Jennifer et Shiro entrèrent. Dennis se précipita vers eux :

— Des nouvelles ?

— Pas au sujet de Cassandra, annonça Shiro. Mais… Dis-leur, Jennifer !

La jeune fille avait l'air surexcitée :

— Je crois que j'ai trouvé le moyen d'entrer !

— Et apparemment, ils n'attendent pas de visiteurs ce soir, ajouta Shiro. C'est le moment ou jamais d'agir !

Mettre les choses au point leur prit des heures. Christopher les obligea à répéter jusqu'à l'écœurement toutes les étapes du sauvetage de Cassandra. Lorsqu'ils eurent passé en revue chaque éventualité, élaboré plusieurs plans de secours, le soleil s'était couché. Ils effacèrent toute trace de leur passage et rassemblèrent leur équipement. En quittant la maison, Jennifer verrouilla la porte et replaça la clé sous la dalle. Le message était clair : quoi qu'il advienne, ils ne reviendraient pas…

Londres s'éveillait à la fièvre du samedi soir : les rues et les trottoirs grouillaient de taxis et d'une foule bigarrée. Personne ne prêta attention aux quatre adolescents quittant le centre-ville pour rejoindre le nord de Londres.

Il fallait deux heures pour aller à pied de Mayfair à Hampstead. Il existait plusieurs itinéraires bien éclairés permettant d'effectuer ce trajet en toute sécurité, même tard le soir. Malheureusement, aucun d'eux ne les connaissait.

Shiro fut le premier à le remarquer, alors qu'ils tournaient au coin d'une avenue, près du parc de Hampstead Heath.

— On nous suit ! annonça-t-il à voix basse.

Dennis jeta un coup d'œil par-dessus son épaule. Trois jeunes déambulaient derrière eux, à une dizaine de mètres. L'un d'eux cria :

— Attends un peu, mec !

Les quatre adolescents s'arrêtèrent, et les inconnus se rapprochèrent rapidement. À la lumière orangée des lampadaires, Dennis constata qu'ils avaient quelques années de plus que lui. Le premier, le meneur apparemment, portait un haut de survêtement à capuche qui lui couvrait en partie le visage.

— Hé, mec ! Tu veux de la beu ? lança-t-il.

— De la *quoi* ? s'étonna Dennis.

— Tu sais bien, de l'herbe !

— Non. On n'a pas d'argent, répondit Christopher.

Le premier jeune se mit à tourner autour de lui :

— Vous entendez ça, les gars ? Ils n'ont pas d'argent !

— M'est avis qu'il ment ! commenta le deuxième.

— Vous êtes des voyous, c'est ça ? s'enquit innocemment Christopher.

— Qu'est-ce que tu viens de dire ? l'interpella le premier en reniflant avec mépris.

— Kev, je crois bien qu'il t'a traité de voyou ! s'esclaffa le troisième.

Kev et sa bande s'avancèrent, l'air menaçant. Encerclant Christopher, ils le forcèrent à reculer, dos au mur.

— Espèce de petit connard ! Tu crois t'en tirer comme ça ?

Dennis s'interposa entre Kev et Christopher :

— Laisse-le.

Kev le fixa d'un regard froid :

— Pour qui tu te prends, nabot ?

— Je ne le répéterai pas.

— *Je ne le répéterai pas !* le singea Kev en jetant un regard amusé à ses comparses. Montre un peu ce que tu as sur toi, enfoiré !

Il tendit le bras pour s'emparer du sac à dos de Dennis.

S'en débarrassant, Dennis donna un violent coup de genou entre les jambes de Kev, qui se plia de douleur, amenant sa figure au niveau idéal pour que l'adolescent lui décoche un uppercut. Kev recula en titubant et se mit à brasser l'air de ses poings. Dennis l'esquiva facilement, puis se rapprocha pour lui asséner le coup fatal.

Kev lui empoigna l'épaule gauche. Grave erreur !

Dennis lui maintint fermement le poignet de la main gauche. De la main droite, il s'empara d'un des doigts qui serraient sa veste et le tordit en arrière d'un coup sec, avant de libérer Kev d'une bourrade.

Crac !

— Aaaaah !

Kev tomba au sol. Assis par terre, il se tenait la main, le visage tordu de douleur :

— Ma main ! Merde ! Tu m'as pété la main !

— Juste un doigt, le corrigea Dennis en faisant un pas en avant, une lueur guerrière dans les yeux. Debout, qu'on en finisse !

Kev le regarda, affolé :

— T'es complètement allumé, mec !

Il se releva fébrilement et s'enfuit en courant.

Christopher, Shiro et Jennifer se tournèrent vers les deux autres jeunes, qui fixaient Dennis, l'air incrédule, trois pas plus loin.

— Mes pauvres ! fit doucement Jennifer. Vous vous êtes *vraiment* trompés de pigeons, vous savez ça ?

— On veut juste vaquer tranquillement à nos occupations, déclara Shiro d'une voix égale. À moins que vous n'ayez envie d'un autre round ?

Il fit un pas en avant, Dennis à ses côtés.

Les deux jeunes échangèrent un regard, puis prirent la fuite sans demander leur reste.

Leurs silhouettes s'évanouirent dans la pénombre. Dennis s'accroupit. Il avait du mal à respirer et ses mains tremblaient.

— Dennis, ça va aller ? s'inquiéta Christopher.

— Je ne savais pas que Ze'ev enseignait ce genre de sale coup, s'étonna Shiro à mi-voix.

Il surveillait les environs, au cas où la bande de voyous reviendrait avec du renfort.

— Ce n'est pas lui, avoua Dennis dans un souffle, avant de se redresser. Celui-là, c'est moi qui l'ai inventé…

Lorsque les quatre adolescents atteignirent enfin la demeure de Vargas, les rues étaient désertes. L'un après l'autre, ils franchirent le mur et progressèrent avec précaution entre les détecteurs de mouvements, guidés dans l'obscurité par Christopher. Puis ils se postèrent derrière un des rhododendrons, près du garage.

La chambre de Cassandra était éclairée.

— On arrive ! murmura Dennis.

Jennifer enfilait un petit sac à dos.

— Tu es toujours sûre de vouloir faire ça ? s'enquit Shiro.

— Arrête de poser des questions stupides ! souffla Jennifer en ajustant ses *shuko*.

Shiro sourit :

— Désolé. Tu es prête ?

— Plus que jamais.

Tous levèrent les yeux. À côté de la maison, un frêne s'élançait, haut dans le ciel.

Ils traversèrent la pelouse avec mille précautions.

— Jen..., s'étrangla Christopher.

— Tout ira bien, le rassura Jennifer en testant la solidité de l'écorce. Tu m'as déjà vue tomber d'un arbre ? Non ! C'est tellement facile que je pourrais bien le faire deux fois. Ou même trois ! Juste pour m'amuser.

Christopher poussa un petit soupir contrarié :

— Rappelle-toi bien, quand tu arriveras dans le couloir...

— La fenêtre en façade est ! Je sais, je sais ! On se revoit dans quelques minutes.

— Bonne chance ! chuchota Dennis.

Le frêne était moins facile à escalader que Jennifer se l'était imaginé. La plupart des branches s'inclinaient vers le bas et, bien souvent, le tronc n'offrait pas la moindre aspérité où poser les pieds. Heureusement, les *shuko* lui garantissaient toujours une prise. Son sens de l'équilibre et son entraînement de gymnaste firent le reste. Jennifer dépassa le premier étage, puis le second. Elle avait jeté un œil dans la chambre de Cassandra, sans rien voir : on avait éteint la lumière.

Les branches se ramifièrent, devenant plus fines. L'arbre s'était mis à osciller de façon alarmante, mais Jennifer continuait de grimper. Ce n'est qu'arrivée au niveau de la cheminée qu'elle s'arrêta pour évaluer la situation. Le toit en pente, percé d'une lucarne en son centre, se trouvait bien devant elle.

Devant, mais pas *sous* elle. L'arbre ne surplombait pas tout à fait le toit, comme ils l'avaient cru : Jennifer estima l'écart à deux ou trois mètres. Une distance ridicule lorsqu'on se promène à Rokkaku, entre deux filins de sécurité ! Mais la perspective d'une chute de dix mètres et l'absence de filet de protection la faisaient paraître bien plus imposante. Plaçant les pieds de part et d'autre du tronc effilé, Jennifer lui imprima plusieurs oscillations brusques.

En gémissant, la cime se mit à s'incliner lentement d'avant en arrière. Tandis que le toit se rapprochait puis s'éloignait, encore et encore, Jennifer évaluait la distance qui la séparait de celui-ci. Elle se forçait à respirer profondément. Une fois certaine d'avoir bien intégré le mouvement de balancier, elle repoussa l'arbre de toutes ses forces et bondit au-dessus du vide, au moment où il penchait vers le toit.

Jennifer exécuta un parfait salto avant. L'espace d'un instant grisant, elle eut la sensation de voler… Puis – *vlan !* – elle atterrit à plat sur les tuiles. Elle sentit qu'elle commençait à glisser vers le bord du toit et répartit son poids pour se stabiliser.

— O.K., les gars ! murmura-t-elle, le cœur battant. J'ai bien réfléchi : c'est la *dernière fois* que je fais ça !

Christopher et Dennis avaient retenu leur souffle en voyant Jennifer se jeter dans le vide. Constatant qu'elle avait réussi, Dennis serra les poings et chuchota :

— À toi de jouer, Jen !

Et Christopher assura d'une voix un peu tremblante :

— Je *savais* qu'elle y arriverait !

Jennifer restait immobile. Dennis leur avait affirmé que personne n'occupait les combles, mais le bruit de sa chute avait pu alerter quelqu'un… Au bout d'une longue minute de silence, sa respiration s'apaisa et elle se mit à progresser vers la lucarne, telle une araignée. Dès qu'elle put s'y cramponner, elle se sentit plus en sécurité. Soulagée, elle ôta ses *shuko* et tendit le bras pour l'ouvrir…

Verrouillée ! *Génial…*

Pas de panique. J'ai tous les outils qu'il faut pour forcer la fenêtre, se raisonna Jennifer. *Elle ne peut quand même pas être sous alarme ? Personne n'est paranoïaque au point de piéger un toit !*

Elle sortit une torche de son sac à dos.
Faux !
Le faisceau lumineux éclairait un fil rouge.
Jennifer était coincée : elle ne pouvait ni entrer ni repartir ! Ils n'avaient pas prévu ce cas de figure... Tapotant machinalement les tuiles, elle se demanda ce que ferait Christopher, à sa place. Brusquement, elle s'interrompit pour examiner le toit de plus près.
Eh... Attends un peu !
Jennifer saisit une tuile et tira, en s'aidant des deux mains. La petite plaque de terre cuite résista. Remarquant toutefois qu'elle jouait, l'adolescente la fit bouger d'un côté puis de l'autre, et elle finit par se détacher avec un claquement. Jennifer souleva la tuile avec peine – elle était étonnamment lourde –, et la contempla d'un air songeur.
C'est parti, alors !
Elle se mit au travail.

Cassandra se tournait et se retournait dans ses draps, en proie à un affreux cauchemar. Il y avait un monstre dans le couloir et il s'approchait lentement de sa porte, elle en était sûre ! Elle l'entendait marcher sur le plancher :
Tap... tap... tap...
Cassandra se réveilla en sursaut et s'assit en se frottant les yeux. Elle entendait toujours des bruits de pas !
Sa porte s'ouvrit. Elle s'attendait à voir Tav, mais c'est Michael qui entra. Cassandra roula sur le lit pour lui présenter son dos :
— Va-t'en !

Michael tira une chaise jusqu'à son chevet. Une minute s'écoula en silence.

— Papa m'a interdit de venir te voir, finit-il par déclarer.

— Pourquoi l'appelles-tu *papa* ? Tu ne le faisais jamais, avant ! se révolta Cassandra.

— Eh bien, c'est ce qu'il est, non ? soupira Michael. Écoute, je suis désolé de t'avoir crié dessus, la dernière fois...

Sa sœur ne répondit pas.

— Pourquoi tu ne lui obéis pas ? Ce n'est pas comme s'il nous demandait de tuer des gens ! Si tu voulais, on pourrait... faire des trucs ensemble. Suivre les mêmes cours. Ce serait comme avant, sauf qu'on n'aurait plus à se battre contre lui !

Michael hésita :

— Tu m'as manqué, tu sais...

Cassandra sentit son cœur se fendre. Elle se mordit les lèvres pour ne pas répondre. Michael resta assis à côté d'elle encore un petit moment sans rien dire, puis il s'en alla.

Près de la façade est, Dennis regardait sa montre en s'impatientant :

— Mais qu'est-ce qu'elles foutent ?

— Tout vient à point à qui sait attendre, glissa Shiro.

Une douzaine de tuiles s'empilaient maintenant contre la lucarne. Sous la terre cuite, Jennifer avait découvert une sorte de caoutchouc noir dans lequel elle avait percé un trou, puis elle avait enfin atteint la charpente. Les poutres dressées à la verticale étaient épaisses et solidement fixées, mais les pièces de bois horizontales étaient plus fines et elle avait réussi à en rompre plusieurs – suffisamment pour se frayer un passage. Prenant appui sur deux chevrons, Jennifer se faufila dans l'étroite ouverture.

Elle se retrouva dans les combles. Balayant rapidement l'obscurité de sa torche, elle nota simplement le bric-à-brac habituel dans un grenier.

Il y avait une trappe dans le sol. Jennifer s'accroupit et souleva doucement le panneau, mais elle se figea en entendant des pas approcher.

Juste au-dessous d'elle, dans un couloir vivement éclairé, elle vit passer un adolescent de son âge… si près qu'elle aurait pu le toucher en tendant le bras ! Ça ne pouvait être que Michael : il avait la même allure que Cassandra, mais des cheveux plus foncés.

Jennifer s'obligea à rester immobile cinq longues minutes, aux aguets. Puis elle passa les deux jambes dans la trappe, s'accrocha au bord et se suspendit dans le vide, avant de se laisser tomber en souplesse dans le couloir.

Il était vide. Il y avait plusieurs portes d'un côté, une fenêtre de l'autre et un escalier au bout. Jennifer tendit l'oreille pendant une minute. Le silence régnant, elle s'avança en haut des marches et descendit à pas de loup, un, puis deux étages.

Le rez-de-chaussée semblait désert. À droite, une porte ouverte menait à la salle de séjour, et, près de l'entrée, plusieurs jeux de clés s'entassaient dans un vide-poche, sur une petite table. Bingo ! Jennifer se précipita et prit celui qui lui paraissait le bon.

Un bruit de pas, des éclats de voix... Deux personnes au moins venaient d'entrer dans la salle de séjour ! Vite ! Jennifer se plaqua contre le mur de droite. Une cloison de quelques centimètres seulement la séparait des inconnus.

— Combien de temps encore ça va prendre, patron ? s'impatientait une voix rude.

La réponse fut calme et froide :

— Le temps qu'il faudra.

Très prudemment, Jennifer s'approcha de la porte en rasant le mur. Retenant sa respiration, elle se risqua à jeter un œil.

— *L'alternative* est la clé de tout, Pete ! Si tu contrôles cet élément, tu peux obtenir n'importe quoi de n'importe qui. Tout ce qu'il faut, c'est t'assurer que son meilleur choix – ou son *unique* choix – soit de faire ce que tu veux. Et à l'heure où je te parle, Cassandra n'a pas d'autre solution que de faire ce que je lui dis !

— Je continue à penser que vous devriez lui faire rentrer ça dans le crâne une bonne fois pour toutes, patron. Rien de tel que la manière forte !

Le fameux Pete était tel que Dennis l'avait décrit : trapu, avec un crâne rasé et une peau grêlée où perçait une barbe mêlée de poils gris. Il dégageait une impression de grande brutalité. Quant à Vargas, élancé et habillé avec recherche, Jennifer songea qu'on aurait pu le qualifier de bel homme si ses yeux avaient été moins durs.

Considérant son interlocuteur avec un sourire indulgent, le trafiquant répondit :

— Pete, mon vieux Pete... Tu es bon dans ta branche, mais tu n'y entends rien en matière d'éducation ! Élève un chien, fais en sorte que tout le monde le batte, et il se montrera hargneux avec tous. Mais si une seule personne le traite avec gentillesse, il sera en adoration devant elle et agressif avec les autres. Ce serait facile de briser Cassandra, mais je veux en faire une associée digne de confiance, sur qui je puisse entièrement me reposer. Ce qui signifie qu'elle doit m'obéir de son plein gré.

Les nerfs à vif, Jennifer jeta un coup d'œil désespéré à l'escalier. Il était à moins de deux mètres, mais il fallait qu'elle passe devant l'embrasure... et elle avait toutes les chances de se faire remarquer par les deux hommes.

— Cassandra est isolée, poursuivit Vargas d'une voix docte. Elle n'a personne vers qui se tourner, excepté Michael et moi. Dennis, lui, se battrait jusqu'à ce qu'il ne lui reste plus qu'à se suicider, mais Cassandra est plus raisonnable. Son envie de vivre est trop forte. Et l'unique façon pour elle de vivre est d'accepter mon autorité. Tôt ou tard, elle le réalisera. Sinon, ajouta Vargas en haussant les épaules, je lui arrangerai un petit rendez-vous avec toi... Ça te plairait, hein, Pete ?

L'homme de main sourit d'un air mauvais :

— Vous l'avez dit, patron !

Le mouvement fut si fulgurant que Jennifer ne le vit pas venir. Pete non plus. L'instant d'avant, Vargas déambulait tranquillement dans la pièce, mains dans les poches. À présent, ces mêmes mains serraient le cou de Pete !

Soudain, sa voix se fit aussi tranchante que l'acier :

— Mettons les choses au point, Pete… Le but de tout ceci est de former Cassandra à me succéder. Pas de te permettre d'exercer ton sadisme ! Quand je t'autoriserai à t'en prendre à elle, ce sera très précisément *comme* je te l'ordonnerai. Ni plus, ni moins ! Je ne veux en faire ni une estropiée, ni une aliénée mentale. Si tu dois outrepasser mes instructions, ne serait-ce que d'un pouce ; si tu dois lever la main sur ma fille d'une manière que je désapprouve… tu es un homme mort ! Et je te promets que ce sera une mort lente. Très lente.

Pete était cramoisi.

— Cassandra m'appartient ! Et je n'apprécie pas qu'on abîme ce qui m'appartient. Du moins…

Vargas lâcha Pete et lui adressa un clin d'œil malicieux, comme s'ils étaient les meilleurs amis du monde :

— … pas de façon définitive. Tu vas garder ça en mémoire, pas vrai ?

Pete hocha nerveusement la tête en se massant le cou. Son visage retrouvait lentement sa couleur normale.

— Parfait !

Vargas lui tapota l'épaule et se détourna. Pete le regarda s'en aller, hébété. L'espace d'un instant, tous deux tournèrent le dos à Jennifer.

Vive comme l'éclair, l'adolescente passa devant la porte ouverte et monta les deux étages sur la pointe des pieds, le cœur battant à tout rompre. Le spectacle auquel elle venait d'assister l'avait terrifiée, et elle n'avait pas l'intention de s'attarder davantage dans cet endroit de cauchemar. Il fallait qu'elle sorte Cassandra de là, et vite !

Une fenêtre s'ouvrit, au second étage. Jennifer tendit le bras par l'ouverture et ouvrit la main ; un objet métallique étincela dans la nuit avant de tomber dans l'herbe.

— *Yes* ! jubila Christopher en s'emparant des clés. C'est bon pour toi, Shiro ?

— J'arrive ! Dennis, pas de bravoure inutile ! Tu les attends ici, on est bien d'accord ?

Et les deux garçons s'éloignèrent en courant. Dennis leva la tête vers la fenêtre.

Je t'en prie, Jen, dépêche-toi…

Dans le noir, Cassandra fixait le plafond sans le voir. Impossible de s'ôter de l'esprit les mots de Michael : « ensemble »… « comme avant »…

Elle pourrait faire ce que voulait Vargas. Ce serait si facile de cesser de se battre contre son père ! D'accepter de l'aider. D'apprendre les affaires pour lui succéder le moment venu à la tête de sa puissante organisation, son frère jumeau à ses côtés. Michael et elle, à nouveau réunis contre le reste du monde ! Un avenir presque tentant flottait devant ses yeux. Il lui suffisait de dire *oui*, et il deviendrait réalité.

Perdue, Cassandra adressa une prière muette aux Tengus :

Montrez-moi le chemin…

Il y eut un bruit de verrous et la porte s'ouvrit doucement.

— C'est toi, Michael ? chuchota Cassandra.

— Nan ! Essaye encore.

Une silhouette fuselée s'avança dans sa chambre.

— Jennifer ?

— Tu t'attendais à qui, Luke Skywalker ?

Cette voix si familière... Soudain, Cassandra comprit qu'elle ne rêvait pas :

— *Jen* ? Mais comment...

— Pas le temps de t'expliquer !

Et Jennifer tira dans le couloir une Cassandra abasourdie. Sortant une corde de son sac à dos, elle en noua l'extrémité à un lourd radiateur, puis lança le rouleau de nylon noir par la fenêtre.

— Les autres sont en bas, glissa-t-elle par-dessus son épaule.

Cassandra hésita :

— Mais Michael...

— Pas le temps !

Cassandra n'avait jamais vu Jennifer aussi grave.

— Écoute, un jour je te rapporterai la conversation que je viens de surprendre, promis ! mais là, crois-moi, il *faut* qu'on s'en aille !

Des pas lourds résonnèrent dans l'escalier. Sans plus hésiter, Cassandra empoigna la corde, monta sur l'appui de fenêtre et s'élança dans le vide. Un parterre de fleurs amortit sa chute. Elle se redressa aussitôt. Une brise légère caressait son visage. Elle était libre !

Une silhouette sombre fondit sur elle.

— Dennis ! s'exclama Cassandra en se serrant contre lui.

Jennifer atterrit derrière eux.

— Elle s'est enfuie ! retentit la voix de Tav, penché à la fenêtre du second étage.

Dennis tira Cassandra par la main. Suivis de Jennifer, ils piquèrent un sprint en direction d'un bâtiment au toit plat, entouré de buissons en fleur.

— Mais c'est le garage ! s'exclama Cassandra.

— On sait ! lui répondit Jennifer.

Vargas, Pete et Tav sortirent en trombe et se déployèrent dans le jardin.

— Là ! s'écria Pete en indiquant une fenêtre éclairée, au milieu des rhododendrons.

Ils coururent jusqu'au garage. Vargas tira le bas de la porte d'un coup sec et, comme elle ne cédait pas, il cria :

— Pete, va chercher une masse ! Ils sont piégés, on va les…

Le ronflement d'un moteur se fit entendre à l'intérieur. Les trois hommes se regardèrent, interdits. Le ronflement se changea en rugissement.

— Attention ! hurla Tav.

Vargas plongea de côté au moment même où sa Land Rover faisait exploser la porte, projetant des débris de plastique dans toutes les directions. Il aperçut fugitivement le visage de Cassandra à la vitre arrière, mais déjà le véhicule quittait la propriété à toute allure, enfonçant la grille d'entrée.

— Chris ! cria Dennis.

Ce dernier braqua sèchement le volant à gauche. Juste à temps ! Dans un crissement de pneus, le quatre-quatre érafla la peinture d'un coupé en stationnement, déclenchant l'alarme. Ils se retrouvèrent brinquebalés de l'autre côté de l'avenue, montèrent sur le trottoir et en redescendirent aussitôt, ratèrent un lampadaire de quelques centimètres… et s'enfoncèrent dans la nuit en zigzaguant.

— En route ! ordonna Vargas en se relevant.

Pete se rua dans le garage et s'arrêta net :

— Qu'est-ce que…

Vargas accourut… pour s'apercevoir que les quatre pneus de sa Mercedes étaient à plat.

Une rage incrédule l'envahit : comment *osaient-ils* lui faire ça ? *Comment* ?

Tav poussa un juron en voyant l'état des roues.

Mais Vargas s'était déjà ressaisi. Il examina la voiture. À part les pneus, elle semblait intacte.

— Tav, appelle le mécanicien ! Dis-lui que je veux être prêt à partir dans quinze minutes, ou on repêchera son cadavre dans la Tamise. Pete, va chercher Michael ! Et n'oublie pas ta panoplie…

Pete n'y comprenait plus rien.

Alors, Vargas expliqua avec un sourire glacial :

— Je crois que je sais où ils vont.

12

Entre loup et chien

Londres dormait encore et ils purent rouler à tombeau ouvert sans provoquer d'accident. Ce n'est qu'après une dizaine de minutes que Dennis, à l'avant, osa quitter le rétroviseur des yeux :

— On les a définitivement semés !

Cassandra le fixait, hébétée :

— Comment avez-vous fait pour arriver jusqu'ici ?

Dennis eut un large sourire :

— J'ai bien essayé de me débarrasser de ces trois zigotos, mais ils n'arrêtaient pas de me suivre ! Après, Christopher s'est mis en tête de tout planifier, et…

— Mais comment êtes-vous entrés dans la maison ? Il y a des alarmes partout !

— Pour ça, je crois que tu peux dire un grand merci à ta camarade de chambre ! lança Shiro.

Jennifer agita la main d'un air blasé :

— Ah, je t'en prie, c'était facile. Je recommence quand tu veux !

Cassandra la serra dans ses bras :

— Merci. Vous ne pouvez pas savoir à quel point c'était éprouvant… J'ai bien failli abandonner. Merci à tous !

Dennis tendit le bras et lui ébouriffa les cheveux.

— On n'allait pas t'abandonner là-bas, quand même ! lâcha-t-il d'une voix bourrue.

— Et surtout, je n'avais aucune envie de perdre ma spacieuse chambre double ! plaisanta Jennifer.

— Ne vous réjouissez pas trop vite ! On n'est pas encore tirés d'affaire, glissa Shiro avec un petit sourire. Il nous reste à survivre à la conduite catastrophique de Christopher !

— Hé ! protesta celui-ci en se retournant. Prends le volant, toi qui fais toujours tout mieux que les autres !

— Chris, regarde la route !

La Land Rover grilla un feu rouge et prit la direction du nord.

Après avoir quitté Londres par l'A40, ils roulèrent toute la nuit. Cassandra eut droit au récit détaillé de leur périple : Brecon, Bristol, Mayfair, la bande de Kev et le raid final. Puis elle raconta sa propre histoire. Sa voix se mit à trembler en abordant l'altercation avec son frère jumeau.

— Cassandra ! intervint Dennis. C'est la décision de Michael. Ce n'est plus à toi de veiller sur lui.

— J'aurais dû revenir plus tôt.

— Et tu serais probablement toujours enfermée là-bas ! répliqua Dennis avec justesse.

La conversation languit tandis qu'ils entraient au pays de Galles. Certaines petites routes de campagne étaient si sombres qu'ils durent s'arrêter à deux reprises, pour étudier la carte d'état-major laissée par Vargas dans la boîte à gants. Lorsque leurs phares éclairèrent le panneau indiquant « Rhosmaen », les premières lueurs apparaissaient à l'est.

Cassandra bâilla. Jennifer dormait sur son épaule. Dennis et Shiro sommeillaient, la tête contre la portière. Cassandra n'aurait pas demandé mieux que de les imiter, mais allez savoir pourquoi ! elle éprouvait le besoin d'être réveillée pour son retour à Rokkaku.

— Hé, Chris ! lança-t-elle en étouffant un nouveau bâillement. Où as-tu appris à conduire ?

— Sur un jeu vidéo de simulation.

— Tu plaisantes !

— Pas du tout ! Ça s'appelle même *Carmageddon*. Je te le montrerai, la prochaine fois qu'on fera une virée à la capitale !

Maintenant qu'ils traversaient le village de Rhosmaen, Christopher roulait plus lentement.

— Tiens ! fit-il en jetant un regard dans le rétroviseur central. On dirait qu'on n'est pas les seuls lève-tôt !

Cassandra se retourna. Elle fronça les sourcils, puis écarquilla les yeux en voyant le véhicule derrière eux se rapprocher.

— Oh, non ! Plus vite, Chris !

Elle secoua Dennis et Jennifer :

— Réveillez-vous !

La Land Rover se mit soudain à accélérer.

— Ils nous ont repérés, constata tranquillement Tav depuis la banquette arrière.

Vargas appuya lourdement sur la pédale. Le moteur rugit et la Mercedes fit un bond en avant. Les feux arrière du quatre-quatre grossirent dans son pare-brise.

— Ils gagnent du terrain ! cria Dennis. Plus vite, Chris !

— Je ne peux pas ! On va partir dans le décor !

La route surplombait la vallée de Rhosmaen. Sur leur gauche, un versant escarpé plongeait dans les eaux sombres de la Tawi. Quelque part devant eux, dans la nuit, se dressait le barrage.

Et après ?

Shiro fourrageait dans son sac. Il en sortit une bourse noire et la vida par la vitre. Une pluie de petits objets tombèrent sur le goudron avec un cliquetis métallique.

— Qu'est-ce que c'est que ce truc ? marmonna Vargas.

La portion de bitume qu'éclairaient ses phares était hérissée de dizaines de pointes en métal.

La Mercedes, lancée à toute vitesse, roula dessus avec un *tink, tink*, et fit une embardée. Vargas dut batailler avec le volant pour maintenir la voiture sur la route.

— Des crève-pneus ! pesta Tav.

— J'ai remarqué, merci ! grinça Vargas. Pete, on a perdu un pneu. Égalise-moi vite les scores !

Pete sourit :

— On parle enfin le même langage, patron !

Cassandra et Jennifer poussèrent des cris de joie en voyant la Mercedes perdre du terrain. Puis la vitre avant de cette dernière s'abaissa, côté passager, et un tube de métal en sortit.

— Couchez-vous ! hurla Cassandra en forçant Jennifer à se pencher en avant.

Les versants de la vallée se renvoyèrent l'écho des coups de feu. Deux balles s'enfoncèrent dans la carrosserie, faisant vaciller la Land Rover, avant qu'une troisième ne touche un pneu.

Le quatre-quatre dérapa, les entraînant vers le précipice. Au prix d'un effort surhumain, Christopher parvint à ramener le véhicule sur la route, alors que les roues patinaient déjà sur l'herbe. Mais l'aiguille de la jauge de niveau donnait des signes de faiblesse.

— On perd de l'essence ! Une balle a dû atteindre le réservoir ! lança Christopher.

— Écoutez-moi, tout le monde ! intervint Shiro, très calmc. Voilà cc qu'on va fairc…

L'écart entre les deux voitures se réduisit. Soudain, à l'entrée d'un virage en épingle à cheveux, les feux stop de la Land Rover s'allumèrent et la portière arrière gauche s'ouvrit. Une silhouette en jaillit et, roulée en boule, se dirigea droit vers la pente abrupte.

Vargas enfonça la pédale de frein :

— Tav, qui que ce soit, rattrape-le !

Tav n'attendit pas que la voiture soit à l'arrêt pour

s'élancer dehors. Pete claqua la portière et la course-poursuite reprit.

Shiro dévalait le versant de la colline, essayant d'agripper des branches pour freiner sa descente en approchant de la rivière. Il y atterrit dans un jaillissement d'écume, se releva aussitôt et courut de l'autre côté, les vêtements dégoulinants.

En atteignant le bord de la Tawi, Tav aperçut une forme sombre qui grimpait sur l'autre rive, à quatre pattes. Poussant un juron, il sauta à son tour dans les eaux peu profondes.

— Ils ont marché ! exulta Dennis en passant à l'arrière. Surtout n'oublie pas, Cassandra ! Après moi, c'est à toi de jouer ! On se retrouve tous au point convenu, près du barrage. Vas-y, Chris !

Christopher appuya de toutes ses forces sur le frein et Dennis bondit dehors en roulé-boulé.

— Cette fois-ci, c'est *elle* ! brailla Pete. Arrêtez-vous, patron ! Je vais…

— Pas si vite ! le coupa Vargas en étudiant la silhouette qui disparaissait dans l'obscurité. C'est Dennis ! Ils cherchent juste à faire diversion.

Arrivé en bas de la pente, Dennis se redressa et vit la Mercedes poursuivre sa route sans même ralentir. Il poussa un cri de dépit et se mit à courir en direction du barrage.

Tav marcha sur une branche de ronce qui se trouvait sur son passage, la cassant net. Une épine déchira la manche de sa chemise en soie et il lâcha un nouveau juron. La forme sombre devant lui coupait à travers des ravines envahies par les broussailles. Tav était en bonne condition physique et endurant, mais sa haute taille l'empêchait d'esquiver aisément les obstacles naturels. Il s'efforça néanmoins de conserver une allure régulière : tôt ou tard, sa proie se fatiguerait.

— Prête ? demanda Christopher d'une voix tendue.

Cassandra finit d'enfiler la veste noire de Jennifer et noua la ceinture d'un geste sec :

— Prête !

— Alors, *go* !

Cassandra échangea un dernier regard avec Jennifer. Alors qu'ils dérapaient dans un virage, elle s'élança dans l'herbe haute qui poussait au bord du talus. Roulant jusqu'à une grosse touffe de fougères, elle se ramassa et se couvrit la tête des deux mains, au moment même où les phares de la Mercedes balayaient sa cachette. La voiture passa en trombe à côté d'elle, expulsant un nuage de gaz d'échappement qui la fit tousser aux larmes.

Cassandra jeta un coup d'œil furtif aux véhicules qui s'éloignaient vers le barrage. Les bruits de moteur faiblirent. Une fois sûre qu'aucun ne s'arrêtait, elle descendit prudemment la pente en se frayant un chemin entre les arbres.

Jen, Chris, surtout faites bien attention à vous…

Par la lunette arrière, Jennifer vit la Mercedes passer à côté de Cassandra, et le soulagement l'envahit. Puis un nouveau coup de feu retentit derrière eux et elle plongea en avant. Leur véhicule fit une embardée lorsqu'un deuxième pneu éclata, la projetant violemment contre la portière.

— Chris ! hurla Jennifer en se démenant pour enfiler les habits de Cassandra.

— On y est presque ! lui assura Christopher.

Puis il s'adressa au quatre-quatre, l'implorant à voix basse :

— Tiens bon, encore un peu... Je t'en prie...

Pete fronça les sourcils en voyant la Land Rover tourner à l'embranchement et monter en direction du parc de stationnement attenant au barrage :

— Mais c'est un...

— Un cul-de-sac, l'interrompit Vargas. Ils vont devoir prendre la fuite à pied. Pas de flingue, Pete ! Je les veux vivants.

Cahotant et fumant, la Land Rover franchit laborieusement le sommet de la colline et rendit l'âme dans un long sifflement. Elle entra en roue libre dans le parking vide. Christopher s'empara de son *hanbo* et bondit dehors, Jennifer à sa suite. Ils sautèrent pardessus la barrière et se précipitèrent vers le barrage.

La Mercedes faisait irruption dans le parc de stationnement moins de dix secondes plus tard. Vargas s'arrêta en dérapage contrôlé, juste à côté de l'épave de la Land Rover. Pete et lui aperçurent deux adolescents courant à perdre haleine le long de la crête du barrage. La fille, blonde, portait le survêtement bleu pâle de Cassandra.

— On les tient ! hurla Pete.

Il se baissa pour passer sous la barrière et se mit à courir après eux. Vargas fit quelques pas en avant et s'arrêta net, les mains sur les hanches. Sourcils froncés, il fixa les silhouettes qui s'enfonçaient dans la pénombre.

Shiro déboucha dans une clairière. Devant lui se dressait l'ancienne carrière où leurs cours d'escalade se déroulaient. Il prit son élan, sauta sur la paroi rocheuse et entama son ascension. Il arrivait au sommet lorsqu'il entendit un cri de rage, derrière lui.

Tous les élèves de Rokkaku connaissaient les lieux sur le bout des doigts, et la mémoire de Shiro était meilleure que la moyenne. Il prit position et attendit.

Alors, fit avec détachement une petite voix dans sa tête, *c'est à ça que ressemble un vrai duel ?*

Le visage de Tav, rougi par l'effort, apparut en haut de la colline d'ardoise. Il se figea en apercevant Shiro :

— Bon sang, mais qui es-tu ?

— J'avais juste envie de faire une petite balade à la fraîche ! répondit Shiro avec un sourire ironique.

Les traits de Tav se durcirent. Il finit de se hisser, le regard sombre. L'adolescent recula de quelques pas et Tav s'avança lentement vers lui.

— Je suis de très, très mauvaise humeur, déclara-t-il d'une voix faussement calme. Mon costume italien est dans un état épouvantable et tu m'as fait perdre mon temps. Ce sont deux affronts que je ne peux pas tolérer. J'imagine que tu sais où Cassandra est passée. Tu vas immédiatement m'emmener là-bas, sinon…

Il fit un nouveau pas menaçant en avant. Un mètre à peine les séparait.

— Ça m'étonnerait qu'ils aient envie de vous voir, répliqua Shiro, impassible.

— Personne ne leur demande leur avis…

Tav écarta le pan gauche de sa veste, révélant un étui de revolver.

— … Vargas veut Cassandra vivante. Mais il n'a rien précisé au sujet de ses petits copains !

Alors que Tav s'apprêtait à saisir son arme, Shiro bondit sur lui en mettant tout son poids dans l'attaque : sa main vint percuter le torse du malfrat en *shakoken**.

La violence de l'impact fit tituber Tav en arrière. Son pied s'enfonça dans une fine croûte de terre qui céda sous son poids, et il disparut avec un cri de surprise dans un des puits de l'ancienne mine de plomb. Son hurlement décrut, s'achevant sur un bruit sourd.

Shiro laissa échapper un long soupir de soulagement. Le conduit de ventilation était silencieux. Il s'approcha prudemment et s'apprêtait à se pencher, lorsque l'instinct le fit hésiter. S'emparant d'une petite branche qui traînait par terre, il l'agita au-dessus de l'ouverture.

Deux coups de feu éclatèrent et le bout de bois qu'il tenait vola en éclats. Shiro fit un bond en arrière, les yeux agrandis par la peur. Sa gorge se serra : il avait bien failli mourir.

— Je me rappellerai cette ruse, la prochaine fois, dit-il tout haut.

Le silence régna quelques instants puis la voix de l'homme de main se fit entendre, glaciale :

— Tu es *mort* !

Shiro ne se donna pas la peine de répondre. Il imaginait très bien Tav au fond du puits, pointant son canon sur le pan de ciel au-dessus de lui. Il s'éloigna à quatre pattes sans faire de bruit, puis redescendit rapidement. Une fois dans la clairière, il partit au pas de course en direction du barrage.

Jennifer risqua un coup d'œil par-dessus son épaule tandis qu'ils couraient à toutes jambes le long de la passerelle de service.

— On nous suit ! lança-t-elle en apercevant Pete.

Non, tu crois ? lui aurait bien répondu Christopher… s'il lui était resté assez de souffle.

Faire porter à Jennifer les vêtements de Cassandra avait semblé un bon plan quand Shiro le leur avait exposé. À présent, Christopher en était moins sûr… Au bout du barrage, il se retourna et se rendit compte que leur poursuivant n'était plus qu'à une cinquantaine de mètres.

Il leur fallait une idée. Et vite !

Les eaux sombres du Llyn Garedig ondulaient à leur droite, mais les traverser à la nage ferait d'eux des cibles faciles. Le chemin qu'ils suivaient maintenant serpentait autour des avancées du lac. La pente était raide et Jennifer semblait à bout de souffle. Derrière eux, l'homme de main ne cessait de gagner du terrain. Alors qu'ils descendaient vers le ruisseau, Christopher tira Jennifer par le bras :

— Par ici !

Les deux adolescents qu'il poursuivait venaient de couper à gauche, à travers les arbres. Pete sauta de l'autre côté du ruisseau avec un regain d'énergie. Cassandra n'allait pas lui échapper, cette fois !

En entrant dans les bois, Pete la vit recroquevillée dans l'herbe. Aucune trace du garçon. Il ralentit l'allure et ordonna d'une voix haletante :

— On ne bouge plus !

Cassandra tremblait visiblement de peur, et un rictus satisfait se dessina sur les lèvres de Pete.

— Comme on se retrouve ! Vargas te veut vivante, mais il n'a pas précisé dans quel état… Numérote tes abattis ! Ça fait trop longtemps que tu attends ta leçon !

Pete saisit l'adolescente par les cheveux et lui tira la tête en arrière, d'un coup sec.

Son sourire s'effaça aussitôt et sa bonne humeur fit place à la fureur :

— *Où* est Cassandra ?

— S'il vous plaît, ne me faites pas de mal ! le supplia Jennifer, le visage baigné de larmes.

Pete la força à se relever et se mit à la secouer violemment, au point que ses dents s'entrechoquèrent :

— *Où* est-elle ? Tu vas me le dire tout de suite ! Sinon…

— Je ne sais pas ! renifla Jennifer. Le plan de Cassandra, c'était qu'on échange nos habits pour faire diversion. C'était son idée, je n'y suis pour rien ! Je vous jure que j'ignore où elle est partie !

— Si tu crois que tu vas me faire avaler ça !

Pete la jeta à terre et glissa la main dans sa veste. La lame d'un long couteau étincela entre ses doigts.

Jennifer écarquilla les yeux, pétrifiée.

Pete la dévisagea froidement :

— Je vais te faciliter la tâche. Je compte jusqu'à cinq. Si tu ne veux toujours pas me dire où elle est, je commence à te découper en morceaux. Un ! Deux ! Trois…

Une voix s'éleva, derrière eux :

— Ohé !

Pete se retourna. Un long bâton d'un mètre, projeté à quatre-vingts kilomètres à l'heure, le heurta violemment entre les deux yeux. Pete lâcha son couteau, qui se planta dans l'herbe, avant de tomber lui-même comme une souche.

Christopher abaissa lentement son *hanbo*. Jennifer se redressa et tous deux contemplèrent Pete, étendu inconscient à leurs pieds.

L'adolescente poussa un long soupir :

— Je crois que je viens d'interpréter le rôle de ma vie.

Christopher observa ses mains, qui tremblaient :

— Et moi d'avoir la peur de ma vie !

L'aube enveloppait le complexe du barrage d'une lueur blafarde. Tapis derrière un mur de béton, Dennis et Cassandra fixaient avec envie la rive opposée du lac. Derrière la bande de terre qui s'avançait dans le Llyn Garedig, une quinzaine de mètres au-dessus de l'eau, se cachait Rokkaku.

— Si seulement on pouvait traverser…

— Je me demande ce qui peut bien retarder Shiro ? fit Cassandra en fouillant les bois du regard. C'est le plus sportif de nous tous et il connaît les lieux comme sa poche !

Deux coups de feu retentirent soudain au loin. Dennis et Cassandra sursautèrent, paniqués.

Shiro !

Ils attendirent dix minutes sans bouger, mais la vallée était redevenue parfaitement paisible.

— Je vais aller jeter un œil, déclara finalement Dennis. Attends-moi ici.

— Pas question ! Je t'accompagne, décida Cassandra.

— Ne bouge d'ici *sous aucun prétexte* ! lança son frère avec une rudesse qui la cloua sur place.

Il se glissa jusqu'à la passerelle de service. Toujours personne. Alors, Dennis se mit à courir. Il passa comme une flèche au-dessus du déversoir. Des dizaines de mètres plus bas, la station de pompage projetait des gerbes d'eau embrumant l'air.

L'espace d'un instant, il eut l'impression que sa vue lui jouait des tours. Mais lorsque la silhouette féline s'écarta du nuage de vapeur, il sut qu'il ne rêvait pas.

— Bien, bien, bien ! fit Vargas en s'avançant, ses pas résonnant sur le béton. Le retour du fils prodigue !

Il s'arrêta à trois mètres de Dennis, désinvolte.

— Alors, où est passée ta petite sœur ?

— Ce ne sont pas tes affaires !

— Bien au contraire ! Cassandra est justement appelée à les reprendre, figure-toi.

— Tu peux toujours rêver !

Vargas secoua la tête d'un air navré :

— Qu'est-ce qui cloche, Dennis ? Serais-tu jaloux ?

Je crains fort que tu n'aies pas le profil pour devenir mon successeur. Cassandra a toujours été meilleure, reconnais-le ! Sans elle, tu n'es bon à rien. Mais ne t'en fais pas ! Il y aura quand même une place pour toi dans mon organisation. Tu pourras jouer les seconds couteaux… comme toujours.

La fureur envahit Dennis. Il fit un pas en avant, poings serrés. Vargas, lui, conserva son attitude détendue.

Dennis se força à inspirer puis expirer calmement par le nez, avant de lâcher :

— Non ! Je ne te ferai pas ce plaisir.

Vargas haussa les sourcils :

— Je suis impressionné ! Il n'y a pas si longtemps, tu aurais été incapable de te maîtriser. Je me demande d'où tu tires cette sagesse nouvelle…

Et sans attendre de réponse, il reprit :

— Cette conversation est réellement passionnante, mais… désolé Dennis, je n'ai pas toute la journée !

Vargas fit un mouvement rapide de la main. Dennis n'en crut pas ses yeux : il pointait un revolver sur lui !

Son père arborait toujours la même expression calme :

— Je te propose d'en venir à l'essentiel et de te confier à mon 9 mm.

Dennis fixait le canon de l'automatique. Il déglutit avec peine et annonça :

— Ne compte pas sur moi pour te dire où est Cassandra.

Brusquement, Vargas sourit :

— Je crois que ce n'est plus la peine…

Dennis entendit un bruit de pas précipités. Il se retourna et le découragement s'empara de lui.

— Pourquoi ne m'écoutes-tu *jamais* ? cria-t-il. Sauve-toi !

Cassandra s'arrêta à quelques pas, le défiant du regard :

— Pas sans toi.

Une détonation assourdissante déchira l'air et des éclats de béton volèrent aux pieds de Dennis et de Cassandra.

— Très touchant ! fit Vargas.

Il braqua son canon sur le front de Dennis :

— Je vais avoir une petite discussion avec ta sœur. Toi et moi, nous avons encore beaucoup de choses à nous dire, mais il va falloir remettre ces émouvantes retrouvailles à plus tard. Laisse-nous et je m'occuperai de toi ensuite. Mais fais un seul mouvement vers moi et, fruit de mes entrailles ou pas, tu te retrouveras avec un joli trou au milieu du front.

Dennis resta parfaitement immobile. Il savait que son père parlait sérieusement.

Cassandra le poussa doucement dans le dos :

— Allez, Dennis !

Il la dévisagea, tiraillé. Rester, c'était la mort assurée – mais pouvait-il vraiment s'enfuir, laisser Cassandra seule avec Vargas ?

— Dennis, je suis sérieuse. Je saurai me débrouiller. *Crois-moi*, insista sa sœur en lui pressant le bras. Maintenant, va-t'en !

Dennis se mordit les lèvres et recula lentement. L'automatique restait braqué sur lui. Après une dernière hésitation, il se retourna et se mit à courir vers l'extrémité de la passerelle, en direction de Rokkaku.

Vargas rengaina son arme et sourit à Cassandra :

— Bon. Où en étions-nous ?

Elle le fixa froidement :

— Je ne rentre pas avec toi.

— Quel dommage ! J'ai promis à Michael que tu serais à la maison pour le dîner.

Cassandra secoua la tête :

— Désolée, ton sale chantage ne marche plus. Tu ne te serviras plus de Michael pour m'attraper.

— T'attraper ? Mais tout ce que je veux, c'est avoir mes enfants auprès de moi ! Je t'ai dit que j'avais emmené Michael ? Il nous attend à Rhosmaen. Il croit que tu vas revenir avec moi. Je me demande comment il réagira en apprenant que tu as choisi de l'abandonner… Remarque, ce n'est pas la première fois…

Cassandra l'attaqua avec hargne. Vargas bloqua son poing au vol, lui décocha un coup à l'estomac et la plaqua au sol, en lui tordant le bras derrière le dos.

— Maintenant, chuchota-t-il à son oreille, tu vois ce qui arrive quand on perd son calme ?

Cassandra avait le souffle coupé.

— Je pourrais t'apprendre à attaquer comme il faut. À te battre pour de vrai, pas comme dans les films de karaté. Tu pourrais être tellement plus…

— Bas… les pattes ! haleta Cassandra.

Vargas se pencha :

— Quoi ? Parle plus fort, j'ai du mal à t'entendre.

Cassandra prit une profonde inspiration :

— J'ai dit : *Bas les pattes* !

Elle lança la jambe dans un mouvement circulaire et balaya le pied d'appui de Vargas. Il tomba lourdement, l'entraînant dans sa chute alors qu'elle tentait de se relever. Cassandra accompagna le mouvement, se libéra au moment où elle roulait sur son père et bondit sur ses pieds. Vargas fut presque aussi rapide et son poing fendit l'air, vif comme un serpent qui attaque. Cassandra esquiva le coup en se baissant. Il fallait à tout prix qu'elle trouve une ouverture dans sa défense !

À l'autre bout de la passerelle, Dennis se retourna et vit sa sœur aux prises avec Vargas. Un coup de poing envoya Cassandra s'écraser contre le béton, et il tressaillit. Cassandra frappait Vargas comme une furie, mais il était évident qu'elle n'aurait pas le dessus. Dennis fit un pas dans leur direction.

— Dennis !

Christopher et Jennifer lui faisaient signe, cachés au milieu des buissons. Il courut jusqu'à eux.

— Mais qu'est-ce que vous attendez ? s'insurgea Dennis. Cassandra a besoin de nous !

— Pas forcément… Regarde ! fit Christopher en tendant le doigt.

Un mètre au-dessous du garde-fou, courait un étroit rebord, tout le long de la passerelle. Une forme sombre s'y cramponnait à mi-chemin, juste sous l'endroit où Cassandra et Vargas luttaient.

Shiro !

Le vent s'était levé et fouettait l'adolescent en équilibre au-dessus du déversoir, menaçant de lui faire lâcher prise. Mais Shiro tenait bon. Retenant son souffle, Dennis le vit nouer solidement une corde sous la passerelle.

Cassandra évita un nouveau coup de poing, s'éloigna dans un roulé-boulé et se releva en prenant soin de rester à distance. La peur commençait à s'insinuer dans son esprit embrumé de colère. Elle avait frappé Vargas une dizaine de fois déjà, mais c'est à peine s'il avait semblé s'en apercevoir. Un filet de sang coulait sur son front ; elle l'essuya du revers de la main.

— Dong ! annonça Vargas avec le sourire. Dernier round.

Avec une surprise un peu sourde, teintée d'une profonde lassitude, Cassandra réalisa qu'elle avait perdu. Son sauveteur anonyme avait raison : elle n'était pas prête à affronter Vargas. Tout son corps était meurtri. Son dos et ses épaules l'élançaient depuis qu'elle avait heurté durement le béton, et elle n'aurait pas été étonnée d'avoir des côtes cassées.

— Abandonne, Cassandra ! lui conseilla Vargas.

Il ne souriait plus : il avait presque l'air compatissant.

— Arrêtons ce combat stupide, qu'on puisse tous rentrer à la maison !

— Non ! gronda Cassandra.

Elle chargea. Vargas esquiva facilement son attaque et l'envoya percuter les barres en acier du garde-fou. Cassandra tomba au sol en gémissant.

Vargas attendit tranquillement qu'elle se relève.

— Ton année sabbatique tire à sa fin, Cassandra ! Il est temps que tu retrouves ta famille.

Cassandra se redressa lentement. Le choc l'avait tellement étourdie qu'il lui sembla voir une silhouette, derrière Vargas ! Mais sa vision s'éclaircit et elle reconnut enfin celui qui lui faisait signe. Un regain d'énergie montant en elle, elle défia son père :

— Tu parles d'une famille !

Faisant un crochet pour éviter Vargas, elle fonça de l'autre côté de la passerelle et enjamba le garde-fou, encore vacillante. Qu'elle fasse un pas de plus, et c'était la chute : plusieurs dizaines de mètres la séparaient du déversoir.

Horrifié, Vargas courut vers Cassandra, bras tendus.

L'adolescente se jeta dans le vide sans se retourner.

Cassandra crut qu'ils n'en finiraient jamais de tomber. Fermement agrippée au cou de Shiro, elle sentait le vent siffler à ses oreilles. Soudain, la corde attachée sous la passerelle se tendit avec un claquement, si brutalement que Cassandra faillit lâcher prise. Shiro resserra aussitôt son étreinte. Pendant quelques secondes, ils se balancèrent dans le vide, entre la passerelle et le déversoir. Puis le filin de nylon noir cessa d'osciller et Shiro se mit à descendre la paroi abrupte en rappel.

Pieds joints, il laissa filer la corde et rebondit trois fois contre la muraille de béton. Le filin arrivé en bout de course, ils durent sauter sur le déversoir et exécuter un roulé-boulé pour amortir leur chute.

Les mains crispées sur le garde-corps, Vargas regardait Cassandra lui échapper, sans vouloir y croire. Le visage livide, il tira l'automatique de son étui. Lentement, il l'abaissa pour viser la tête de l'adolescent qui accompagnait sa fille.

Alertée par l'éclat de lumière renvoyé par le canon, Cassandra leva les yeux. Se plaquant contre Shiro, elle lui ordonna :

— Surtout, ne bouge pas !

Vargas montra les dents et poussa un grognement animal. Les cheveux blond doré de Cassandra étaient venus se placer dans sa ligne de mire. Malgré le tremblement qui envahissait sa mâchoire, Vargas tenait son arme d'une main parfaitement ferme. Les minutes passèrent et les jointures de son index blanchirent. Finalement, son doigt lâcha la gâchette et il releva son arme.

— Tu es à moi, Cassandra, déclara-t-il à voix haute. Peu importe le temps qu'il faudra… je finirai bien par te retrouver !

Cassandra vit Vargas rengainer son automatique. Shiro et elle descendirent tant bien que mal le long du déversoir. Jetant un regard en arrière, elle aperçut son père, vague silhouette debout sur la passerelle, avant que la vapeur d'eau produite par la station de pompage ne vienne les envelopper d'une brume blanchâtre.

— On rentre à Rokkaku en faisant le tour par les collines, c'est plus sûr ! proposa Shiro.

Cassandra était épuisée, mais elle secoua la tête :

— Non. Il y a un endroit où je dois me rendre, avant.

Elle s'attendait à ce que Shiro réclame des explications, mais il répondit simplement :

— Dans ce cas, je t'accompagne.

Cassandra se retourna une dernière fois, mais la passerelle était vide.

Le soleil était haut dans le ciel lorsqu'ils atteignirent la crête dominant le point de jonction des deux vallées. Shiro fit halte dans un bosquet tandis que Cassandra continuait seule, le cœur rempli d'espoir.

La cavité rocheuse était encore fraîche de la brise nocturne. À gauche et à droite, la Tawi et la Garedig se rejoignaient pour donner naissance au plan d'eau où tout avait commencé, près d'un an plus tôt. Du bout du doigt, Cassandra suivit le tracé de la croix que Michael et elle avaient gravée dans la roche. Il avait commencé à s'éroder, mais restait visible. Décidée à attendre, l'adolescente s'assit dos à la roche.

Au bout de deux heures, très abattue, elle finit par se lever pour rejoindre Shiro.

Caché derrière un arbre, en haut de la colline opposée, Michael regardait sa sœur s'éloigner.

— Ce n'est qu'un au revoir…, murmura-t-il en voyant disparaître sa crinière, touche de couleur flamboyante au milieu des hautes fougères.

Puis il partit retrouver leur père à Rhosmaen.

Épilogue

En ce dimanche après-midi, l'école des ninjas somnolait au soleil après l'agitation de la Grande Chasse, la dernière de l'année.

Au sommet de la colline se dressant au nord de Rokkaku, deux élèves qui venaient de vivre une nuit autrement plus dangereuse, contemplaient le lac. Après s'être présentés devant leurs professeurs et avoir exposé les motifs de leur absence prolongée, ils attendaient le verdict… sans se faire trop d'illusions sur leur sort.

— Tu sais qui a remporté la Chasse ? demanda Dennis après un long silence.

— J'ai entendu dire qu'ils avaient tous été éliminés très rapidement. Il paraît que les sixième année sont drôlement bons ! C'est Ichiro qui est arrivé en tête des première année, fit Cassandra en tirant sur ses manches.

Son *gi* tout neuf devait encore perdre de sa raideur.

— Tu parles d'une surprise !

— Je ne l'ai pas vu depuis notre retour. Il doit être *furieux* que je l'aie laissé tomber juste avant la plus grande Chasse de l'année ! grimaça Cassandra.

— En fait, non ! Shiro les a vus, Hiroshi et lui, il y a une heure environ. Ils voulaient surtout savoir si tout allait bien pour nous.

Un bruit les fit se retourner. Monsieur Oakley gravissait tranquillement la colline. Il leur fit signe :

— Alors, on se sent mieux ?

Ils ne répondirent ni l'un ni l'autre. Persuadés qu'on allait les renvoyer, ils avaient peur de ce qu'ils allaient entendre. Monsieur Oakley s'assit entre eux et le silence s'installa.

— Une vue magnifique, n'est-ce pas ? tenta l'enseignant au bout de quelques minutes.

À leurs pieds, le vent animait de vaguelettes blanches la surface des eaux sombres.

— Le Llyn Garedig n'a pas trente ans, le saviez-vous ? reprit-il. Le fond de la vallée n'a pas toujours abrité un lac : on l'a inondé à la construction du barrage. C'est pour cela que les collines s'y enfoncent aussi abruptement. Un bien curieux spectacle, vous ne trouvez pas ? La plupart des touristes sont fascinés, mais il leur faut un moment pour réaliser ce qui est différent. Quelque part sous ces tonnes et ces tonnes d'eau, on peut encore trouver un lit de rivière, des routes, et même les ruines d'anciennes fermes ! Ce qui explique que le Llyn Garedig soit mort : la vie a besoin de vase et d'algues pour naître. Mais le lac finira par devenir vivant, avec le temps. Des poules d'eau nicheront dans ses avancées ; des poissons peupleront ses eaux. Avec les poissons viendront les pêcheurs, et avec les pêcheurs, les loueurs de canots ! Il faudra alors que nous quittions la vallée de Rokkaku, et que nous trouvions un nouvel endroit où nous entraîner dans le plus grand secret...

Et monsieur Oakley ajouta en soupirant :

— Rien n'est éternel !

Dennis ne pouvait rester silencieux plus longtemps :

— Qu'est-ce qu'on va devenir ?

— Laissez-moi réfléchir... Vous avez quitté Rokkaku sans nous prévenir, manqué une semaine entière de cours et abandonné vos partenaires à la veille de la Grande Chasse. Sans parler de votre visite non autorisée à Londres ! Il est évident que nous devons vous tenir responsables de cet accident de voiture près du barrage, ainsi que de tous les actes stupides que vous avez commis à Hampstead. Toutefois, pour autant que je sache, Vargas Havelock n'a encore signalé aucun de vos délits à la police, si bien que tout ce que nous pouvons vous reprocher pour l'instant, c'est d'avoir mis en danger vos vies et celles de vos camarades... et probablement compromis la sécurité de notre école. L'avenir nous le dira ! Dans ces conditions, l'idéal serait que vous restiez tous les deux à Rokkaku, cet été. Avec la montagne de retenues et de corvées de cuisine que vous venez de vous attirer, vos études seraient sérieusement retardées si vous ne vous acquittiez de vos punitions que l'année scolaire prochaine !

Dennis et Cassandra fixaient monsieur Oakley, bouche bée.

— Vous nous laissez rester ici, malgré tout ? s'étonna Cassandra.

— Bien sûr, juste ciel ! Certes, vous vous êtes lancés à la légère dans une dangereuse équipée. Mais puisque nous passons notre temps à vous enseigner comment employer vos talents pour les autres, plutôt que pour vous-mêmes, il serait quelque peu injuste de vous expulser alors que vous ne cherchiez qu'à sauver l'un d'entre vous !

Dennis et Cassandra échangèrent un regard incrédule :

— Vous voulez dire qu'on est tirés d'affaire ?

— Je dirais que votre véritable punition est d'avoir utilisé je ne sais combien de vos neuf vies, pour aller jusqu'à Londres et en revenir sans blessure grave. Vous avez survécu grâce à dix pour cent de compétence, dix pour cent de détermination et quatre-vingts pour cent de chance pure. N'espérez pas être aussi gâtés à l'avenir !

— Mais qu'est-ce qu'on aurait pu faire d'autre ? objecta Dennis.

Monsieur Oakley haussa les épaules :

— Peut-être rien, en effet ! Mais il est important que vous compreniez que vous avez fait preuve d'une invraisemblable imprudence ! Les dés étaient pipés, dès le début. Ni vous ni Cassandra ne pouviez vaincre quelqu'un de la trempe de Vargas, compte tenu de votre jeune âge et de votre niveau d'entraînement.

Cassandra secouait la tête :

— Je ne suis pas retournée là-bas pour combattre Vargas, mais pour aller chercher…

— Votre frère, je sais ! Mais lui ne voulait pas partir. Michael a grandi. Et grandir, c'est faire preuve de responsabilité, prendre des décisions seul. Bien que jumeaux, vous devez accepter le fait qu'à présent, vous êtes deux individus vivant chacun de leur côté...

— Mais c'est pour *lui* que je suis restée ici et que j'ai persuadé Dennis de patienter ! insista Cassandra. Bon d'accord, c'était aussi pour être en sécurité et apprendre – mais ce n'est pas ça qui m'a aidée à tenir bon, tout au long des cours et des séances d'entraînement, et malgré la fatigue ou les blessures. Michael est la *véritable* raison pour laquelle je suis ici !

Le vieux professeur haussa les sourcils :

— Cassandra, les motifs qui nous poussent à entamer un voyage sont très rarement ceux avec lesquels on l'achève. Dites-moi, Dennis ! Au début, peut-être, vous êtes resté uniquement parce que Cassandra vous le demandait. Mais est-ce la raison pour laquelle vous vous trouvez ici aujourd'hui ?

— Non, répondit lentement Dennis.

— Quant à vous, Cassandra ! si Michael représente vraiment tout ce qui compte, qu'attendez-vous pour partir ? fit remarquer monsieur Oakley en se levant. Bien ! Je vous laisse vous reposer. Nous nous verrons demain.

Après son départ, Cassandra se remit à contempler le lac. Dennis la poussa du coude et elle se tourna vers lui, l'air perdu :

— Il ne me reviendra pas, Dennis. J'ai fini par le comprendre. Il a choisi Vargas !

Dennis resta silencieux une longue minute.

— Monsieur Oakley a peut-être raison, après tout ! dit-il enfin. Michael vivait plus ou moins dans notre ombre, quand on était encore ensemble. Il devait avoir besoin d'une vie bien à lui. Et s'il veut être comme notre père… c'est son choix. Peut-être qu'il a toujours ressemblé un peu à Vargas, et qu'on n'a pas voulu le voir.

Cassandra pencha la tête.

— Hé ! tu m'as toujours, moi ! tenta de plaisanter Dennis.

Puis il redevint brusquement sérieux :

— Il y a quelques mois, sur cette colline, tu as dit qu'on pourrait rester à Rokkaku. Commencer une nouvelle vie. Que ça pourrait marcher ! Tu te souviens ? Eh bien, je suis prêt à faire un essai. Et toi ?

Cassandra étudia quelques instants le visage grave de son frère, puis elle tapa dans la main qu'il lui tendait :

— Marché conclu.

Canne à pêche sur l'épaule, monsieur Oakley referma sa porte et se dirigea vers le haut de la vallée. Au passage, il fit un petit signe de la tête aux patrouilles du Foyer.

Une fois en dehors de l'Anneau de Guet, l'enseignant emprunta un chemin qu'il connaissait bien. La soirée était agréablement chaude et il descendit d'un pas régulier, mais tranquille, en direction du point de rencontre de la Tawi et de la Garedig.

Avec l'été sec que connaissait la région, le niveau du plan d'eau avait baissé, mais les deux rivières continuaient de se rejoindre en bouillonnant. Monsieur Oakley s'installa confortablement et sortit son matériel du panier. Puis il lança le flotteur rouge et blanc, qui atterrit avec un léger *plof*.

Il resta assis sans bouger, yeux mi-clos, une vingtaine de minutes. Un merle d'eau surgit des joncs poussant sur la rive opposée, plongea en piqué sans un bruit puis refit surface, avant de se laisser entraîner un peu plus loin par le courant. Deux buses portées par les courants d'air chaud décrivaient des cercles paresseux, haut dans le ciel, les collines se renvoyant leurs *kiou... kiou... kiou...*

Finalement, monsieur Oakley s'étira et dit tout haut :

— Je crois que vous pouvez vous montrer, maintenant, Jessica !

Un rire s'échappa des broussailles, derrière lui. Une silhouette sombre sortit des sous-bois et rabattit la capuche qui lui recouvrait la tête.

Revêtue d'un justaucorps noir, la jeune femme, vingt-cinq ans environ, avait le teint pâle et des yeux bleu clair, étirés vers le haut. D'un geste gracieux, elle libéra ses cheveux d'un blond doré, qui tombèrent en cascade sur ses épaules.

— Je me demandais si vous aviez remarqué ma présence !

Sa voix était douce et claire : Cassandra l'aurait reconnue sur-le-champ...

— Très chère, je suis peut-être âgé, mais certainement pas sourd, ni aveugle !

Monsieur Oakley considéra la jeune femme d'un air appréciateur, tandis qu'elle s'asseyait à côté de lui.

— Les voyages semblent vous réussir, Jessica : vous êtes plus belle que jamais. La ressemblance est vraiment frappante, savez-vous ? Vous pourriez aisément passer pour la sœur aînée de Cassandra !

Jessica sourit fugitivement, avant de s'enquérir :

— Comment vont-ils ?

— Cassandra prend très mal la perte de Michael. Mais elle s'en remettra ! Dennis s'est parfaitement adapté. Il a évolué d'une manière étonnante au fil de l'année ! Rokkaku lui apporte beaucoup.

— J'aurais tant aimé être là ! fit Jessica en regardant le merle d'eau réapparaître à la surface. Lorsque j'ai eu votre message m'apprenant que Dennis et Cassandra avaient disparu, j'accomplissais une mission à l'étranger. Si j'avais été en Grande-Bretagne, j'aurais pu leur venir en aide, d'une manière ou d'une autre !

— Vous n'êtes pas leur ange gardien, Jessica ! aussi fort que soit votre désir de les protéger. Ils sont sains et saufs, en fin de compte ! Il valait d'ailleurs mieux qu'ils se tirent seuls du guêpier dans lequel ils s'étaient fourrés... Si par malheur Vargas vous avait aperçue, les conséquences auraient été bien plus funestes !

— J'ai tenté de mettre Cassandra en garde, mais elle n'a pas voulu m'écouter ! soupira Jessica. Elle a visiblement hérité de ma sœur !

— Ni l'un ni l'autre ne sont de ceux qu'un avertissement dissuade ! Ils ne comprennent que la manière forte. Cela dit, ce doit être un trait de famille, glissa monsieur Oakley en haussant un sourcil. On ne peut pas dire que vous ayez été une élève très docile...

Jessica éclata de rire :

— C'est un euphémisme ! Je crois que j'étais encore pire que Dennis, en intégrant Rokkaku. Mais depuis, j'ai appris à mettre de l'eau dans mon vin !

Elle se tut un instant, avant d'ajouter :

— Vargas n'abandonnera jamais... Tant que Dennis et Cassandra seront en vie, il les pourchassera ! Qu'allons-nous faire ?

Le merle d'eau vint nager près du flotteur de monsieur Oakley, qui écarta sa ligne d'un coup sec :

— Nous les aiderons comme nous le faisons pour tous nos élèves, Jessica. Nous continuerons à leur offrir éducation et abri ; nous leur donnerons le temps de grandir. Ensuite, les dés seront entre leurs mains !

Tous deux contemplèrent, songeurs, le flotteur qui dansait au gré du courant. Le sort de Dennis et Cassandra était un sujet grave, dont ils seraient encore appelés à discuter. Un jour, viendrait le temps de l'action... Vargas n'avait pas dit son dernier mot !

Quelques précisions

La pratique du *ninjutsu* resta limitée au Japon jusqu'au début des années 1970, époque à laquelle Masaaki Hatsumi, grand maître des différentes écoles de *ninjutsu*, fonda le Bujinkan, organisation mondiale consacrée à l'enseignement du *ninpo*. À l'heure où j'écris ces lignes, le docteur Hatsumi enseigne toujours au Honbu Dojo ou « *dojo* central » de Noda (Japon).

Aujourd'hui, presque tous les pays occidentaux proposent des cours de *ninjutsu*, y compris la plupart des grandes villes françaises. Vous trouverez sur Internet la liste des *dojo* agréés.

PS : inutile d'interroger votre instructeur au sujet de Rokkaku. La plupart ignorent jusqu'à l'existence de l'école, et les rares initiés nieront la connaître.

Glossaire japonais-français

Arigato : « merci » (informel).

Baka : « idiot », « imbécile ».

Bokken : épée en bois.

Dan : degré de qualification d'une ceinture noire, dans les arts martiaux japonais ; titulaire de ce grade.

Do : « voie ».

Dojo : salle où se pratiquent les arts martiaux.

Gaïjin : « étranger » (impoli).

Gi : tenue d'entraînement (abréviation couramment utilisée, le terme correct étant *dogi*).

Hanbo : bâton en chêne rouge du Japon, long d'un mètre environ.

Jutsu : « art », « méthode ».

Kamae : postures, attitudes. *Ichimonji :* « droit » – première posture – de côté, un bras tendu devant soi, l'autre main au niveau du cœur ; *doko :* comme *ichimonji*, mais penché en arrière avec le poing derrière la tête ; *jumonji :* « croisé » : de côté, penché en avant et bras croisés sur la poitrine ; *seiza :* « assise droite » : position agenouillée, assise sur les talons ; *fudoza :* position assise, une jambe repliée sous soi.

Kancho : instructeur en chef.

Kata : « forme » ; série de mouvements enchaînés.

Kento : « bon combat ».

Kihon Happo : « huit directions » ; bases du *taïjutsu.*

Kohaï : « cadet », « débutant ».

-**kun** : suffixe employé comme marque d'affection pour désigner plus jeune que soi.

Kyu : grade, degré de qualification pour les ceintures vertes.

Kyusho : « point vital » ; point de pression.

Mukyu : « sans grade ».

Nani ? : « Quoi ? »

Neko : « chat ».

Ninjutsu : « art du ninja ».

Ninpo : « voie de la persistance », « voie de la persévérance » (traduction littérale).

Omote gyaku : clé de poignet avec torsion de la main vers l'extérieur.

-**san** : suffixe respectueux s'ajoutant à un nom de personne ; équivalent de « madame », « mademoiselle » ou « monsieur ».

Sanshin no kata : « les trois cœurs ». *Chi :* terre ; *sui :* eau ; *ka :* feu ; *fu :* vent ; *ku :* vide.

Sempaï : « aîné ».

Senseï : « professeur », « enseignant ».

Sente : attitude consistant à frapper le premier, permettant d'avoir l'avantage.

Shakoken : frappe avec la main en griffe.

Shikanken : frappe avec les premières phalanges tendues.

Shikin Haramitsu Daikomyo : formule prononcée en début et en fin d'entraînement. Traduction littérale : « Le son des mots, la perfection de la sagesse, la lumière intense. »

Shime waza : techniques d'étranglement.

Shinden Fudo Ryu : une des écoles de *daken-taïjutsu* (art martial visant les points vitaux du corps humain).

Shinobi no ho : méthodes de *shinobi* (ancien nom du *ninpo* ou du *ninjutsu*).

Shitanken : frappe avec les trois doigts du milieu.

Shizen : « nature » ; posture naturelle – debout, les bras le long du corps.

Shuko : griffes s'ajustant à la paume d'une main, servant à grimper et à se défendre.

Shuto : frappe avec le côté de la main ouverte, « en sabre ».

Tabi : chaussure d'entraînement (forme abrégée, le terme complet étant *jika tabi*).

Taïjutsu : « art du corps » ; attaque à mains nues.

Taï kaï : grande réunion annuelle rassemblant maîtres, professeurs et élèves, et donnant lieu à des démonstrations d'arts martiaux.

Tongyo : techniques de dissimulation et d'évasion.

Tori : « celui qui saisit » ; défenseur.

Uke : « celui qui chute » ; attaquant.

Yame ! : « Stop ! »

Compter de un à dix :

Ichi : un.
Ni : deux.
San : trois.
Shi : quatre.
Go : cinq.
Roku : six.
Shichi : sept.
Hachi : huit.
Kyu : neuf.
Ju : dix.

Composition PCA – 44400 Rezé

Imprimé par CAYFOSA QUEBECOR à Barcelone (Espagne)
Dépôt éditeur n° 75682
32.10.2332.8/01 - ISBN : 2.01.322332.3
Loi n° 49-956 du 16 juillet 1949 sur les publications destinées à la jeunesse
Dépôt légal : novembre 2006